主な英傑の出身地

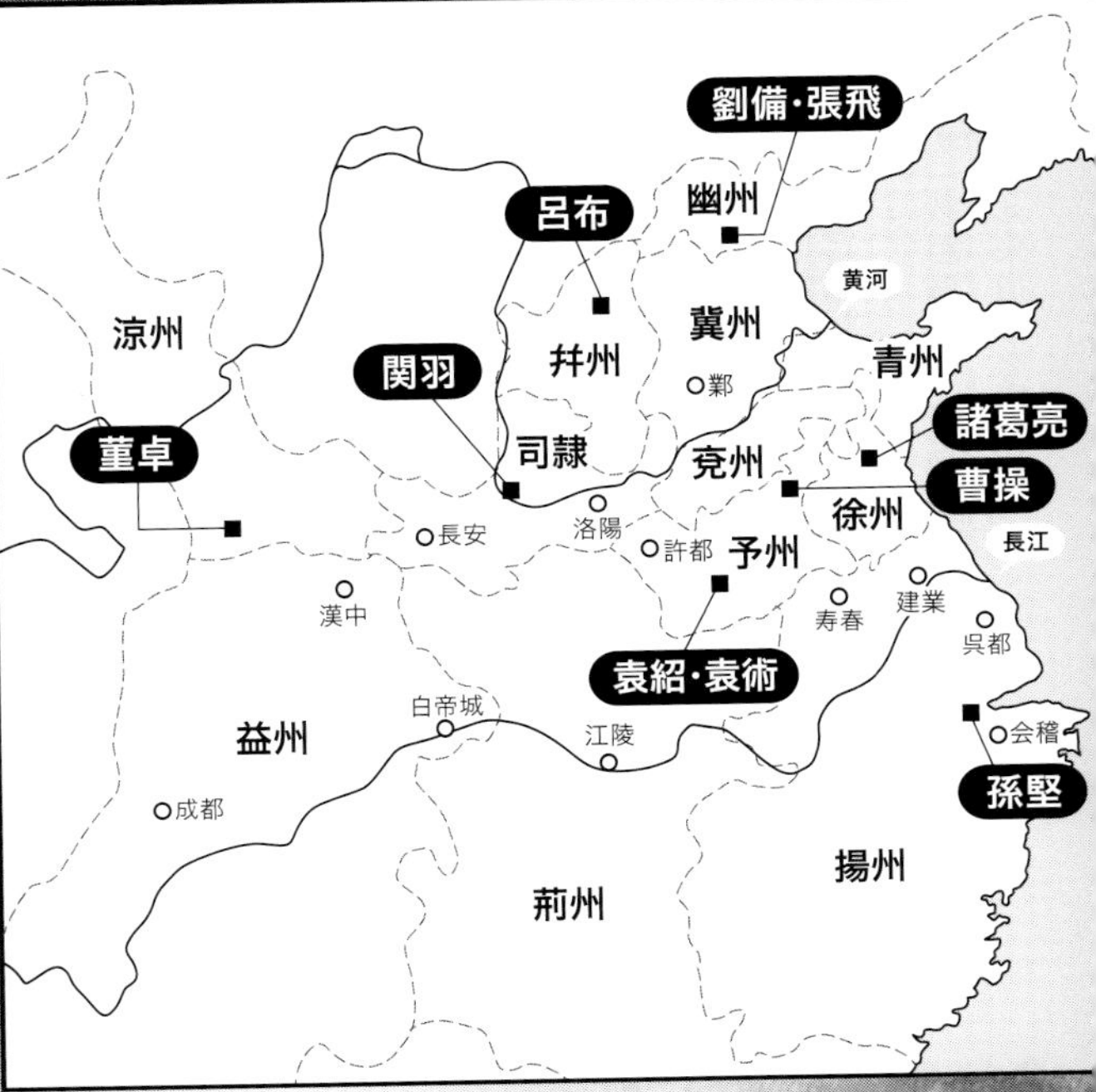

劉備・張飛
幽州
呂布
黄河
冀州
并州
涼州
関羽
青州
鄴
諸葛亮
董卓
司隷
兗州
曹操
徐州
長安
洛陽
許都
予州
長江
漢中
寿春
建業
呉都
袁紹・袁術
白帝城
江陵
会稽
益州
孫堅
成都
揚州
荊州

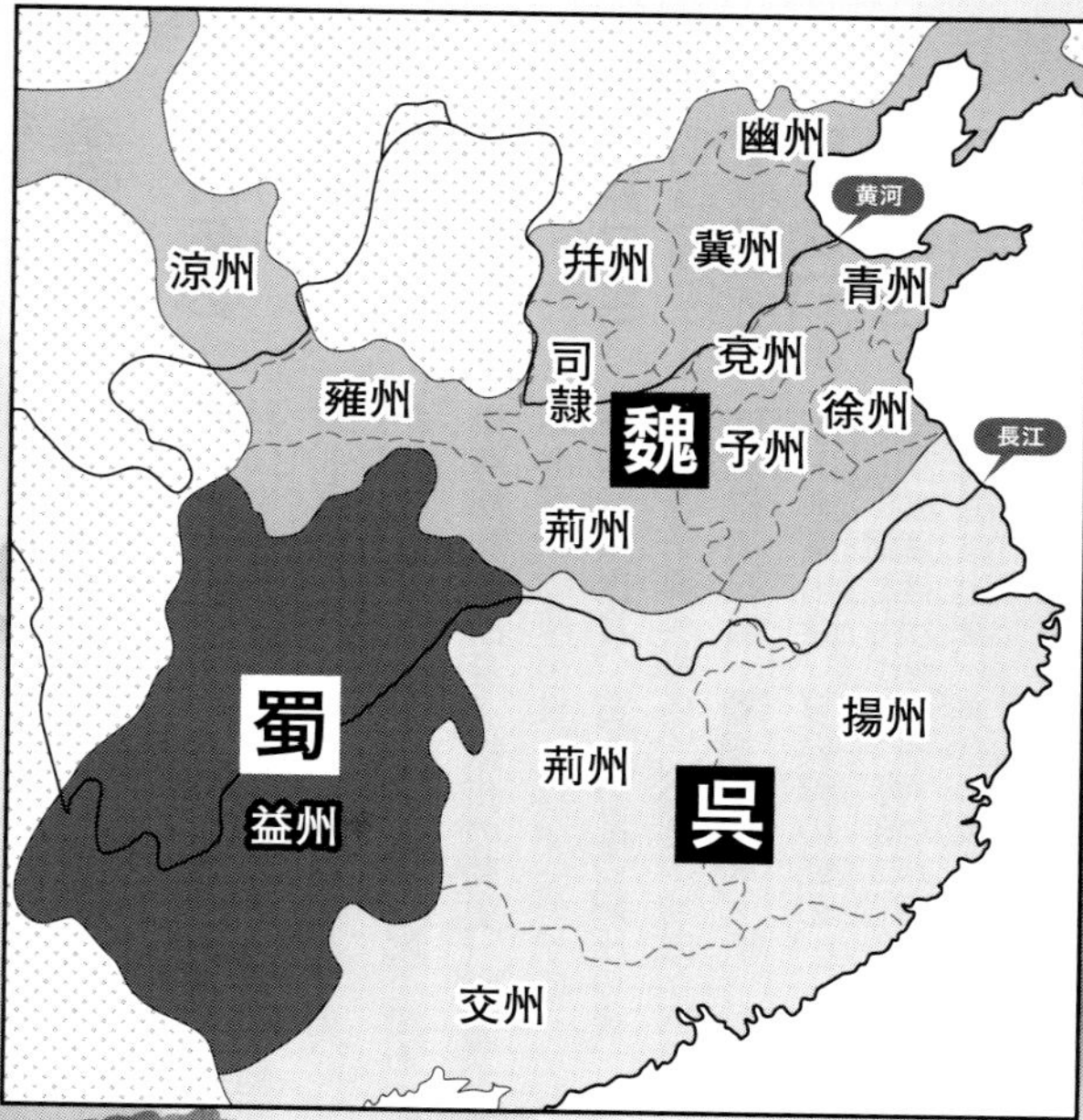

三国時代

三国志

三の巻　玄戈の星

新装版

北方謙三

時代小説文庫

角川春樹事務所

目次

新装版

三国志

三の巻

玄戈の星

＊編集注　本文中の距離に関する記述は、中国史における単位に従い、一里を約四〇〇メートルとしています。

光の矢

1

風。谷の下から吹きあげてくる。身を切るように、冷たかった。

五斗米道《ごとべいどう》が、漢中《かんちゅう》郡に入って、すでに九年だった。その間、力は養ってきた。漢中郡全域が、五斗米道の聖地のようにさえなっている。乱を逃れ、あるいは貧しさに耐《た》えかねて、漢中に流れてくる人の数も多い。

もう、負けるはずなどないのだ。相手が誰《だれ》であろうと、追い返せるという自信はある。

それにしても、母も兄も、劉璋《りゅうしょう》という男を甘く見すぎてはいなかったか。劉璋の父、劉焉《りゅうえん》が益《えき》州の牧《ぼく》としてやってきたのが、九年前だった。そのころ、益州には豪《ごう》族《ぞく》が多数いて、それぞれ勝手なことをやっていた。民衆はその専横《せんおう》に苦しみ、五斗米道に帰依《きえ》しはじめていたのだ。

兄の張魯《ちょうろ》が教祖で、母は教母と呼ばれていた。五斗米道《ごとべいどう》は、祖父の張陵《ちょうりょう》からはじまっている。信者に五斗（約十リットル）の米を納めさせたのが、その名の由来《ゆらい》である。それ以後、父の張衡《ちょうこう》が継ぎ、そして兄の張魯の代になっていた。三代の間、益州《えき》で徐々に拡《ひろ》まってきている。

母と兄が危機感を抱いたのは、同じ道教《どうきょう》の一派である太平道《たいへいどう》が乱を起こし、黄巾《こうきん》賊《ぞく》と呼ばれた信徒たちが、朝廷の軍勢に圧殺《あっさつ》されそうになった時だった。乱は全国に拡がったが、やはり朝廷の軍勢には勝てはしなかった。

五斗米道もやがて、と母と兄は考えたようだ。太平道が乱を起こしてから、この国には乱世の気配《けはい》が漂いはじめた。庇護《ひご》する者を求める。その考えで、母は皇室に連《つ》らなる劉焉《りゅうえん》に近づいたのだろう。

母は、年齢よりずっと若く見え、それは不思議な感じがするほどだった。誰もが、美しいと称賛《しょうさん》した。劉焉はすでに老齢に近かったが、母の色香に惑《まど》わされたのかもしれない。あるいは、母のなす巫術《ふじゅつ》に惹《ひ》かれたのか。

それまでただの監督官だった州の刺史《しし》を、軍事裁量権まで持った牧《ぼく》に格上げすることを朝廷に建議《けんぎ》し、それが容《い》れられると、自ら益州の牧を志願したのである。

それで益州の五斗米道は、劉焉の庇護下に置かれることになった。漢中郡《かんちゅう》に拠《よ》って立て、と兄の張魯に勧《すす》めたのは、張衛《ちょうえい》自身だった。漢中の守りが甘ければ、益州全体が危うくなる。逆に漢中さえ固めていれば、益州は安泰である。乱世の波に呑《の》みこまれることもない。

張魯は、必ずしも劉焉に従順ではなかった漢中太守《たいしゅ》を、自ら討伐《とうばつ》することを願い出て許された。母がそう働きかけたからである。しかし、兄の張魯に、戦《いくさ》の裁量はできなかった。漢中太守との戦のすべては、張衛自身が受け持った。

張衛は、漢中に攻めこんで数日でそこを制圧し、長安《ちょうあん》への唯一《ゆいいつ》の道である谷のかけ橋を切り落とした。

それ以来、朝廷との連絡は途絶《とだ》えている。

あのころ、張衛は二十歳《はたち》だった。いまはもう、三十に近づいている。漢中郡はすべて、五斗米道のものになった。益州全体にも、五斗米道の力はかなり及んでいる。劉焉が、道教を嫌う豪族を、ほとんど誅殺《ちゅうさつ》したからだった。漢中で四万、益州全体で二十数万の軍勢を擁《よう》するようになった。それは、袁紹《えんしょう》や曹操《そうそう》や袁術《えんじゅつ》をも凌《しの》ぐ軍事力だった。

ただ、劉焉には、益州を出て全国を平定する、という野心はなかった。むしろ、益州《えき》だけをいつまでも孤立させ、やがて漢《かん》から引き離してしまおう、と考えているようだった。それは、母の願いであり、張衛《ちょうえい》が考え続けていたことでもあった。いつか、劉焉《りゅうえん》は、帝《みかど》のごとく振舞うようになっていた。

その劉焉が死んだ。

劉焉を継いだ劉璋《りゅうしょう》は、一年間は喪《も》に服していた。その間に、母と兄はやりすぎたのだ。益州全体を五斗米道《ごとべいどう》の国にしてしまうには、まだ力が不足していたが、民さえ信徒に加わってくれれば心配はないという考えで、活発に動きはじめたのだった。

劉璋には、我慢《がまん》できないことだったのだろう。いきなり、母や二人の弟たちを捕《とら》えた。兄だけはなんとか漢中《かんちゅう》に逃げこんできたが、母と弟二人は首を刎《は》ねられた。劉璋に、巫術《ふじゅつ》は役に立たなかったようだ。

それ以来、劉璋がいつ漢中に兵を出してくるか、という状態がひと月近く続いている。成都《せいと》に兵が集結中という情報も、何度か入った。確かに兵は集まったようだが、劉焉の死をきっかけに反逆の姿勢を見せはじめた豪族を討《う》つためで、漢中にむけられる軍勢ではなかった。

「教祖様が、お呼びでございます」

下の方から、従者《じゅうしゃ》が大声を出した。

　張衛は、屹立《きつりつ》した岩の頂《いただき》に座っていた。上半身は裸である。ものを考える時、張衛がよく座る場所だった。張衛は立ちあがり、天にむかって一度雄叫《おたけ》びをあげた。

　漢中は山深い土地である。屹立した岩の頂にいても、四囲は山であった。

　張衛は着物を着ると、岩を降り、馬を繋《つな》いだところまで駈《か》けた。従者はいつもひとり。数百の信徒に取り囲まれた張魯《ちょうろ》とは違ったが、漢中郡の兵はすべて掌握《しょうあく》していた。

　張魯の館《やかた》は、城郭《まち》にはなかった。南鄭《なんてい》の南の山ひとつが、張魯の館と言っていい。義舎《ぎしゃ》と呼ばれる信徒たちの家が並び、頂の広い土地に張魯の館がある。山を囲うように柵《さく》を設《もう》けたのは、張衛である。いざとなれば、城とは較《くら》べようもない。その柵さえ、張魯は作ることをいやがった。

　張魯は、十名ほどの祭酒《さいしゅ》（信徒の頭）たちを前に座っていた。

「成都の信者から知らせがあった。劉璋殿が、ついに漢中に兵をむけられたらしい」

「兄上は、どうなさるお積りです？」

　張衛は、張魯にむき合って腰を降ろした。

「祈る」

「それはわかりますが、実際に軍勢が来るとなると、祈るだけでは済みません。兄上にも、ここを動いて、城の中に入っていただかなくてはなりませんぞ」

「そっちは、おまえがうまくやってくれるだろう。とりあえず、知らせが来たのでおまえを呼んだ」

張魯《ちょうろ》は、痩《や》せていて背が低く、老人のように萎《しな》びて見えた。それでも、まだ三十八である。母も小さかったが、老女には見えなかった。娘のように見えることさえあったのだ。その母が、大男の劉焉《りゅうえん》に抱かれていた、ということさえ信じられない。二人が交合している時は、長い間、劉焉の叫び声だけが聞え続けているのだ、と側近の者に聞かされたことがある。

「とにかく、定軍山《ていぐんざん》あたりに兵を出して、劉璋《りゅうしょう》の軍勢を迎え撃ちます。兄上は、いまのところこの館におられて結構ですが、私の使いが来たらすぐに、城内に移ってください。祭酒《さいしゅ》たちも一緒にです」

「私は、ここで祈っていてはいけないのか、張衛《ちょうえい》?」

「漢中《かんちゅう》が、はじめて戦場となるのです。よいですか。母上と弟たち二人の首が刎《は》ねられたことを、お忘れなきよう」

母が首を刎ねられた時は、血が一滴も出なかったという噂《うわさ》が、益《えき》州に拡がっていた。そして首を刎ねた者は、翌日には悶死《もんし》した。

ほんとうのことではなかった。張衛が流させた噂である。

館を出ると、張衛は南鄭《なんてい》の城へむかった。そこには、兵が一万ほど駐屯《ちゅうとん》している。ほかに巴西《はせい》郡との郡境の山間《やまあい》に一万。まとまっているのは、それだけだった。兵はすべて、鬼卒《きそつ》と呼ばれる信徒である。兵になる時に、ひとりひとり、張魯自身が口に米を含ませた。兵たちは、それで死んで悔《く》いないものと思っている。

陣屋《じんや》に入ると、すぐに大隊長たちを招集した。果敢《かかん》な者、判断力の優れた者を選んであるが、ふだんは兵と同じ生活をしている。ただ大隊長に選ばれた者は、張魯の手からさらに米を三粒口に入れて貰《もら》える。

「成都《せいと》が、漢中を攻めようとしている。これより、迎撃の態勢を取る。戦場は、定軍山あたりになるだろう」

「敵は、どれほどですか？」

「大軍と聞いたが、正確な数は、これから斥候《せっこう》を出して確かめなければならん。成都の信者から、いま知らせが入ったばかりだ」

「教祖様は？」

「私にすべてを任された。いざとなれば、城に入っていただく。いまのところ、その必要はあるまいが」

「成都《せいと》まで攻めこまないのですか。劉璋《りゅうしょう》は、教母様を殺した男ですぞ」

「いまは、漢中《かんちゅう》を守ることが第一だ。太平道《たいへいどう》の例もある。無謀《むぼう》な戦は慎まねばならん。漢中を守るだけなら、私にも自信はある」

「山中にいる軍勢は、どうなさいますか？」

「出動させる。敵の数次第だが、二万で当たりたいと思っている」

軍議では、意見を出させる。軍議が終れば、あとはすべて命令に従うだけだということは、日ごろの訓練で徹底させていた。

「郡内の、各地の兵はどうなされるのです？」

総勢で、四万近くになる。それは兵の数で、漢中郡全域が戦場となれば、信徒たちの多くが戦に加わってくるだろう。それは、こちらの強みだった。

「各地の兵は、戦の備えだけをさせて、じっとさせておこう」

それ以上の意見は、出てこなかった。

「集結は定軍山《ていぐんざん》。五千を、任成《じんせい》が率《ひき》いて先発する。あとの一万五千は、斥候の報告を受けてから、出動の日時を決める」

任成と白忠《はくちゅう》が、いわば張衛《ちょうえい》の副将だった。兵の訓練をしているのも、主にこの二人だ。任成は二十六歳の大男で、白忠は目立たないどこにもいそうな中年だった。確か、三十四か五になるはずだ。目立たないが、軍学には通じていた。張衛の用兵も、もともとは白忠に教えられたもので、それに自分の工夫を加えた。

「まず、敵将《てきしょう》が誰かということです」

任成が出発し、二人だけになった時に、白忠が言った。

「敵を知ること。つまりは、敵将を知るということか」

「劉《りゅう》家の部将の力量ならば、私は大抵知っています」

白忠は、以前は劉焉《りゅうえん》の部将で、五斗米道《ごとべいどう》に帰依して漢中へやってきた。もう八年も前のことだ。劉焉は、止めもしなかったのだろう。

「誰が軍勢を率いてくるかは、二、三日のうちにわかるだろう。その時は、おまえの考えが大事になる。その時まで待て」

「南鄭《なんてい》で待つのも、芸がないような気がしますが」

「罠《わな》でも作ろうというのか？」

「崖《がけ》の上には石を運び、平地には穴を掘って隠す。燃えるものも用意しておく。それぐらいのことは、やった方がいいという気もします」

「私は、兵法に拠った陣を組んで、正面から闘いたい。特に、最初だけはな。劉《りゅう》璋《しょう》の軍とは、これからしばしばぶつかることになるだろう。その時は、罠も考えるだろうが」

「わかりました。兵の力を測《はか》るには、その方がいいかもしれません」

劉焉《りゅうえん》に命じられたかたちで、漢中太守《かんちゅうたいしゅ》を攻めた。それは戦だったが、劉焉の兵を使ったものだった。そして、背後に劉焉の巨大な力が控えていた。

漢中の五斗米道《ごとべいどう》軍だけで闘うのは、ほとんどはじめてと言ってもいい。訓練は積んでいるが、やはり実戦は違うのだ。

「おまえは、巴西《はせい》との郡境にいる一万も併せて、定軍山《ていぐんざん》の近くまで移動する準備をしておけ。私は、残り五千を率いて数日後に進発《しんぱつ》する」

「心してください。劉璋《りゅうしょう》の間者《かんじゃ》が、かなり漢中に入りこんでいるでありましょうし」

「気をつけよう。ただ、狙《ねら》うとしたら兄上だろうと思う。義舎《ぎしゃ》には、警固を命じた者が三十名ほど入っているが」

「それだけいれば、一応は安心です」

「兄上は、自らの命のことなど、まるで考えておられん。そこが兄上らしいところでもあるのだが」

自分があるのかないのか、張魯《ちょうろ》と喋《しゃべ》っているとわからなくなることがある。それが、教祖らしいのかもしれない。巫術《ふじゅつ》ができるのも、そういう兄だからこそだ、と張衛《ちょうえい》は思っている。

張衛には、巫術などできなかった。五斗米道そのものも、ほんとうにわかっているのかどうか、と張衛はいつも思っている。

張衛の心は、およそ宗教というものとは無縁だった。ただ、宗教を利用することはできる。張魯の弟という立場は、さらにそれを容易なものにしていた。

白忠《はくちゅう》が、一万五千を率いて進発すると、張衛は十騎ほどの側近だけで、南鄭《なんてい》郊外にある庵《いおり》にむかった。

「伯父上《おじうえ》、ついに戦になります」

鮮広《せんこう》は、書見をしていた。かなりの書物が、庵には積みあげてある。父の張衡《ちょうこう》とともに布教につとめていたが、自ら巫術をなすということはしなかった。父の背後にいて、いつも父を守っていたように見えた。巫術はなさないが、武術の腕前は人並みはずれていたのだ。

「劉璋だな」

「大軍らしいということですが、いま調べさせています」

「それで、大軍であったら？」

「たとえ大軍であろうと、最初は正攻法で闘おうと思います。私は兵を鍛《きた》えてきましたが、その力を測る機会に恵まれませんでした。それをまず、測りたいのです」

「おまえも、暢気《のんき》な男だ。自分の兵の力を測っている間に、潰《つぶ》されてしまったらどうする気だ？」

「いけませんか？」

「それは、大将のおまえが決めることだ。肝心な時に、わしに頼ろうとするな」

鮮広《せんこう》は、父が死ぬと母と兄を守るということを続けた。それをしなくなったのは、益州《えき》に入ってからだ。鮮広がやるまでもなく、劉焉《りゅうえん》の大きな力で守られていたのだ。五斗米道《ごとべいどう》の拠点を漢中《かんちゅう》に置けと張衛《ちょうえい》に言ったのも、鮮広だった。なぜ母や兄に言わず張衛に言ったのか、よくわからない。幼いころから、張衛は鮮広に武術を仕込まれた。きちんとした軍学となると白忠《はくちゅう》だったが、武術を身につけていなかったら、それを受け入れることもできなかっただろう。

父の兄弟ではないが、張魯《ちょうろ》も張衛もずっと伯父と呼び続けてきた。

母となにかあるのかもしれない、と考えたことはある。母は、息子である張衛が見ていても、はっとするほどの妖気《ようき》に満ちた色香を漂わせることがあったが、鮮広がいる時は決してそれを見せなかったような気がする。そのくせ、母と鮮広との間には、確かになにかがあったのだ。それは、劉焉との躰《からだ》の結びつきとは、また違うものだったという気もする。

「行きます、伯父上」

「勝てればよいな、張衛」

鮮広が笑った。顔が白く見えた。髪や髭《ひげ》が白くなったのは、益州に来てからである。一日で白くなった、と張衛は思っている。とにかく、数日会っていない間に、両方とも黒々としていたものが白くなっていたのだ。

この庵で鮮広が暮すようになったのは、母や弟たちが、劉璋《りゅうしょう》に首を刎《は》ねられてからだった。

「とにかく、漢中だけは、私の手で守ってみせます」

母の夢は、益州を五斗米道の国にする、ということだった。その夢は、兄の張魯より、むしろ自分が引き継いだのだ、と張衛は思っていた。五斗米道で、国を治める。帝などはいらない。帝の代りに、教祖がいればいい。

劉焉がもっと生きていれば、そうなったかもしれない。しかし、教祖が帝のような存在になる前に、劉焉は死んだ。

せめて漢中《かんちゅう》の地だけは。張衛《ちょうえい》はそう思っていた。いまの五斗米道《ごとべいどう》には、まだ益州《えき》の地は広すぎるのだ。

2

四万の軍勢である。

大将は龐義《ほうぎ》だった。劉璋《りゅうしょう》と幼馴染《おさななじ》みで、信頼を置かれている武将だという。もともと劉璋は、劉焉《りゅうえん》が益州に入った時は、都にいて献帝《けん》に従っていたのだ。帝《みかど》の使者として益州に来た時、劉焉がそのまま留《とど》まらせた。長安《ちょうあん》にいた劉璋の子供たちがそのために危険になり、それを連れて益州にやってきたのが龐義である。

「劉璋は感謝したでしょうが、龐義の方は、むしろ劉焉の孫を助けてきた、という思いだったでしょう。劉焉が龐義の名を口にしたのを、何度か聞いたことがあります」

白忠《はくちゅう》が言った。

戦《いくさ》のやり方までは、よくわからない。とりあえず、定軍山《ていぐんざん》にむかって陣を敷いた龐義に、探《さぐ》りを入れてみるしかなかった。

龐義は、方陣である。四万を四つに分けてそれぞれ方陣を組ませ、本陣を四つの中央に置いていた。手堅《てがた》い戦をする男なのだろう。

「一万を、左前面の方陣にぶつからせろ。指揮は任成《じんせい》。徹底的に押すことはない。犠牲《ぎせい》を少なくして、できれば少し動かせ」

任成が、馬に跳《と》び乗った。五斗米道軍に、騎馬隊はそれほどいない。全部合わせても、せいぜい三百というところだった。漢中は山が多い。騎馬隊より歩兵の方が、使い道は多いのだ。

任成の一万が、敵の方陣のひとつにぶつかっていった。はじめは、押し合いだった。残りの三つの方陣は動かない。

「どう見る、白忠？」

「龐義は、漢中を攻めているはずなのに、いざ実戦となると、守りの戦をしておりますな。それほどこわい敵とは思えません」

「私も、そう思う。一度、任成を退《ひ》かせろ。次には、方陣のひとつを、全軍が押し潰《つぶ》す。それも、任成がまた左、白忠が右の方陣を攻撃する態勢からだ。いいな、白忠。右にぶつかる直前で、方向を変えて左の方陣にぶつかれ。そのためには、一万を小さくかたまらせておけよ」

「最上の策だろうと思います。しかし、方陣をひとつ崩してから、どうしますか？」

「それで、全軍を潰走《かいそう》させるところまではいくまい。一度退いて、すぐに本陣を衝《つ》く構《かま》えを作れ」

「構えだけですね？」

「そうだ。龐義《ほうぎ》が胆《きも》の据《すわ》った男だったら、陣は動かすまい。四つの方陣を動かして本陣を固めようとしたら、一気に押す。よし行け」

任成《じんせい》と白忠《はくちゅう》が駈《か》け出して行く。全軍が動きはじめ、張衛《ちょうえい》の周囲には本陣となる百騎だけになった。

任成の軍が左へぶつかる。右へぶつかると見えた白忠の軍も、左前面の方陣にぶつかっていく。一万を二万で攻め立てている恰好《かっこう》だった。方陣の角が崩れたと見えた時、その陣は算を乱していた。

張衛は鉦《かね》を打たせた。全軍が退き、次の鉦で陣形を組みはじめる。左前面の方陣は、まだ乱れたままだ。残りの三つの陣が、中央に寄ってひとつになろうと、動きはじめた。

「よし、乱れたところから突っこんで、全軍で押す。続け」

本陣の百騎が、まず駈けはじめた。全軍が喊声《かんせい》をあげて続いてくる。

龐義の軍は、押されて退《さ》がっていった。およそ三里（約一・二キロ）。そこで、円陣を組むようにして、なんとか踏み留まった。

すぐに、全軍を退かせた。

「まずは、押しこんだ。敵の陣形を潰《つぶ》した」

敗走させるところまでは、無理だ。たとえできたとしても、犠牲が大きくなる。

「三段に陣を構える。第一段の五千が任成、第二段の一万が白忠、第三段の五千が私だ。第一段は縦列で攻める。敵とぶつかった者から、すぐに反転して戻り、第三段の後ろにつけ。第二段は、ひとかたまりになってぶつかる。押したと思ったら、すぐに両側に分かれろ。そこへ、第三段が突っこむ。そこで敵が崩れなかったら、第二段、第三段は退き、その間に第一段が縦列の攻撃だ。それを、何度もくり返す」

第一段が縦列で攻撃するのは、敵からの矢をできるだけ避けるためだった。張衛がとっさに立てた作戦に、白忠は異議を挟《はさ》まず、黙って頷《うなず》いただけだ。

これぐらいの軍勢が相手なら、勝てる。張衛はそう思った。こちらの兵の方が、ずっと動きがいいのだ。

後ろ楯《うしろだて》のない、はじめての戦の指揮だった。張衛は、自分が怯《おび》えてもいなければ、気負ってもいないと思った。戦況は、冷静に見えている。もっと激戦になったとしても、多分自分を失わずにいられる。

「よし、すぐに攻撃するぞ。敵は、まだ浮足立っているはずだ」

陽暮《ひぐ》れまでには、まだ時があった。益州《えき》は、晴れた日が少ない。うっかりすると、陽がいつ落ちたのかわからないまま、闇《やみ》に包まれていたりする。

第一段が、縦列で動きはじめた。思った通り、敵の矢はあまり効果をあげていない。ぶつかっては退いてくる兵は、ほとんど減っていなかった。第二段がぶつかった時は、矢の攻撃はなくなっていた。敵の陣が、動揺しはじめているのが、はっきり見てとれた。

ひとしきりぶつかった第二段が、左右に分かれた。張衛《ちょうえい》は、第三段を率《ひき》いてその真中《まんなか》に突っこんだ。敵が崩れかかる。それでも、中央に堅い部分がある。退いた。すぐに第一段の攻撃。中央も揺れている。第二段。それでほとんど敵の陣を崩した恰好になった。

「よし、全軍でぶつかれ」

退いてきていた第一段も合わせ、全軍が突っこんだ。敵が後退していく。中央はかたまったままだが、やはり退がっている。二十里（約八キロ）ほど押しまくった。

それで、張衛は鉦を打たせた。陽が落ちかけている。

深夜から夜明けまで、夜襲の構えを何度も見せた。三千ほどの兵が、喊声《かんせい》をあげて敵陣の近くまで走るのである。それとは別に、敵からの夜襲に備えるために、五千の兵を徹夜で待機させた。

敵からの夜襲はなかった。

夜が明けると、敵は殿軍《でんぐん》となる一万ほどを備えさせたまま、少しずつ退きはじめた。

「追撃しますか？」

任成《じんせい》が馬を近づけてきて言った。

「いや」

「好機です。数千は討ち取れると思えます」

「しかし、あの殿軍を打ち払うのに、数百は失う。兵力を言えば、劉璋《りゅうしょう》とこちらでは較《くら》べものにならないのだ。小さな勝ちを、ここで拾うことにあまり意味はない」

「私も、そう思います」

白忠《はくちゅう》が言った。

「もう少し時を待って、全軍でゆっくりと十里ほど押す。それで、あの殿軍は漢《かん》中《ちゅう》を出ることになる。郡境を侵《おか》せば迎え撃つ。まずはそれをわからせるだけにしよう」

陽が、いくらか高くなってきたようだ。益《えき》州では、陽の光を見る日の方が少ない。

全軍を進めた。敵の全軍は明らかに及び腰だったが、張衛《ちょうえい》は無理に攻めず、距離を置いてただ押していった。

「終りました」

敵が漢中《かんちゅう》から出た時、白忠《はくちゅう》が笑いながら言った。

「定軍山《ていぐんざん》の麓《ふもと》を通る道の両側に砦《とりで》を築く。それで、漢中は益州から遮断《しゃだん》される。東の南糸《なんし》の城も強化する。それで、東からの攻撃も防げるだろう。漢中は、漢中だけでこの国の中に存在することになる」

一万は巴西《はせい》郡との郡境に残し、一万は南鄭《なんてい》に戻した。

張魯《ちょうろ》の館《やかた》に報告に行った。

戦の匂《にお》いは、ここにはない。香が焚《た》かれていて、数名の祭酒《さいしゅ》(信徒の頭)とともに、張魯は呪文《じゅもん》を唱《とな》えていた。

「兄上、戦は終りました」

言うと、しばらくして張魯は呪文をやめ、ふり返った。

「そうか。わが呪法《じゅほう》が効いたのであろう」

「まことに、力強いものでした。兵たちが果敢《かかん》に闘うことができたのも、兄上の祈りがあったからだろうと思います」

「どれほどの兵が、死んだのか、張衛？」

「およそ、三百ほど。手負った者も、同じほどです。劉璋《りゅうしょう》はまた軍勢を出してくると思われますので、兵は失った以上に補充しなければなりません」

「おまえに任せよう。鬼卒《きそつ》（信徒）の中から選べばよい」

「南鄭の城に、兄上も移っていただきたいのですが？」

「ここでよい。母上は亡《な》くなられた。邪悪な力に、いつもわれらの呪法が効くというわけではないことは、私もわかっている。もともと、病《やまい》を癒《いや》すためのものなのだ。人の心を、安らかにするためのものなのだ。だからこそ、私はここを動けぬ」

呪法など、張衛は信じてはいなかった。兵が強かったのは、鍛練《たんれん》を重ねたからだ。それでも、兵の心の底には、やはり五斗米道《ごとべいどう》がある。それは、張衛にはどうしようもないことだった。

「兄上が行かれる館を、南鄭の城の中に造らせます。兄上は、時々はそこでお暮しください。民も喜びます。これは別に逃げるということでなく、より強く民に教えを説いていただきたいためです」

「祭酒《さいしゅ》たちと、話し合っておく」

「兵たちは、これからもっとつらい思いをします。死ぬ者も多くなります。毎日百人ずつ兄上のもとへ来させますので、米をひと粒ずつ口に入れてやってはいただけませんか？」

眼《め》を閉じ、張魯《ちょうろ》はしばらく考えているようだった。兵になる者は、すでに米を受けているのだ。しかし、新しい米が、また兵を強くする。

「よい。私は兵に米を与え続けよう。そして、あとのことはおまえに任せる」

「私はただ、この地を侵そうとする者と闘うだけです」

館を辞すると、張衛《ちょうえい》は従者《じゅうしゃ》をひとりだけ連れて、いつもの岩のところに行った。着物を脱ぎ、裸でよじ登っていく。その岩の頂《いただき》が、張衛が考える場所だった。

冬は寒く、夏は暑い土地だった。張衛は、いつもそこでは裸である。すでに馴《な》れていた。そうしている方が、天地と交わっているという気持になれる。

翌朝まで、張衛はそこに座っていた。

それから南鄭《なんてい》の陣屋《じんや》へ戻り白忠《はくちゅう》と任成《じんせい》を呼んだ。

「白忠は、漢中《かんちゅう》郡の中を回り、各地の兵に罠《わな》などを作らせろ。岩、倒木、枯草などを集めさせ、穴も掘らせるのだ。各地に配置してある兵は、順次南鄭の兵と入れ替える」

「もう、正攻法での戦はなさいませんか？」

「必要とあれば、やらなければならん。鍛練は、これまでより厳しくするぞ。任成は、各地から戻った兵を鍛え直すのだ。そして、新しい兵を集めろ。武器も作らせろ」

「教祖様は？」

任成が言った。土地を守るための戦であり、家族を守るための戦だが、根底には信仰がある。だから張魯を守るための戦だ、と言ってもいいのだ。張魯がいるからこそ、五斗米道軍《ごとべいどう》は闘う意味を見いだすことができるし、強くもなれる。

「南鄭に館を造る。時には、こちらで暮していただくことになる。信徒にとっては、悪いことではないと思う」

「教祖様が南鄭に入ってくだされば、私も安心できます」

「なかなか難しいが、時をかけてお願いするつもりでいる」

白忠と任成が去ると、張衛は従者を連れて鮮広《せんこう》の庵《いおり》を訪《おとな》った。

「劉璋《りゆうしよう》の軍を押し返したようだな」

「しかし、たった四万でした。劉璋《りゅうしょう》には、二十万の兵がいます」

鮮広《せんこう》は、白い髭《ひげ》を撫《な》でながら、張衛《ちょうえい》を見つめていた。

「ついに戦となりましたので、伯父上《おじうえ》に私の考えを申しあげておこうと思いました。これからは、相談に乗っていただかなくてはならないことも、多くなります」

「なぜ、私に？」

「父が抱《いだ》いた夢を、そして母が受け継いだ夢を、伯父上が一番よく御存知《ごぞんじ》だろうと思うからです」

「夢だと？」

「五斗米道《ごとべいどう》教国を作る夢です。益州《えき》を、五斗米道の国にしようという夢です」

「張衛、それは教祖も知っていることか？」

「いえ。兄上は教祖です。信徒たちの、心の拠《よ》りどころであれば、それでいいのです。しかし、心の拠りどころがあっても、拠って立つ土地がなければどうにもなりません。私が、その土地を守ろうと思います」

「それが、益州だと言うのか？」

「まずは、漢中《かんちゅう》です。漢中だけは、誰《だれ》にも侵されない五斗米道の土地にしたいと思います。頂点に、教祖である兄上がおられる。その下で、政事《まつりごと》をなす者、兵を統率《とうそつ》する者がいる。そういう国の姿なら、民である信徒は、豊かに暮せるのではないでしょうか。帝《みかど》も、州牧《しゅうぼく》も、太守《たいしゅ》も要《い》りません」

「違う国を作ろうということだぞ、それは」

「はい、いずれは益州まで含めた、五斗米道の国です。それが、母上の夢であったと私は思っております」

鮮広は、眼を閉じていた。しばらくは、言葉を発しようともしなかった。

「難しいぞ、張衛。そうなれば、敵は劉璋だけでなくなる。袁紹《えんしょう》がいる。袁術《えんじゅつ》も曹操《そう》も孫策《そんさく》も劉表《りゅうひょう》もだ。数えあげれば、もっと群雄《ぐんゆう》がいる」

「それらは、争っております。いつかは誰かが覇者《はしゃ》となるでありましょうが、何十年もかかると私は思っています。それまでに、益州を五斗米道の国にしてしまえれば」

「それは、教祖にも語ったことか？」

「いえ、語る意味はありません。兄上は、信徒たちの心の中におられればいいのです。それ以上のことを、兄上に求めてはならないと思います。信徒たちの国を作るのは、巫術《ふじゅつ》も呪法もなせぬ、弟の私の役目です」

「なるほどな」

「とにかく、漢中《かんちゅう》だけは、なんとしても守らなければなりません。でなければ、五《ご》斗《と》米《べい》道《どう》は滅びるしかありません」

「わかったが、国のことは、ゆっくりと時をかけて話し合おう。余人には語ることではない」

「はい」

「漢中は、守らねばならぬ、と私も思う」

「山が、味方をしてくれます。山にさえ入れば、敵を潰せる。そうしておこうと思います。すでに、そのために白忠《はくちゅう》が出発しています」

「母者の夢か」

「劉焉《りゅうえん》が死んだので、夢まで潰《つい》えたとは思いたくありません。むしろ、死んだことは五斗米道にとってはよいことです。劉焉は、教祖と並び立ち、帝のように振舞ったでありましょうし」

「おまえの気持は、わかるがな」

「母上は、夢のために、劉焉に身を任せられたのだろうと思います。夢を抱いていたからこそ、できたことです」

「二度と、そのことは言うな、張衛《ちょうえい》。口に出して言うことを、私が禁じる」

「はい」

「漢中の守りの兵はいるとしても、政事《まつりごと》はなさねばならぬぞ」

「まず、法を定めることでしょう。それを、伯父上にお願いしたいのです」

「私には、できぬ」

「ほかに、人はいません。祭酒《さいしゅ》たちからそれを選ぶのは、諍《いさか》いのもとになりかねません」

鮮広《せんこう》が腕を組んだ。

言おうと思っていることは、言った。

国ができないはずはないのだ。五斗米道という、芯《しん》になるものはある。国を作ろうとする者がいるかどうか。いまは、それだけだろう。

「兵は、五万にまで増やします。伯父上。その兵を養うためにも、政事は必要なのです」

それだけ言い、張衛は庵を辞去した。

再び陣屋へ戻り、側近の兵を集めた。およそ、百名。これを二千名ほどにし、自分で指揮しよう、と張衛は思った。白忠にも任成《じんせい》にも、将軍の役をやらせればいい。隊長の中からも、何人かそういう者を選び出す。

兄がいて、弟がいる。それぞれの仕事を、天が定めたのだ、と張衛《ちょうえい》は思った。

3

許昌《きょしょう》に帝《みかど》を迎えた。

許都《きょと》と呼ぶようにした。官位も、漢《かん》王室のそれにもとづいて決めた。

帝に力がないので、官位はすべて曹操《そうそう》の存在で権威を裏打ちされる。

自分がそれほどの存在だとは、曹操は考えていなかった。官位も、どうでもいいものだった。ただ、それを使うことで、さまざまな試みもできた。たとえば、自ら大将軍に就《つ》いてみると、袁紹《えんしょう》が横をむいた。それで、曹操は大将軍を袁紹に譲《ゆず》った。

袁紹は、どうでもいいとは思いながら、一応の序列程度は気にしているのだろう。第一の実力者ではあるが、それ以上朝廷に関《かかわ》ってこようとはしない。

許都には、宮殿から宗廟《そうびょう》まで造営し、役所の建物も新しいものにした。かたちとしては、洛陽《らくよう》や長安《ちょうあん》と較《くら》べても遜色《そんしょく》はない。

しかし、許都はあくまで、覇業《はぎょう》のための軍都だ、という思いが曹操にはあった。人が集まるのを嫌いはしなかったが、野放図《のほうず》に城郭《まち》が拡《ひろ》がるのは避けた。そのあたりは、荀彧《じゅんいく》が手腕を発揮した。

「屯田《とんでん》はどうだ、荀彧？」

荒れた田、持主がいなくなった田に、兵を入れて、開墾《かいこん》させた。調練《ちょうれん》ばかりをくり返すのが、兵ではない。米の増産の役にも立てたかった。それで、領地はずっと豊かになる。いずれは、許都の周辺だけでなく、支配地の全域にそれを拡げるつもりもあった。いや、一年二年の長期滞陣や、遠征も考えられる。兵が、自分で米や麦を育て収穫すれば、兵糧《ひょうろう》の問題はずっと楽になる。

「まだはじめたばかりで、先は見えません。兵だけではなく、流浪《るろう》の農民にも開墾の手助けをしてやれば、民は中原《ちゅうげん》に流れこんでくる、と私は思います。そのために、耕地を貸す制度なども設けた方がよいかと」

「進展があるたびに報告せよ、荀彧。私は、袁紹と較べるとまだ小さい。あらゆることで、袁紹を凌《しの》ぐ努力をしなければならん」

「宮中の方も、いろいろと整えなければならないことがありますが」

「それはすべて、程昱《ていいく》に任せようと思う。いまはまず、屯田の成功が私にとっては重大事だ」

荀彧は、根底に漢王室の復権という志《こころざし》を持っている。曹操の覇道《はどう》が行き着くところもそこと考えているようなのだ。最後のところは、曹操《そうそう》と考え方が違う。しかしそれは、最後の最後のところだった。

「屯田には、力を注ぎます。ところで、殿。荀攸《じゅんゆう》が殿にお目にかかってもよい、と申して参りました」

「なに、そうか」

荀彧《じゅんいく》の一門では、傑物《けつぶつ》と言われている人物だった。いま自分がなさねばならないことは、人を集めることだ、と曹操は思っている。荀攸は、以前から欲しい人材だった。

「それはいい。すぐに手配してくれ。荀攸は、いま荊州《けい》か?」

「はい。蜀郡《しょく》の太守《たいしゅ》を拝令してはおりますが、益州《えき》との交通は途絶《とぜつ》したままで、いまだ任地に入れずにおります」

「すぐに呼べ。早く会ってみたい」

荀彧は頭を下げ、退出した。

次には郭嘉《かくか》を呼び、西方の守備の状況を聞き、屯田の可能性について調査するように命じた。西に送る兵糧は、できるかぎり少なくしたい。大敵がいるわけではないのだ。

軍の掌握《しょうあく》は、夏侯惇《かこうとん》にやらせ、その下に将軍が何人かいる。夏侯惇はもとより、その将軍たちとも曹操はしばしば会った。

まだ勢力は小さい。誰《だれ》かと連合すれば、袁紹《えんしょう》と五分に対峙《たいじ》することはできる。たとえば荆州の劉表《りゅうひょう》、あるいは南方の袁術《えんじゅつ》。そのどちらかと組んだだけでも、袁紹に勝てる可能性はある。しかし、ここまで自分の力で大きくなってきたのだ。

自立ということを考えた時、曹操はいつも劉備《りゅうび》のことを思い出した。百人ほどの軍勢しか擁《よう》していない時から、あの男は決して自立の意志を捨てなかった。徳の将軍という風評を作りあげながら、群雄《ぐんゆう》が潰《つい》えたり屈服したりする中で、したたかに生き延びてきている。一時は徐《じょ》州まで領《りょう》し、自分と敵対したことさえあったのだ。いまは袁術に敗《やぶ》れ、徐州を呂布《りょふ》に奪《うば》われ、小沛《しょうはい》で五千ほどの兵を養っているが、これで潰《つい》えたとは到底思えなかった。劉備自身も、またいつ立ちあがるか、という機を狙《ねら》っているだろう。

袁紹や袁術などより、ほんとうはああいう男の方が手強《てごわ》いのかもしれない。

それから江東《こうとう》の孫策《そんさく》も気になった。袁術の力は飛躍的に大きくなっているが、それは孫策の力が大きくなったということだった。袁術は、まだ孫策が支配下にいると思っているだろう。そこが、袁術の甘さだった。あの孫堅《そんけん》の倅《せがれ》は、遠くない将来、間違いなく袁術《えんじゅつ》から自立する。

若い者が次々に出てくる。そう思った。曹操《そうそう》は、すでに四十の坂を越えている。

「ほう、益《えき》州に動きか」

五錮《ごこ》の者が報告に来た。

この十年、乱れに乱れたこの国の中で、山に遮《さえぎ》られた益州だけは、大きな動きがなかった。自ら望んで益州牧となった劉焉《りゅうえん》が死んでから、しばらくが経《た》つ。益州にもやはり火種はあったということなのか。

「なるほど、張魯《ちょうろ》か」

「劉璋《りゅうしょう》の軍勢を、漢中《かんちゅう》の張魯軍が打ち払っております。漢中は、すでに五斗米道《ごとべいどう》の国と言ってよく、いま益州で劉璋と対立することになった、ということです。なにしろ、劉璋は五斗米道の教母と弟たちを惨殺《ざんさつ》いたしましたので」

「それで、五斗米道はもつのか？」

「むしろ、劉璋の方が危ういという気がいたします。信仰で結ばれた者は強く、漢中はしっかり固まっております。漢中の山々は、それ自体が砦《とりで》と言ってよく、いたるところに穴が掘られ、倒木や石が仕掛けられ、軍勢と名のつくものは、一兵も入れないという状態です」

「劉璋に手はないのか？」

「張魯を暗殺することでしょう。劉璋は、父親ほど益州を押さえきれておりません。しかし、難しいと思います」

「おまえたちでも、そうか？」

「張魯には、百ほどの手練《てだ》れの者がついています。ほかに祭酒《さいしゅ》と呼ばれる信徒の頭も。張魯は南鄭《なんてい》の城にさえおらず、山の頂《いただき》の館《やかた》におりますが、その山に近づけません」

「戦《いくさ》もなす教祖か。いずれ、黄巾《こうきん》の張角《ちょうかく》と同じ道を辿《たど》るのではないか」

「いえ。教祖は戦をなしません。弟に張衛《ちょうえい》という者がいて、なかなかに軍略に長じているようです。信徒は益州全域におりますが、漢中だけは信徒以外におらぬという有様《ありさま》で」

「それは手強いのう」

「政事《まつりごと》も祭酒たちによって行われ、刑罰《けいばつ》なども独得なものが定められているようです。郡の役人がいないだけでも、漢中は別の国と申せましょう」

「いずれ、劉璋の方が呑《の》みこまれかねぬか」

「それまでには、まだ時がかかりましょう。われらの見るところ、五斗米道はそれほど急いではおりません。劉璋は懲りずにまた出兵するでしょうが、打ち払われます。しかし、五斗米道《ごとべいどう》が益《えき》州全域に出ていくことは、すぐにはないと思います」

「それほどに、漢中《かんちゅう》を固めているのか？」

「十万の大軍で、半年をかけても、なかなかに攻略は難しいかと。山の国で、その山がすべて砦となれば」

「わかった。続いて人をやっておけ。五斗米道が、益州を呑みこむと、厄介《やっかい》なことになる。といって、おまえたちが余計な手を出すこともならん」

「われらは、殿の御命令がなければ」

「浮屠《ふと》（仏教）の信徒としては、五斗米道の伸長は不安であろう」

「浮屠は、他教と己を較《くら》べることなどいたしません」

「ならばよい。行け」

　このところ、石岐《せきき》は顔を見せない。許都《きょと》郊外の林に庵《いおり》を結んでいるというが、曹《そう》操《そう》も訪《おとな》ったことはなかった。

　考えなければならないことが、山ほどある。考えるだけではなく、決めたらすぐに実行もしなくてはならない。幸い、優れた人材は集まってきている。荀攸《じゅんゆう》も、やがて許都に来るだろう。人が集まるのは、帝を推戴《すいたい》しているからであるとも思えた。

人の心には、四百年続いた漢《かん》の王室というものは、消し難くあるようだ。

「面白いことが起きております、殿」

夏侯惇《かこうとん》が、曹操の私室にやってきて言った。この私室に入れるのは、夏侯惇や荀《じゅん》彧《いく》ほか、数名のみである。ここでも、十名ほどの選《え》りすぐりの手練《てだ》れを連れた典韋《てんい》が、しっかりと警固《けいご》している。

「袁術《えんじゅつ》が、劉備《りゅうび》を攻める気のようです」

先年の戦で、劉備を潰《つぶ》しきれなかった。袁術は、そのことにこだわっているのか。

「駄目になっていくな、袁術は」

劉備のほんとうの手強さを見抜いて、袁術が動いているとは思えなかった。寡兵《かへい》であった劉備を潰すことができず、自尊心が傷つけられたとしか思えない。曹操にとっては、劉備が消えるのは悪いことではないが、袁術にはあまり意味がないのだ。

「袁術はまた、おかしなことを考えております。呂布《りょふ》に娘がひとりいるのは御存《ごぞん》知《じ》でありますか？」

「知っている」

「その娘と、自分のひとり息子との縁談《えんだん》でございます」

「つまり袁術は、劉備を潰し、呂布を取りこもうとしているということだな。それで、南方から徐州《じょ》まで支配できると」

袁術《えんじゅつ》がいまやらなければならないのは、会稽《かいけい》までをも制した孫策《そんさく》を、しっかりと押さえこむことだ。呂布《りょふ》と連合することで孫策を押さえこもうというのは、なかなかの戦略ではあるが、穴が大きすぎる。従ってくる者は受け入れるだろうが、呂布はもともと孤独に闘う男だ、と曹操《そうそう》は思っていた。特に董卓《とうたく》を殺してからの呂布は、誰も制御《せいぎょ》することはできなくなっている。

「近々、袁術は兵を出すでしょう。それを、呂布の下にいる陳宮《ちんきゅう》が、あの才でどう捌《さば》くかですな」

陳宮が、どうにかできることではない、と曹操は思った。確かに才はあるが、そういうところで生かせる質《たち》のものではない。

むしろ、呂布がどう受け取るかの問題だろう。

「殿は、袁術と呂布の連合はできまいとお考えでしょうが、この縁談が成り立ってしまえば、理屈を超えた血の問題が出てきます。二人が連合できないような手だけは、打っておかれた方がよろしいと思います」

「なにか、おまえにいい手はあるのか?」

「私の知り人で、陳珪《ちんけい》と申す老人が、いまなかなか呂布の信頼を得ております。陳《ちん》登《とう》と申す息子も、切れ者です」

「動かせるのだな、その父子《おやこ》を」

「はい」

「ならば、任せよう。確かに袁術と呂布が組めば、私は南に強大な敵を抱えるということになる」

「それにしても、袁術も呂布を討とうと考えればよさそうなものなのに。名門の人間が考えることは、よくわかりません」

「袁紹《えんしょう》の考えていることは、わかるだろう？」

「河北《かほく》の統一でございますな。帝には見向きもしなかった。河北を統一し、それから殿や袁術を討つ。それでこの国を制することができます。袁紹は、自ら袁《えん》家の王室を作り、その最初の王になろうというのでありましょう。まさにそれが王道、と本人は考えているでしょうな」

「公孫瓚《こうそんさん》が、少しずつ締めあげられていく。もはや幽《ゆう》州で孤立した恰好《かっこう》だ」

「劉備《りゅうび》が救援にむかうということは？」

「あるまいな。劉備という男、公孫瓚の器量をとうに見切っておる」

「いずれ、殿はもう一度、乾坤一擲《けんこんいってき》の勝負に出なければなりません」

袁紹《えんしょう》とは、いずれぶつかる宿命だろう。それをいつにするのか。北に公孫瓚《こうそんさん》がいる間がいいが、いまは南の勢力がまだ強すぎる。袁紹と荊《けい》州の劉表《りゅうひょう》との結びつきも固い。

「夏侯惇《かこうとん》、この国は広いな。私は、もっと力を蓄《たくわ》えたい。気づけば、もう四十も過ぎている」

「焦《あせ》って、よいことはなにもありません」

「感情に任せて徐《じょ》州を攻め、呂布《りょふ》に兗《えん》州を奪《と》られかけた。あの時のことは、忘れまい。取り戻すのに、一年余の歳月を必要とした。無駄な歳月でもあった。よく考えると、袁紹という男は、無駄なことはなにひとつしておらん」

「おわかりになっていれば、それは無駄ではありますまい」

夏侯惇が、穏《おだ》やかに笑った。

譙《しょう》県で、わずか五千の兵を集めて、旗揚げをした。あれから何年が経《た》ったのか。あっという間だったような気もするし、長い旅だったとも思う。力のかぎり闘い、生きてきた。それだけは、確かな思いだった。

4

袁術《えんじゅつ》から持ちこまれた縁談《えんだん》を、呂布はそれほど考えずに承知した。娘を嫁にやることによって、袁術との連合になる。陳宮《ちんきゅう》はその是非《ぜひ》を考え続けていたが、呂布はただ、娘と離れられると思っただけだった。

娘を見ると、いやでも産んだ瑶《よう》を思い出す。だから、下邳《かひ》の館《やかた》でも、侍女《じじょ》を何人かつけただけで、顔を合わせずに暮している。

袁術が嫁に欲しいと言うなら、それもいいだろうと思ったのだった。娘を、決して軽く扱《あつか》うことにはならない。だから、瑶を裏切ることにもならない。

ところが、下邳城では、この縁談の是非をめぐって、重臣《じゅうしん》たちの大騒ぎが起きた。要するに、縁談そのものではなく、袁術と手を組むことが是か非かという議論だった。

陳宮には意見を訊《き》いたが、思い悩んでいて結論は持っていなかった。陳宮は、いつも天下ということを考えている。いま袁術と結ぶと、その傘下《さんか》に入ったと世間では見られるのではないか、とどうしても考えてしまうようだった。

州をひとつ領《りょう》すれば、こんな面倒な問題も起きてくる。

「陳珪《ちんけい》と陳登《ちんとう》の父子《おやこ》が、取りやめにせよとうるさい。袁術《えんじゅつ》は、朝廷に逆心を抱いているというのだ。このところ、袁術の振舞いは、さながら帝《みかど》のようだということだ。俺《おれ》には、そんなことはどうでもいい。ただ、娘を嫁にやると、袁術をひねり殺すことはできなくなるな」

「殿、袁術と言えば、名門中の名門。袁紹《えんしょう》をすら、妾腹《しょうふく》だと馬鹿にしております。息子の縁談は、いずれ曹操《そうそう》や袁紹を攻める時、殿を先鋒《せんぽう》に使おうという魂胆《こんたん》なのではありますまいか」

「俺と連合しようというからには、当然、ともにやつらと闘おうということだろう」

「理由をつけて、引き延ばせませんか。袁術の肚《はら》が、いまひとつ読めません」

袁術が、劉備討伐《りゅうびとうばつ》の軍を出したという知らせが入ったのは、陳宮《ちんきゅう》とそういう会話を交わした数日後だった。

三万の軍で、小沛《しょうはい》を攻めるという正式な知らせが、呂布《りょふ》のもとにも届いた。小沛の劉備は、せいぜい五千といったところだろう。勝敗は見えていた。

「しかしなぜ、袁術は劉備を攻める？」

「先年、揚州《よう》に攻めこまれたことを、忘れていないのでありましょうか」

袁術がやることは、まだほかにあるはずだ、と呂布は思った。しかし、深くは考えなかった。袁術が自分を討《う》ちに来るというなら、相手としてやってもいいが、わずか五千の劉備を討つというのだ。

「執念深い男なのです。細かいことを根に持って、大きなところを見落とす。愚《おろ》か者でありますな。曹操と手を組んで袁紹にむかわれた方が、殿の未来は大きく拡《ひろ》がります」

「細かいことを、根に持つか」

会議で陳登がそう言ったが、それも呂布には納得できなかった。

ただ、劉備をこのまま討たせていいのか、という思いはある。小沛は下邳《かひ》の属城のようなもので、つまるところ、袁術は呂布の部将を討とうとしていることと同じではないのか。

「どちらにつくことも、避けた方がいいと思います。劉備殿に対する借りは、先年の戦《いくさ》で袁術軍を追い払ったことで、すでに済んでおります」

陳宮が言った。それに対しては、陳珪、陳登の父子も、異議はないようだった。

「ここで袁術と決定的に不和《ふわ》になるのも、対曹操を考えれば賢明《けんめい》とは言えん。縁談は返事だけは色よく、実際には引き延ばす。そういうことで情勢を見ていくべきだと思うがな、陳珪《ちんけい》殿」

「まあ、それもよいか、陳宮殿《ちんきゅう》」

陳珪、陳登《ちんとう》は、もともと徐州《じょ》の高官である。死んだ陶謙《とうけん》の家臣というわけではなく、だいぶ昔に中央から赴任してきていた。能力はあると陳宮は言ったが、呂布《りょふ》は好きでも嫌いでもなかった。どこにも、こういう役人はいたものだ。

袁術軍《えんじゅつ》の大将は、紀霊《きれい》だった。袁術麾下《きか》随一の武将と言われている男だ。なにがなんでも、袁術は劉備《りゅうび》を殺そうと考えているようだった。

「細かいことを、根に持つ男か」

ひとりになると、呂布は呟《つぶや》いた。

戦なら戦で、早くはじめたかった。しかし、陳宮はまだだという。徐州内の豪族《ごうぞく》は力で押さえこんでいるが、ほんとうに帰順してはいない。そんなことは、呂布にはわかっていた。負けた者は、勝った者にいやでも従う。すべてがそういうことではないのか。

呂布は陳宮にそう言ったが、兵数の問題から兵糧《ひょうろう》の問題まで、陳宮は持ち出してくる。

　天下を狙《ねら》うならば、いまはまだ袁術の下にいる孫策《そんさく》と組んでまず袁術を倒し、次に孫策と揚《よう》州を賭《か》けて闘う。勝てば、荊《けい》州の劉表《りゅうひょう》を討つ。それで、たとえ袁紹《えんしょう》と曹《そう》操《そう》が結んでも、充分に対抗することはできる。

　呂布は、単純にそう考えていた。二十万、三十万の軍勢で、広い国土を争うと考えず、二千三千で、せいぜい郡のひとつを奪《うば》う戦、と置き直して考えてみればいいのだ。

　ほんとうに勝てるかどうかはわからないが、少なくともそれで勝ちは見えてくる。あとは、やってみなければわからないのが、戦なのだ。

　徐州には、四万の兵がいた。江東《こうとう》の孫策と組めば、袁術を挟撃《きょうげき》して充分に勝てる。孫策に勝てるかどうかは、その後のことだ。

　四万の兵は、豪族たちがいやいや差し出したもので、精鋭ではないと陳宮は言う。しかし、調練《ちょうれん》はしていた。あとは、死地に立たせればいい。それで、兵は強くなるものだ。

　配下に、将軍が五人いた。騎馬隊は八千である。呂布の日々は、その将軍たちの練兵に立ち会うことだった。時には、三百数十の麾下の動きを見せてやる。二千騎ほどとの、戦の真似事《まねごと》もしてみる。麾下の兵に、隙《すき》はなかった。二千騎が相手なら、縦横に駈《か》け回り、分断し、追いつめることができる。

この麾下《きか》がいるかぎり、騎馬戦になって負けるとは思えなかった。

紀霊《きれい》に率《ひき》いられた袁術《えんじゅつ》軍が、徐州《じょ》に入り、小沛《しょうはい》にむかっていた。

「殿、小沛より救援の要請《ようせい》の使者《ししゃ》が参りました」

当然の要請だ、と呂布《りょふ》は思った。小沛は下邳《かひ》の支配下で、そこが大軍に攻められるとなると、下邳が援軍の要請を受ける。

しかし重臣たちは、袁術軍と闘うことに積極的ではなかった。いつもの呂布なら、そんな意見は無視しただろう。反対意見のほとんどが、縁談が進行中という理由によるものだった。瑶《よう》が産んだ娘。そう思うと、呂布も無闇《むやみ》に立ちあがることはできなかった。袁術は、うまいところを衝《つ》いて、自分の動きを封じている、と呂布は思った。

「紀霊の軍が、寿春《じゅしゅん》に帰れば、それでいいのであろう、陳宮《ちんきゅう》？」

「しかし、袁術が本気で劉備《りゅうび》を潰《つぶ》す気で出してきた軍ですぞ、殿」

「戦にならなければいい。一兵も死なせることなく、紀霊の軍を俺《おれ》が寿春に帰してやる」

「そんなことを、どうやって？」

「任せておけ。出動するぞ」

陳宮が止めようとしたが、呂布はもう聞かなかった。

騎馬隊だけ、五千騎を整列させた。呂布は、赤兎《せきと》に跨《また》がった。麾下の、黒ずくめの軍団。『呂』の旗とともに動き出す。自分の躰《からだ》が、思う通りに動いている。呂布はそう思った。

前衛に五百騎。後方に四千五百騎。この軍を、誰《だれ》が破れるというのか。

小沛の城から十里（約四キロ）のところに、紀霊は本陣を置いていた。三万は本陣の両翼に拡げている。劉備は、小沛の城を固めていたが、徐州の豪族は誰も援兵を出さなかったようだ。徳の将軍などと謳《うた》われても、追いつめられればこんなものだ。

強さがすべてなのだ、と呂布は思った。

呂布は、五千の騎馬を、両陣営を等分に見渡せる丘陵《きゅうりょう》に整列させた。その前に、三百数十の麾下。『呂』の旗が、風に靡《なび》いている。

「両陣営に使者を出せ、陳宮。この呂布が、劉備と紀霊の三人で話したがっているとな。拒絶したら、すなわち敵対と見なす。なに、ただの話だ。血を見ることはない」

「しかし、殿」

「ここは、戦場だ。俺の言うことに従え、陳宮《ちんきゅう》。連れてくるのは、文官が一名だけ。俺には、おまえがついてくるといい」

陳宮が、伝令の兵を四名呼び、二名ずつ両陣営へ駈《か》けさせた。

その伝令が戻るとすぐに、呂布《りょふ》は胡床《こしょう》(折り畳みの椅子)を二つ、両陣営の中間に置かせた。

「行くぞ、陳宮」

呂布は陳宮と二騎だけで胡床が置かれている場所に進み、十数歩手前で赤兎《せきと》から降りて歩いた。それを見ていた両陣営から、二騎ずつ出てきた。劉備《りゅうび》と紀霊《きれい》。文官がひとりずつ付いている。劉備についているのは糜竺《びじく》という男だった。

呂布は、二人に胡床を勧《すす》めた。

「小沛《しょうはい》の降伏《こうふく》は認めぬ。劉備の首を、わが殿は所望されている」

紀霊は、呂布の方だけを見て言った。黒い髭《ひげ》を蓄《たくわ》えた偉丈夫《いじょうふ》である。劉備は、弱々しく見えた。

「和睦《わぼく》して貰《もら》いたい」

呂布が言うと、劉備がうつむいていた顔をあげた。

「袁術《えんじゅつ》殿の御子息との縁談が進んでいる。したがって、俺は袁術軍とは闘えん。しかし小沛は下邳《かひ》の支配下。劉備が討たれるのも、黙って見ていることはできん。つまり、この戦は俺にとっては困るのだ」

「それは、呂布殿の都合だけではないか」

横をむきながら、紀霊が吐《は》き捨てた。劉備は黙って呂布を見つめている。

「劉備の命乞《いのちご》いならまだしも、和睦などと馬鹿げたことを」

「俺は呂布だ、紀霊」

呂布は、眼《め》を細めて紀霊を見つめた。

「俺が困る戦を、袁術はなぜ仕掛けてくる。縁談さえなければ、俺がおまえの首を刎《は》ね飛ばしてやるところだぞ。それとも、縁談は策か、まるで腐れ者が考えるようなことな」

「なんと」

「高が三万。皆殺しにするぐらい、俺にとってはたやすいことだ。それが話し合おうと言っているのだ。それとも、俺の騎馬隊と手合わせをしてみるか」

「待たれよ。話し合いはいい。しかし、劉備を討てというのは、わが殿の命令だ。和睦はできぬ」

「わかった。和睦などしなくてもいい」

劉備《りゅうび》の表情は動かない。弱々しく見えるだけで、ほんとうはしたたかな男なのか。紀霊《きれい》の顔色の方が、蒼《あお》くなったり赤くなったりしていた。

「天の意志に賭けてみようか」

「どういうことです？」

「二百歩の距離で、戟《げき》の胡《こ》（要《かなめ》の部分）を矢で射ることができるか、紀霊？」

「そんなことが、できるわけはない」

「俺なら、できるかもしれん」

「だから？」

「俺が、戟を射る。当たったら、おまえは兵を退《ひ》け。それを、天の意志だと思うのだ。当たらなければ、好きなだけ戦をすればいい。俺は手を出さん」

どう見ても、劉備には不利な申し出だった。紀霊は考える表情をしているが、劉備は顔色も変えていない。

「俺も、やるだけのことをやらねばならん。御両所の返事を聞きたいな。考える時はやれぬ」

「いいでしょう」

言ったのは、劉備だった。こいつ、と瞬間呂布《りよふ》は思った。平然と言い放った、という感じだったのだ。

紀霊の方が、うろたえていた。

「ほんとうに、当たらなければ手を出されないのですな、呂布殿」

「当たり前だ」

「ならば、戦の前の儀式《ぎしき》のようなものだ。やっていただきましょう」

「当たれば、兵を退けよ。退かなければ、俺は俺の騎馬隊を動かす」

「わかった」

当たるはずがない、と紀霊は思っている。普通の弓手なら、矢が届きさえしない距離だ。それでも、紀霊には落ち着きがなかった。劉備は、無表情で遠くを見ている。

「よし、陳宮《ちんきゆう》の二百歩だ。普通に歩く。連れてきた者に、それを確認させせろ」

胡床が置かれたところから、二百歩。陳宮が、ゆっくりと歩いていく。

かなりの距離だった。確認して戻ってきた麋竺《びじく》が、蒼い顔をしていた。劉備は、遠くを見るような眼を変えていない。

「よし、陳宮。戟を立てさせろ。それから、弓だ。どんなものでもいいぞ」

兵がひとり駈けて、戟《げき》を立ててきた。手渡されたのは、ごく普通の弓と矢だった。

「それぞれの陣に戻り、兵たちに俺の話を伝えてくれ。みんなで見物するがいい。当たらなければ、俺が恥をかく。その時は、いくら笑ってくれてもよいぞ」

劉備《りゆうび》と紀霊《きれい》が、自陣へ去った。

「殿」

「劉備のやつ、顔色ひとつ変えようとしなかったな。どこか不貞不貞《ふてぶて》しい。それに較《くら》べて、紀霊は胆《きも》の小さな男だ」

「わざわざこんなことをして、恥をかくことはありますまい、殿」

陳宮《ちんきゆう》も、当たるはずがない、と思っている。両陣営が、どよめきはじめていた。

呂布《りよふ》は胡床から腰をあげ、天を仰いで風を測《はか》った。

晴れている。雲の動きは、それほど急ではなかった。

呂布は、弓と矢を持った。

どよめいていた両陣営が、水を打ったように静かになった。戟の刃が、陽《ひ》の光を照り返している。それが大きく見えるのか、小さく見えるのか。心の持ちようだ、と呂布は思った。

呂布は、一度赤兎《せきと》の方に眼をやった。赤兎にも、この賭けを見せたかった。

構《かま》える。引きしぼる。戟の刃が放つ光しか、呂布には見えなくなった。矢。無意識に放っていた。戟の刃の光に、それは吸いこまれていった。

光が消える。

戟は倒れていた。

両陣営から、声があがった。それが、空を圧するほどに大きくなった。陳宮が、口を開けて呂布を見ている。

呂布が片手をあげると、麾下《きか》の兵が駈けてきた。『呂』の旗。赤兎に跨った。

黒ずくめの軍団が、紀霊の陣にむいた。まだ、声があがり続けている。『紀』の旗が動いた。遠ざかっていく。天の意志に、紀霊は従ったようだ。

「こんなことが、あるのですか、殿」

「俺は、当てるつもりだった。当てる自信もあった。劉備は、それに気づいていた。それに較べ、あの紀霊のやつは、ただうろたえただけだ。袁術《えんじゅつ》など、相手にするような男ではないぞ、陳宮」

赤兎の腹を、股《また》で締めた。赤兎が駈けはじめると、麾下の全騎もついてくる。

徐《じょ》州の原野。戦にはならなかった。場合によっては、紀霊との戦になるとも、呂布は思っていたのだ。

矢が当たった。自分の運なのか、それとも劉備《りゆうび》の運が強かったのか、呂布《りよふ》は駈けながら考えた。かなりの距離だった。当てる気になれば、当たる。

天下などというものも、それと似ているのかもしれない。取る気になれば、取れる。距離があっても、矢は届くところだ。

「天下を取れるぞ」

陳宮《ちんきゆう》にむかって言ったつもりだったが、そばにはいなかった。

この騎馬隊の動きに、陳宮の馬で付いてくるのは無理だろう。

呂布は苦笑し、赤兎《せきと》の腹をさらに股で締めあげた。赤兎の脚が速くなった。

風が、打つように全身に当たってきた。

情炎の沼

1

まともな戦《いくさ》をするには、兵が少なすぎた。

以前のように、流浪《るろう》の義軍《ぎぐん》に戻るには、逆に兵が多すぎる。徐州《じょ》を捨てることで、中途半端な軍勢になった、と劉備は思っていた。拠《よ》っている城も、小沛《しょうはい》という小城である。地形に優れているわけでもない。大軍に攻められたら、きわめて守りにくい城と言っていい。もともと、下邳《かひ》の属城のようなもので、彭城《ほうじょう》とともに西からの攻撃を防ぐ位置にある。

袁術《えんじゅつ》に攻められたが、きわどいところで呂布に助けられた。あのまま袁術軍と闘っていたら、かなり大きな傷を受けることになっただろう。

つまり、後ろ楯《うしろだて》の必要な城なのである。

呂布《りよふ》を後ろ楯にする気が、劉備《りゆうび》にはなかった。いずれ、徐《じよ》州を取り戻さなければならないのである。それに、再び呂布が助けてくれるともかぎらない。

袁術《えんじゆつ》は、明らかに北への進攻を考えていた。そのため呂布と結び、自分を討《う》つ方法を選んだのだろう。孫策《そんさく》が飛躍的に力をのばし、南は固まったと考えているに違いなかった。

確かに、孫策を合わせると、袁術軍は強大なものになる。孫策がいつまでも袁術に従っていると劉備には思えないが、いまのところはかたちとして袁術軍の一翼《いちよく》を担っていた。毎日、袁術のもとへ孫策から兵糧《ひようろう》が届けられている、という報告も応《おう》累《るい》から受けている。

袁術は、いずれ潰《つぶ》れるだろう。しかし、その前に自分は討たれるかもしれない、と劉備は考えていた。

やり方を変える時期に来ているのかもしれない。五千の軍勢を擁《よう》していれば、誰《だれ》も流浪の義勇兵とは考えてくれない。まして、一度は徐州を領《りよう》したのだ。

そういう戦略では、関羽《かんう》や張飛《ちようひ》や趙雲《ちよううん》は頼りにならなかった。この三人は、戦場では比類ない力を発揮する。曹操《そうそう》でさえ、羨《うらや》むほどの武将だろう。だが、いまはその場所を与えてやることもできない。

麋竺《びじく》がいたし、徐州で従ってきた孫乾《そんけん》もいた。いまは、この二人が劉備の相談相手と言える。それでも二人とも文官であり、ほんとうの能力は民政の方にあった。

劉備は、小沛《しょうはい》の城の居室で、ひとり考えこむ日が多かった。また袁術が攻めてきた時、どうすればいいのか。今後、天下はどういうふうに動くのか。

「小沛を捨てようと思うのだがな、麋竺」

徐州を捨てることは、麋竺と話し合って決めた。だから小沛を捨てようという気持が強くなった時、最初に麋竺に話した。

「袁術は、やはり避けた方がいいと私も思います」

「行先は許都《きょと》かな。帝《みかど》がおられる」

「徐州を捨て、いままた小沛までも捨ててしまう。考えてはみても、殿に言い出すことができずにおりました」

「いや、徐州を見れば、やはり呂布に譲《ゆず》ってよかったのだ。陶謙《とうけん》殿も私も散々にてこずった豪族《ごうぞく》が、力を失った。次に徐州に戻った時は、格段《かくだん》に治《おさ》めやすい土地になっているはずだ」

「小沛にいればまだしも、許都では遠すぎます」

「近ければいいというものでもない。徐州さえ捨てたのだ。小沛を捨てられぬことなどあろうか」

糜竺《びじく》は、膝《ひざ》を小刻みに動かしていた。いつもは気にならないその癖が、妙に眼障《めざわ》りだった。

「方法は、おまえに任せる。夜逃げというわけにもいくまい。それなりの理由がないことにはな」

「曹操《そうそう》が、われらを受け入れてくれるかどうかです。もし受け入れたとしても、殿は曹操の下風《かふう》に立たれることになりかねません」

「それでもよい。五千の軍で流浪というわけにはいかん。後ろ楯だと思えば、心強い男ではないか、曹操は」

「わかりました」

糜竺がうつむいた。五千は、鍛《きた》えあげた兵だった。つまらぬことでは、一兵も失いたくないという思いがある。

「どうなるか先は読めぬが、一度小沛《しょうはい》を捨てることで、事はうまく転がるかもしれん。曹操にとって、呂布《りょふ》は眼障りだろう。足もとを掬《すく》われたこともあるのだからな」

「曹操とともに呂布を討てば、徐州《じょ》は曹操のものとなります。徐州を捨てた時は、取り戻すのは難しくないと思ったのですが、思いのほか、呂布が力をつけました」

「私も同じだ、糜竺。考えている以上に、呂布は非凡な男かもしれん。戦場で勇猛《ゆうもう》だというだけでなくな」

「呂布が力をつけた分だけ、曹操の警戒心も強くなっていると思います」

曹操は、いずれ袁紹《えんしょう》と対峙《たいじ》しなければならなくなる。袁紹は、荊州《けい》の劉表《りゅうひょう》と結んでいた。それは、曹操の公孫瓚《こうそんさん》との結びつきよりもずっと強い。

もともと、曹操は同盟を嫌う男だ。自分に従う者を受け入れるというかたちで、ここまで大きくなってきた。それは、劉備にとっては驚嘆《きょうたん》に値することだった。特に、青州《せい》黄巾《こうきん》軍百万を降《くだ》した、存亡を賭《か》けたあの戦が大きかった。

自分にはまだ、そういう秋《とき》が来ていないのだ、と劉備は思う。それなら、志《こころざし》を胸に秘めたまま耐《た》え続けるしかないのだ。

「糜竺、呂布とは、完全な敵味方になることはない。曹操のもとに行っても、うまく立回れる。呂布も、本気では怒らぬ。その程度のことにしておこう。天下はまだ、ひとつの流れにはならず、方々で雨が降っては、小さな川の水嵩《みずかさ》が増したりしている」

袁紹、袁術《えんじゅつ》がいる。曹操がいる。公孫瓚がいる。荊州の劉表、益州《えき》の劉璋《りゅうしょう》、そして徐州《じょ》の呂布《りょふ》。涼州《りょう》では、董卓《とうたく》の遺臣たちが力をつけてきているというし、揚州《よう》には、袁術《えんじゅつ》のかげに隠れたようにして、孫策《そんさく》がいる。益州《えき》でも、漢中郡《かんちゅう》だけは五斗米《ごとべい》道《どう》の張魯《ちょうろ》が固めているという。

誰が、どの流れに呑《の》みこまれていくのか。一戦一戦で、情勢は動く。

「まだ待とう、麋竺《びじく》。幸いにして、帝は許都《きょと》におられ、長安《ちょうあん》におられたころより、御身《おみ》のまわりはずっといいという話も聞いた」

「曹操《そうそう》が、帝の権威を利用しはじめています。官位など、曹操の思うがままでありましょうし」

「曹操に、漢《かん》王室復興の意志はない、と私は見ている。それは袁紹《えんしょう》も袁術も同じだ」

「御存知《ごぞんじ》ですか、殿。袁術は、寿春《じゅしゅん》でほとんど帝のような振舞いをしているそうです。漢王室のあとを袁《えん》家が継ぐという思いこみのようなものが、袁術にはあるようですな」

「それも、知っている。北へ力をのばそうという思いも、そこから来ているのかもしれん。袁術は、なにかが見えなくなっている」

「だから、小沛《しょうはい》の小さな勢力でしかない殿を、執拗《しつよう》に狙《ねら》ったりもするのでしょう」

糜竺が、また膝を揺すりはじめた。

「張飛《ちょうひ》殿に、悪役になっていただこう。呂布とは因縁《いんねん》もあることだし。殿を悪役にすると、面倒になりますので」

「また、張飛か」

「損な人柄というか、張飛殿が悪役をしてくだされば、誰もが納得するというところがあります。これが、関羽《かんう》殿でも趙雲《ちょううん》殿でも、納得はさせられないのです」

「任せよう」

兵たちの憎まれ者は、張飛だった。同時に、恐れられてもいる。調練《ちょうれん》では、動きについてこられない兵を、みんなの前で打ち殺す。戦場では、命令通りに動けない兵を見つけては、首を刎《は》ねる。

それで、張飛がいれば、兵は調練で決して手を抜こうとしない。戦場で、退《さ》がろうと思った時は、敵に殺されるのか張飛に殺されるのか、ということになる。軍は、張飛の存在で、小さくてもしっかりまとまったものになっている、と言ってよかった。

劉備《りゅうび》は、その張飛に労《ねぎら》いの言葉をかけたことがほとんどない。

沛《はい》県を通る馬商人の馬を張飛が襲い、二百頭ほど奪《うば》ってきたのは、それからひと月ほど経《た》ってからだった。呂布《りよふ》軍の護衛《ごえい》が二十人ほど付いていたが、それも蹴散《けち》らしている。

小沛《しようはい》と下邳《かひ》の間が、にわかに緊張した。

「兵の調練にちょうどよい、と呂布は言っているそうです。いま、呂布軍は軍制こそ整っていますが、呂布麾下《きか》を除いて、実戦の経験に乏《とぼ》しいのです」

応累《おうるい》が、下邳の様子を報告してきた。

戟《げき》を射て袁術《えんじゆつ》軍を追い返してから、徐《じよ》州内での呂布の声望はあがっていた。従う者も増え、軍勢は六万を超えたという。騎馬戦にこだわる呂布は、盛んに北方から馬を買い集めていたのだ。

「やがて、小沛に攻めてこような、応累？」

「本気で殿の首を取る気はないでしょうが、小沛から追い出してやろうというぐらいは考えていると思います」

「ならば、攻め寄せてきた騎馬隊の中央を突破して逃げるとするか。実戦の経験の乏しい騎馬隊が蹴散《けち》らされれば、呂布はまた血眼《ちまなこ》になって調練をやるだろう」

歩兵を三千率《ひき》いて、まず関羽《かんう》を調練に出した。全軍でぶつかることは避けようと思ったからだ。騎馬一千に歩兵一千。それが小沛の城の兵力である。

「呂布麾下の騎馬隊とは、まともにぶつからぬ。とんでもないことになりかねぬからな。張飛《ちょうひ》と趙雲《ちょううん》が、敵の中央を分断し、そこを残った者が逃げる。家族は小沛に残しておこう。不意に襲われたという恰好《かっこう》を作りたい」

残した家族に呂布が危害を加える、ということはないような気がした。狼《おおかみ》とか虎《とら》とか言われているが、そういうところもある男だ、と劉備は思っていた。それにしても、賭《か》けに似たところはある。

斥候《せっこう》は出していた。

彭城《ほうじょう》から、軍勢が出動したという知らせが入った。騎馬隊二千、歩兵三千が先鋒《せんぽう》である。その後方に、また五千の軍がいて、呂布とその麾下の騎馬隊は、思った通りさらに後方だった。

軍監のつもりで、呂布はやってきている。新編成の騎馬隊の調練の相手とは、見くびられたものだった。関羽《かんう》、張飛、趙雲を先頭に立てて闘えば、呂布自身が指揮する軍とも互角に渡り合える。

いまはその時ではなく、その場所でもないというだけのことだ。

「とにかく、兗州《えん》へ駈《か》けこむ。そこですぐに、呂布へ書状を送る。文面は考えておけ、糜竺《びじく》。張飛が頭に血を昇らせてやったことで、私はなにも知らなかったとな。

弁明すらも聞かずにいきなり攻めるのは、いままでの関係から言っても納得できぬと。小沛《しょうはい》の家族には手出しはしないでくれ、ということも書き添えておくのだ」

「わかりました」

孫乾《そんけん》ほか二十名ほどの文官も、残していくことにした。それで、呂布《りょふ》は騙《だま》されてくれるだろう。

「呂布軍が、十里（約四キロ）に迫りました」

斥候《せっこう》の報告が入った。

五里に迫ったところで、すでに出してあった百名ほどの巡邏《じゅんら》隊が、五百騎ほどに追い立てられてきた。それを収容し、一旦《いったん》城門を閉ざした。騎馬隊二千が、城門から一里ほどのところに陣を組む。歩兵より騎馬が前面に出てきているところが、いかにも呂布の軍勢らしかった。

城門の上からしばらくやり取りをしたが、もとより相手に聞く気はない。

「行こうか、張飛《ちょうひ》。こちらも調練のつもりでいい。中央を突破したところで、まず歩兵の一千を逃がす。張飛と趙雲《ちょううん》が五百騎ずつ率いて、攪乱《かくらん》しろ。あまり遅れるな。黒ずくめの騎馬隊とは、いずれ闘う機会もある」

関羽《かんう》は、すでに兗《えん》州との境界《きょうかい》にいるはずだ。呂布の騎馬隊が本気で追うそぶりを見せれば、関羽が率いる三千の伏兵という流言《りゅうげん》を、応累《おうるい》の手の者が流す手筈《てはず》にもなっている。

城門を開けた。

張飛と趙雲が率いる騎馬隊である。突き出した槍《やり》のように、敵の中央にむかって鋭く突き刺さっていった。大きなぶつかり合いになる前に、張飛は突破していた。反転して攻め、その間に歩兵を逃がした。劉備《りゅうび》や麋竺《びじく》の馬も、歩兵とともに駈けた。

ほぼ、思い描いた通りだった。

兗州との州境で関羽と合流したが、ほとんど兵は失っていなかった。ほどなく追いついてきた騎馬隊にも、損耗《そんもう》はない。

「呂布に使者を出せ。それから許都《きょと》の曹操《そうそう》のもとには、おまえが自ら行くのだ、麋《び》竺《じく》。惨《みじ》めにはなるな。事情を説明し、しばらく兗州の隅を借りたい、と申し入れるだけでいい」

曹操は、自分に膝を屈せよと言うだろうか、と劉備は思った。いっそのこと、先に屈してしまうべきか。

流浪の軍のころとは、やり方を変える。すでにそう決めているのだ。ならば、曹操であろうと袁紹《えんしょう》であろうと、何度でも膝は屈してやる。心さえ、誇りさえ屈しなければ、それでいい。自分が耐えることで、関羽《かんう》も張飛《ちょうひ》も耐えてくれるだろう。

許都《きょと》へむかって進んだ。

三日で、およそ五百里（約二百キロ）。行軍の調練だと部将たちには言い、自分でもそう思いこもうとした。決して、敗軍ではない。

五日目に、先駈《さきが》けをしていた糜竺《びじく》が戻ってきた。曹操《そうそう》が、すぐにでも会いたがっているという。

軍勢の指揮は関羽に任せ、張飛、趙雲《ちょううん》ほか二十騎ほどで、劉備《りゅうび》は許都にむかって駈けた。

途中、田畑《たはた》が拡《ひろ》がっていた。どれも、荒れてはいない。どこまでも続いている田畠だ。以前、このあたりは農民もいなくなっていたが、働いている者の数は多く見かけた。道も整備されている。

屯田《とんでん》をやっているという噂《うわさ》はほんとうだったのか、と劉備は思った。拠《よ》って立つ地がしっかりと固まれば、こんなことも可能になる。同じ土地でも、倍以上の兵を養えるようになるに違いない。

許都に近づくにしたがって、人はさらに多くなった。都とはこういうものだろう、と劉備は思った。曹操は帝を推戴《すいたい》することによって、都を作りあげることもできたのだ。ただ、曹操の心の中で、帝の存在が絶対のものとは思えなかった。帝を、十二分に利用している。劉備には、そう見えた。

　許都の城門は開いている。すでに知らされているのか、衛兵は『劉』の旗を見て直立して通した。

　案内の者が駈けてきて、すぐに曹操の館《やかた》に通された。

「劉備殿」

　曹操だった。小柄だが、眼《め》には威圧《いあつ》するような光がある。

「これは、英雄を迎えることになったな。私は嬉《うれ》しい。事情はすべて、麋竺という者から聞いた。とにかく、座られよ。急ぎの行軍で、さぞかしお疲れであろう」

　膝を屈しろとは言わず、曹操は劉備の手をとった。指さきにこめられた力が、微妙に劉備の心を刺した。劉備は、ただ頭を下げ、勧《すす》められた椅子《いす》に腰を降ろした。

「いつかまた、会えると思っていたぞ、劉備殿。張飛はおるが、関羽がおらぬな」

「軍勢をとりまとめております。これなる若者は趙雲と申します」

「ほう、いい眼をしておる。劉備殿は、武将に恵まれておられる」

　酒が運ばれてきた。劉備の席は曹操と並んでいて、張飛にも趙雲にもそれぞれ席が与えられた。

「夏侯惇《かこうとん》、荀彧《じゅんいく》、程昱《ていいく》、郭嘉《かくか》、荀攸《じゅんゆう》。いま許都《きょと》にいる者たちだ。兗《えん》州から、予《よ》州、司《し》州と領土も拡《ひろ》がってきたので、部将たちが一堂に会することも少なくなった。ここにいる者たちだけでも、お見知りおきくだされい」

ひとりひとりに、劉備《りゅうび》は頭を下げた。

「中原《ちゅうげん》の三州と言っても、しっかり固まっているのは兗州ぐらいで、予州は南からの袁術《えんじゅつ》の圧力を受けているし、司州は西からの侵攻で半分は戦場のようなものだ。この曹操《そうそう》の力は、まだまだ小さい。劉備殿のような英雄をわが陣営にお迎えできて、これほど心強いことはない」

「英雄などと、とんでもないことです。徐《じょ》州を治めることもできず、小沛《しょうはい》さえも追い出され、流浪しか道のない者です」

「なにを言われる。劉備殿は、固い意志のもとに流浪を続けておられた。それも、誰とも組もうともされずにだ。袁紹《えんしょう》殿や袁術殿と組まれれば、いまごろは一州を領されていたであろう。私はいつも、感服して見ていた」

こんな言葉を、いつまでも聞きたくはなかった。拠って立つ土地もない軍勢として、曹操を頼ってきたのだ。

宴《うたげ》が続いた。曹操は、終始上機嫌だった。幕僚たちの中では、年配の程昱がよく劉備に話しかけてきた。ひとつひとつ、劉備は丁寧に答えた。

「呂布《りょふ》のことは、考えている。袁術と呂布が組むと厄介なことになると思っていたが、両者の間には縁談《えんだん》まであるという。しかし、私もすぐに呂布と闘うというわけにはいかぬ。まずは、劉備殿と呂布の間を取りもとう。帝に上奏して、勅定《ちょくじょう》をいただく。もともとは些細《ささい》なことが発端のようだ。呂布も、いやとは言えまい。小沛に戻られる時は、私の兵もいくらか貸せると思う」

後ろ楯を持って、小沛の城にはいる。目論《もくろ》んだ通りのことを、曹操は考えてくれた。どこまで読んでいるのかは、わからない。

曹操が席を立ち、劉備も張飛《ちょうひ》や趙雲《ちょううん》とともに、邸内の一室に案内された。

三人だけになると、劉備は床に膝をついた。

「大兄貴」

驚いて声をあげ、張飛がそばに座りこんだ。劉備は唇を嚙《か》んでいた。誰にも屈しない。そのやり方は、変えたのだ。でなければ、五千もの兵を養うことはできない。

しかし、口惜《くや》しさは抑えきれなかった。唇から、血が滴《したた》ってきた。

「大兄貴、曹操の力を借りなければならないことが、無念だったのですか？」

「いつか、この手で、曹操を殺す」

「それなら、俺がいまから行って、締め殺してきます」

「曹操《そうそう》を越える男になって、曹操を殺すのだ。あの男とともに、天を戴《いただ》くことはない。それが、私にははっきりとわかる。しかし、いまは耐えよう。これまでも、耐えてきた。死ぬるまで、男の勝負は終らぬ」

「俺たちが、もっとしっかりしていれば、大兄貴にこんな思いをさせなくても済《す》んだのだな。俺たちが、腑甲斐《ふがい》ないのだな」

うつむき、膝を抱えるようにして張飛《ちょうひ》が呟《つぶや》いた。

「殿、秋《とき》を待つと、いつも言われているではありませんか。ひとりで待たれるのではありませんぞ。われらも、ともに待ちます」

言った趙雲《ちょううん》も、座りこんでいた。

手の甲で、劉備《りゅうび》は唇の血を拭《ぬぐ》った。

2

荀彧《じゅんいく》が入ってきた時、曹操は新しく入れた側室に躰《からだ》を揉《も》ませていた。

許都《きょと》に入ってから、側室の数は増やし、三十名ほどになった。四十を過ぎても、女を抱きたいという思いは弱まらなかった。好みの女は、いくらでも見つかるようになっている。痩《や》せているが、乳房や尻《しり》には張りのある女。側室に入れば、着飾らせてやる。侍女も三名つけてやる。決まった額の銭も渡す。それを蓄《たくわ》えている女もいれば、家族に送っている女もいるようだ。

それ以上のことは、なにもしなかった。望めば、側室から出て、普通の民の暮しをすることもできた。逆に、放逐《ほうちく》してしまう女もいた。なんであれ、ねだるようなことを言う女は追い出す。他人の悪口を言う女も同じだ。話を聞きたがってばかりいる女も三人いて、三人とも殺させた。

女から、なにかが洩《も》れる。女が力を持つ。それは、避けた。最初の妻の悋気《りんき》に苦しんだ経験が、曹操にそうさせるのかもしれない。女は、曹操の身の回りの世話をしていれば、それでいいのだ。

曹操は、躰を揉んでいた女を、手で追い払った。居室の周辺は、典韋《てんい》が二十名ほどの部下と守っている。居室から出た女は、その警固《けいご》の輪の外に行かなければならないことになっていた。この居室で、重要な話をすることがしばしばあるのだ。入室を許している人間は、ほんの数名だった。

「劉備のことか、荀彧？」

「御意《ぎょい》」

「おまえのことだ。いまのうちに殺しておいた方がいい、と言いに来たのであろう」

「そこまでおわかりならば」

「しかし、殺さん」

「人の下風《かふう》に立つことを肯《がえ》んじる、という人相ではありません」

「荀彧《じゅんいく》、天下を取るということは、ああいう男も思いのままに使いこなせるということだ。使いこなせさえすれば、国家の役に立つ。大きな力になるぞ」

「あの男さえも使いこなせてこそ、天下人ということですか」

曹操《そうそう》は躰《からだ》を起こし、荀彧と並んで立った。

「はじめて会った時から、私はあの男に言い知れぬ脅威を感じた。いずれ並び立ってくる。そんなことを思ったのかもしれぬ。しかし、あの男はそれほど大きくなってはこなかった。誰《だれ》に従うこともなく流浪《るろう》を続け、一度は手にした徐《じょ》州さえ、あっさりと捨てた」

「それがいま、小沛《しょうはい》を取り戻したいと、殿に助けを求めに来ています」

「変ったのだな、あの男のやり方が。やり方が変っただけで、あの男自身が変ったわけではない。だから私はいまも、漠《ばく》とした脅威をあの男から感じる」

「そうなのですか」

「おまえも、殺せと進言しに来た。なにかを感じたからであろう？」

「はい」

「そういう男を屈服させられないで、なんの天下だ。殺してしまえば、私は負けを認めたことになるのだぞ」

「やり方を変えたと言われましたが、あの男は、大きくというより巧妙になっていく、と思えます」

「ならば、私はさらに巧妙になろう」

「殿が、そこまでお考えなのであれば」

荀彧が笑った。

曹操は、壁に眼《め》をやった。居室の壁には、この国の大きな地図が描いてある。州境と河水《かすい》（黄河《こうが》）と長江《ちようこう》が線で描かれているだけで、州都の名さえない。

「地図を見れば、袁紹《えんしよう》が力を持っていることがよくわかる。袁紹は、私のように戦《いくさ》をくり返してもおらぬ。なんとなく人が集まり、これだけ大きくなってきた。まず、第一にこわい男だな」

荀彧《じゅんいく》は、黙って地図に眼を注いでいた。

「おまえは、誰がこわい？」

「地図を見ているかぎり、こわい者はおりません。私がこわいのは、結びつきです。たとえば、袁紹《えんしょう》は荊《けい》州の劉表《りゅうひょう》と長く同盟を結んでいます。殿は、あまり強い同盟を結ぼうとされません」

「ひとりで、大きくなろうと決めた。小さいながら、劉備《りゅうび》もそうで、私と似ている」

「たとえば、呂布《りょふ》と袁術《えんじゅつ》が結んだといたしますと」

「それはこわい。特に呂布がな」

「しかし、殿は手を打っておられるようです。ならば、孫策《そんさく》と袁紹が結ぶといたしましたら？」

「これもこわい」

「一番こわい結びつきは、なんでございましょう。勿論《もちろん》、あり得る結びつきでなければなりません。たとえば、袁紹と袁術が結びつけば、これは最強の同盟でありましょうが、あり得るとは思えません」

「そういうことで言うと、まずは劉備と呂布かな。あの二人の気持がどこかで合うと、とてつもないものになる、という気がする」

「まずありますまい。殿が劉備を助けられるのですから。それに、呂布には、陳《ちん》宮《きゅう》がついております。劉備と陳宮が合うことはないと思います。つまり、すべての力は、あの二人が結びつかないように動きます」

「孫策と袁紹」

「これは、私がなんとか阻止いたします」

「ならば、二者の同盟でこわいものは、ほかにはない」

「三者では？」

「それは、いま動いておろう」

「やはり」

「袁紹は、周到な男だぞ」

董卓《とうたく》の遺臣のひとりである、張済《ちょうせい》が動いている。李傕《りかく》などは長安《ちょうあん》の近辺に留《とど》まったままだが、張済だけは荊州に出てきていた。戦で死んだという情報があるが、まだ確認できず、いま五錮《ごこ》の者が動いている。

「張済が荊州に出てきたのは、袁紹と結んだからだと、殿は見ておられるのですか？」

「張済《ちょうせい》ごときに、ひとりで私に刃向うほどの実力があると思うか？」

「ならば、袁紹《えんしょう》を中心とした、劉表《りゅうひょう》と張済の同盟ですか？」

「それが、まず考えられる。たやすく考えられることは、それほどこわくはない」

「私には、よくわかりません」

「張済は、漢中《かんちゅう》に近い土地に拠《よ》って立っていた」

「張魯《ちょうろ》、ですか？」

「益州《えき》の劉璋《りゅうしょう》は、大した器量もない。感情に任せて張魯を敵に回したことでも、よくわかる。張魯と張済が結び、益州まで奪《と》る。それを袁紹が画策しているとしたら。信仰が、戦《いくさ》では強い武器になることを、われらは青州《せい》黄巾《こうきん》軍との闘いで、骨の髄《ずい》まで知らされた。ただ、袁紹に五斗米道《ごとべいどう》を受け入れるほどの度量《どりょう》があるかどうかだ」

「そこまで、殿はお考えでございましたか」

「考え過ぎかもしれん。しかし、袁紹はそろそろ公孫瓚《こうそんさん》を潰《つぶ》しにかかるぞ。張済が動きはじめたのが、その証拠だ」

「最悪のことを想定いたしますと、河北《かほく》四州を制した袁紹と、益州まで制した張魯と、雍州《よう》の張済と、荊州《けい》の劉表。その全部を同時に敵に回すことになるのですか？」

「どうだ、こわい話であろう」

「鳥肌《とりはだ》が立ちました」

「まあ、張魯はどこことも同盟はするまい、と私は思っているがな。宗教とは、そういうものだ。だとしたら、袁紹が張済を動かし、中原《ちゅうげん》をかき回そうとしているにすぎぬ。そうやって張済を動かしておけば、じっくりと公孫瓚を攻められる」

地図を見ていた荀彧《じゅんいく》が、床にしゃがみこんだ。

曹操《そうそう》は、寝台に横たわり、一度追い出した側室を呼び戻した。このところ、頭を揉《も》ませるとひどく心地がいい。

「心しておけ、荀彧」

荀彧が平伏し、出て行った。

「頭だ。頭を指さきで押すのだ」

腰を揉もうとした側室に、曹操は声を荒らげて言った。

張済が死んだ、ということを五錮《ごこ》の者が確認してきた。ただ、甥《おい》の張繡《ちょうしゅう》が、その軍勢を受け継いで指揮しているらしい。

張繡を潰しておくべきか、と曹操は考えた。それで、袁紹は動きにくくなる。荊州の劉表は、袁術《えんじゅつ》と孫策《そんさく》がいるので、もともと大きくは動けない。袁術はともかく、孫策はたえず荊州を狙《ねら》うだろう。父の孫堅《そんけん》は、荊州での戦で命を落としているのだ。

まず、呂布《りょふ》の扱いだった。

親書を送った。朝廷に上奏《じょうそう》して、しかるべき官位が贈られるように手配するつもりだと言い、実際にそうした。朝廷は曹操《そうそう》の意に逆らうことはなく、帝《みかど》もまた同じだった。

呂布からも、返書が来た。劉備《りゅうび》との争いは、ちょっとした行き違いで起きたことだ、と言ってきていた。小沛《しょうはい》で捕《と》らえた家族や文官も、危害を加えることなく保護しているようだ。そのあたりは、呂布の意外な面だった。誰もが、戦場では見せないもうひとつの顔を持っている。

小沛を劉備に返すことを、呂布は了承してきた。袁術《えんじゅつ》の侵攻に備えて、曹操の軍勢が五千ほど小沛に入ることも認めた。

夏侯惇《かこうとん》の知り人だという、陳珪《ちんけい》と陳登《ちんとう》父子《おやこ》の動きが、下邳《かひ》で効果をあげはじめたということだろう。呂布は、袁術より自分と組むことを考えはじめている、と曹操は思った。陳宮《ちんきゅう》なら、まず嫌う戦略である。

呂布とは、兗州《えん》をめぐって、一年以上闘った。危うく討《う》ち取られるところまで行ったのだ。生きているのは、運があったからだと言ってもいい。

その呂布と、いまかたちの上だけでは結ぶ。乱世とは、そんなものだった。

　年が明けてすぐに、曹操は邸内の居室に劉備を呼んだ。幕僚《ばくりょう》でも、わずか数名しか入れない居室である。

「許都《きょと》に来られて、そろそろひと月というところかな、劉備殿」

「四十日は経《た》っております」

「血を流さずに城をひとつ取り戻すには、やはり手間がかかった。小沛に戻られよ。私の兵、五千も伴われるがよい」

「ありがとうございます」

「なにも、劉備殿のためだけに、私はそうしたのではない。いずれ、呂布を討つ。その時の拠点を、いま作っておこうということだ」

「わかりました」

　劉備は、顔色ひとつ変えていなかった。

「その前に、呂布の使い道はある。袁術《えんじゅつ》と、闘わせるのだ。袁術は、なにを思ったのか、皇帝を僭称《せんしょう》しはじめた。どこか、狂っているな。それでも、擁《よう》している兵は私よりずっと多い。孫策《そんさく》の兵を差し引いても、まだいくらか多いであろう」

「私も、袁術との戦に加わるのですか？」

「呂布が、救援を求めてくればだ。それはあるまい、と私は思っているが」

「求められたら、兵を出すことにいたします」

「そうしてくれ」

曹操《そうそう》は、劉備《りゅうび》の無表情な顔に眼をやった。なにを言っても、この男はこういう表情をしているのか。こういう表情で、乱世の波にもまれながら、耐え続けてきたのか。

百の義勇兵を、五千の軍勢にまで育てあげた。領地に拠らずしてそれをなしたと考えると、感嘆したくもなってくる。領地に拠っていなければ、賊徒《ぞくと》となるしかないが、逆にこの男は、徳の将軍としての声望も作りあげてきた。許都《きょと》の民でさえ、劉備という将軍の名は、袁紹《えんしょう》や袁術《えんじゅつ》や呂布《りょふ》と並んで知っている。

「劉備殿には、すでに天下が見えてきたのかな？」

やはり、劉備の表情は動かなかった。

「どういう意味でございましょう？」

「私には、まだ天下が見えん。私より大きな武将が、この国にはまだ何人もいる。私は中原《ちゅうげん》を制しつつあるが、それは四囲に敵を増やすということにもなっている」

「それは、強き将軍の宿命でございましょう」

「ところが、劉備殿には、敵がおらぬ。袁術は、気に食わなければ誰にでも嚙《か》みつく男だが、呂布は私が書簡《しょかん》を送っただけで、劉備殿を受け入れる。私には、そういうところがないのだ」

「私と曹操殿では、持っている力が違いすぎます。較《くら》べるのさえ、おかしなことです」

「そうかな。力がすべて、という考え方もあるが、いまはまだそうではないという気もする。力のある者は、その力を使って疲弊《ひへい》していくようにさえ見える。もっと別ななにかが、天下取りには必要だ、と私は思いはじめているのだ」

「おっしゃる意味が、よく呑《の》みこめません」

「力は、それを得ようと思った時に、得ればいい。劉備殿は、そう考えておられるのではないのかな。そして、私がいま欲しいのは、そういうことを考えられる人材なのだ」

「力がなく、思慮もない。ゆえに徐《じょ》州を治《おさ》めきれず、小沛《しょうはい》さえも失いました」

「小沛は、すぐに取り戻されたではないか。私の力を利用してだ」

「利用などと、曹操殿」

「悪い意味で言ったのではない。力を持つ者を、うまく利用する。これは、才能だ。

私は、劉備殿の今度のやり方を見て、感心せずにはいられなかった。いま、返事は聞くまい。ただ、言うだけは言っておく。私の天下取りに、劉備《りゅうび》殿の力が欲しい」

「それは、臣従《しんじゅう》せよということですか？」

「いや、同盟しようと言っているのだ。最初の同盟が、呂布《りょふ》を討つことであり、袁《えん》術《じゅつ》を討つことだ」

「身に余るお言葉です。この劉備は、まず小沛《しょうはい》をしっかりと守り、誰であろうと曹《そう》操《そう》殿が対峙《たいじ》される時は、その先鋒《せんぽう》をつとめて、御恩のいくらかでもお返しする努力をするばかりでございます」

「返事は、いま聞かぬと言った」

曹操は、壁に描いた地図の前に立った。

「この地図を見ていると、いろいろとわかってくる。顔が、いくつも浮かんでくるのだ。その中に、劉備殿の顔はいつもあった」

「恐れ入ります」

「最初に出会ったのが、黄巾討伐《こうきんとうばつ》の折りであったな。官兵を率《ひき》いていた私が、わずかな義勇兵《ぎゆうへい》を率いていた劉備殿に後れをとった。あの時のことは、忘れはせぬ」

「義勇兵なるがゆえに、先頭に立っただけでございます。そのための義勇兵、と思っておりましたので」

「私の敵に回るな、劉備殿。これは、一度だけ言っておく」

頷《うなず》いた劉備の眼の中に、強い光が束《つか》の間《ま》よぎったような気がした。それは、やはり自立の意志が放つ光だ、と曹操は思った。

ここで殺せば、負けを認めること。曹操自身が、荀彧《じゅんいく》にそう言ったのだ。自分の言葉が、自分を縛ってきているのかもしれない。

「行かれよ。小沛で時を待たれるがよい」

頭を下げ、劉備が退出していった。

典韋《てんい》を呼びかけた言葉を、曹操は呑みこんだ。いつか、従わせてみせる。これこそが、王たる者が考えることではないのか。すべてを従わせた時に、はじめて王という名に値するのではないのか。

曹操は、劉備のことを頭から追い払った。

居室を出ると、典韋がそばにぴたりとついてきた。

「戦だぞ、典韋。張繡《ちょうしゅう》を叩《たた》き潰《つぶ》して、袁紹《えんしょう》の目論見《もくろみ》をはずしてやる。それから、ゆっくり呂布を料理しよう」

「はい」

「おまえはいいな。余計《よけい》なことをなにも言わん。おまえがいると思うだけで、私は安心して眠ることができるし、戦場でも冷静でいられる。私は、優れた家臣に恵まれているが、おまえのような者を側《そば》に置いておけることが、最大の幸福なのではないか、と時々思うことがある」

典韋《てんい》はうつむいていて、なにも言おうとしなかった。

「軍議だ。許都《きよと》にいる諸将を呼び集めろ」

典韋の部下が、五人ほど駈《か》け出していった。

3

岩の頂《いただき》は、いっそう寒くなった。

上半身裸でそこに座る。張衛《ちょうえい》にとっては、馴《な》れたことだった。五斗米道《ごとべいどう》でそういう修行をすることはないが、そうするのが自分の修行だと張衛は思っていた。巫術《ふじゅつ》をなすことはできない。病《やまい》を治してやることもできない。それは兄の張魯《ちょうろ》とか、祭酒《さいしゅ》(信徒の頭)たちがやればいいことだ。

生まれながらに、兄はなにかを持っていた。兄が涙を流すと、必ず雨が降ったという話を聞いたこともある。張衛がもの心ついてからも、兄が不思議なことをするのを、しばしば眼《め》にした。いない人間に話しかける。するとその人間が翌日に現われる。一緒にいたのに、いきなりいなくなって、三日後に山中で見つかったりもした。

教祖になるために、兄は生まれてきたのだ。信仰は、民を救う。暮しを安らかなものにする。そして信仰のためには、教祖が必要なのだ。

教祖でも、剣で斬《き》られ、戟《げき》で突かれれば死ぬ。弟と自分の母も、首を刎《は》ねられて死んだ。

教祖を守る人間が、必要なのだ。教祖の弟の自分は、そのために生まれてきたのだとも思える。そして、夢。多分、父が、そして間違いなく母が、抱《いだ》き続けていた夢。五斗米道の国を造る夢である。

自分は、その夢のために生きられるではないか。夢を追うことが、すなわち教祖を守ることであり、五斗米道を守ることではないか。いまは、はっきりとそう思うことができた。漢中《かんちゅう》という、山に恵まれた土地がある。ここで、国を造れる。教祖を戴《いただ》いた国。帝《みかど》などはいらない。政事《まつりごと》にも法にも、五斗米道の教義が貫かれれば、帝がいる国よりはるかに強固な国になる。

いま、兵は五万。その気になれば、十万近くまで増やせる。信仰で結ばれた兵だから、裏切りなどはない。死ぬことも恐れない。事実、漢中《かんちゆう》に侵入しようとした益《えき》州の大軍を、正面からぶつかって追い返したのだ。

また攻めてはくるだろうが、山という山には罠《わな》を仕掛けた。あまり兵を死なせることもなく、敵は潰《つぶ》せるはずだ。そしていずれは、益州に攻めこんでいく。益州の民の中には、五斗米道《ごとべいどう》の信者が少なくない。劉璋《りゆうしよう》が十五万の軍勢を擁《よう》していたとしても、いつかは勝てる。それは、母と弟たちの仇《あだ》を討《う》つことでもあった。

仇など討たなくとも、天の罰が下る、と兄は言う。その罰を実際に下すために、自分がいるのだ、と張衛《ちようえい》は思っていた。

益州全域を五斗米道の国にする。

考えただけで、心がふるえる。雄叫《おたけ》びをあげたくなる。

張衛は、岩を降り、袍《ほう》を着こんだ。

従者《じゆうしや》は、十騎に増やしている。戟《げき》や剣をよく使う者の中から、選び抜いた。兄の警固《けいご》は、二百名に増やしている。

「仮義舎《ぎしや》へ戻る」

南鄭《なんてい》にある、本営だった。南鄭郊外にある山ひとつが本山で、兄の館《やかた》はそこにある。祭酒《さいしゆ》や信徒たちの義舎も、斜面に連《つら》なって建てられている。

兵がいるのが、仮義舎である。

任成《じんせい》と白忠《はくちゅう》は、すでに来ていた。

「袁紹《えんしょう》から、使者《ししゃ》が来た。この時季に、山を越えてだ。よく生きて辿《たど》り着けたものだ」

袁紹と聞いて、二人は顔を見合わせていた。

「いつのことです？」

「きのう、到着した。これが、使者が持ってきた書簡《しょかん》だ」

張衛は、白絹に書かれた書簡を、卓《たく》の上に拡《ひろ》げた。

「つまらぬことを、言ってきたものだ」

二人が読み終えるのを待って、張衛は言った。連合の申し入れである。袁紹は河《か》北《ほく》を統一しつつあり、やがて南下するつもりだという。その時、兵を出せという、半ば命令のような書簡だった。

長安《ちょうあん》にいる張済《ちょうせい》に従えば、漢中を五斗米道の土地と認めてもいいと書いてある。

「使者は、ここへ辿りつくのに時を要した。張済は、長安から出て荊《けい》州を略奪《りゃくだつ》している時に、流れ矢に当たって死んでいる。いまは、甥《おい》の張繡《ちょうしゅう》が軍勢を受け継いで宛《えん》県にいて、しばしば予《よ》州との境を侵《おか》しているようだ」

「それを、張衛《ちようえい》様はどうして御存知《ごぞんじ》なのですか？」

白忠《はくちゆう》が、書簡から眼《め》をあげて言った。

「伯父上《おじうえ》のところに、間者《かんじや》から報告が入った。張済《ちようせい》は、おかしな死に方をしたらしい」

鮮広《せんこう》は、信徒を数人鍛《きた》えあげ、間者として雍《よう》州や荊《けい》州にやっていた。なぜそんなことをするのかと張衛は思っていたが、こういう知らせが入ってくるようになると、役に立つと認めざるを得なかった。雍州、荊州だけでなく、全土を覆う戦乱がどうなっているのかということも、その者たちを通して伝わってくる。

「張済といえば、李傕《りかく》や郭汜《かくし》などと同じ、董卓《とうたく》の遺臣《いしん》ですね」

「気力に満ちた男ではなかったが、若い甥《おい》に引きずられていたのだという。自分で軍を掌握《しようあく》するために、甥の張繍《ちようしゆう》が殺したという見方もできるそうだ」

「つまり長安《ちようあん》は、袁紹《えんしよう》についているということなのですね」

「それはわからないぞ、白忠。張繍だけは曹操《そうそう》の敵に回っているので、そうだろうとは思う。ほかの二人が、袁紹についたらしいという動きは、いまのところないそうだ」

「われらには、無縁のことではありませんか」

任成《じんせい》が言った。

「無縁でいたいが、そうもいかないことも出てくるだろう。つまり、河北《かほく》や中原《ちゅうげん》の戦乱が終熄《しゅうそく》して、覇者《はしゃ》がひとり立てば」

「いままで手が回らなかった益州《えきしゅう》に、軍勢を送ってくることも考えられます」

「そうだ、白忠。その時に、劉璋《りゅうしょう》がどう立ち回るかだ」

「読めません、まだ」

「劉璋が降伏《こうふく》しても、漢中《かんちゅう》まで降伏したことにはならん。しかし、孤立無援《こりつむえん》にはなる」

「いまも劉璋が敵なのですから、孤立無援に変りはないと思いますが」

「ただ、むかい合う敵がはるかに大きなものになる。そういうことだ」

「つまり、われらはどうすればいいのですか。張繍に兵を貸して、袁紹に漢中が五斗米道《ごとべいどう》の土地だと認めて貰《もら》うのですか？」

「いまの戦乱の覇者が、袁紹だとはかぎらない。誰《だれ》が覇者であろうと、兵を擁した道教《どうきょう》を認めることはない、という気はする。太平道《たいへいどう》の叛乱《はんらん》を、どうしても思い浮かべてしまうであろうしな」

「降伏すれば、どうなります？」

任成《じんせい》は、深いところまで考えられないようだった。張衛《ちょうえい》と白忠《はくちゅう》の話に耳を傾け、時々質問を挟《はさ》むだけだ。

「おそらく、五斗米道《ごとべいどう》が禁じられるだろう」

「そんなことは、考えられません。戦《いくさ》をするために、われわれは兵になっています。兵でない者たちも、信仰を禁じられるということになれば、闘います」

「そして死ぬ。皆殺しにかかってくるだろう。いいか、任成。その時の敵は、劉《りゅう》璋《しょう》の比ではないのだ。数倍、数十倍の敵と闘わなければならないことになる」

任成がうつむいた。

「袁紹《えんしょう》の書簡が、われわれに自分のことを考え直す機会を与えてくれた」

「教祖のお考えは？」

「山を動かれぬであろう。実はまだ、兄上にはお知らせしていない。劉璋の軍が攻め寄せてきた時も、ただ祈るとだけ言われた。確かにわかっていることは、われらの手で兄上をお守りしなければならない、ということだ」

「漢中《かんちゅう》の守りを、もっと強固にしたらどうでしょうか。山々は、みんな砦《とりで》のようなものです」

「劉璋にならそれで充分通用する。ほとんど、戦らしい戦をしたことがない男であるしな。激しい戦を勝ち抜いてきた覇者に、それが通じるとは思えない」

「劉璋が、益州《えき》に入って来ようとする者と闘ったら？」

「劉璋は、闘うかもしれんと私も思う。しかし、劉璋の闘いと、われらの闘いは違う。負けても、降伏するという道が劉璋にはある」

「たとえともに闘っても、劉璋だけが降伏することもある、と言われているのですね、張衛様は？」

「そうだ、任成」

「お考えを、聞かせてください、張衛様。きのう使者が来て、それからずっと考えておられたのでしょう。そして、考えがまとまったから、私と任成を呼ばれたのでしょう？」

白忠が、じっと張衛を見つめてきた。

仮義舎《ぎしゃ》には、三人以外に誰もいない。衛兵も遠ざけてある。

「私が考えたことを言う。結論ではない。二人も、それぞれ考えてくれ。最後は、伯父上も交えて話し合い、兄上に報告するのはそれからにしようと思う」

張衛は、しばらく眼を閉じていた。夢。母が抱いた夢。いまは、自分のものとなった夢。間違ってはいない。夢が、むこうから近づいてきた、と思えばいいのだ。

「劉璋《りゅうしょう》と敵対したがゆえに、われらは漢中《かんちゅう》を固めることになった。敵が、劉璋だけだと思ったからだ。兵を増やした。山を、砦にしようともしている」

張衛《ちょうえい》は眼を開き、二人の顔を見つめた。

「当面の敵が劉璋であることは、いまも変りがない。漢中を固めるのは、それでいい」

二人はなにも言わず、黙って聞いている。二人とも、信徒だ。張衛がなにを言おうと、最後には兄に従う。ただ、兄は自分に任せると言うだろう、と張衛は思った。

「漢中を固めるだけでは、いずれ来る滅びを待つことになると思った。それを避けるためには、われらがもっと大きくなるしかない。漢中の固めを完璧《かんぺき》なものにしたら、劉璋を攻めるのだ。益州《えき》全体を、五斗米道《ごとべいどう》の土地にするのだ。益州が五斗米道一色でまとまれば、誰も手を出せぬほど、大きく強くなれる。私は、そうなった時のことを考えてみた。三十万の兵を揃《そろ》えることができる。攻めこまれたら、信徒も闘う。そして、益州全体が、山に守られてもいる。そういうところを、あえて侵そうとする者がいるだろうか。益州を五斗米道の国にするというのは、母上の悲願でもあった」

張衛は、一度大きく息を吐《は》いた。

「そうなのだ。益州を、ひとつの国にしてしまうのだ。そこまでわれらが強くなれば、誰も手は出さない。だから私は、漢中を固めたのちに、劉璋を攻めるのがいいと思う。劉璋ならば、勝てる。覇者として益州に入ってきた者には、勝つのは難しい」

「張衛様が考えられたのは、劉璋との戦ということですね」

「おまえたちも、考えてくれ。袁紹《えんしょう》の使者には、五斗米道は、漢中で静かに暮せれば満足だ、という返書を渡しておく。覇業《はぎょう》のために出兵《しゅっぺい》することなど、考えたこともないとな」

「わかりました」

白忠《はくちゅう》が言った。任成《じんせい》は、まだすべてが呑《の》みこめない、という表情をしている。

「明後日、伯父上も交えてもう一度話し合いたい」

それだけ言うと、張衛は腰をあげた。

館《やかた》は南鄭《なんてい》の中にあった。広壮な館など、南鄭だけでなく、漢中にはない。普通の家と義舎《ぎしゃ》ばかりである。張衛の館も、普通の家よりはちょっと広く、門の脇《わき》に厩《うまや》があるぐらいである。張衛の世話をする信徒が五人いて、庭の隅に義舎を作って住んでいる。館には、いつも女がひとりいた。妻帯は許されていて、兄にも妻や子がいるが、館にいるのは張衛《ちょうえい》の妻ではなかった。一年か一年半おきに、入れ替るのである。

五斗米道《ごとべいどう》は、現世をどう生きるかというための信仰だった。浮屠《ふと》（仏教）のように、死後の安楽を願ったりはしない。度が過ぎなければ、愉《たの》しむものは愉しんでいいのだ。

「さきほどから、鍛冶屋《かじや》たちが待っております」

館に入ると、女が言った。この女は当たりで、気立ても躰《からだ》もよかった。

教祖の弟ともなると、抱かれたいという女が漢中《かんちゅう》には多くいた。張衛は自分で選ばないことにしている。兄のまわりにいる祭酒《さいしゅ》たちが、選んで送ってくるのだ。それを受け入れているかぎり、祭酒たちも無理に妻帯しろとは言わない。

入口の脇の部屋で、六人の鍛冶屋が待っていた。

「戟《げき》を一万、刀を一万、斧《おの》を一万。できるだけ早く用意して貰《もら》いたい」

「それは、一軒で五千のものを作るということになりますが」

「大変なのはわかっているが、教母を殺した劉璋《りゅうしょう》が、五斗米道に対する攻撃をくり返してくる。漢中《かんちゅう》だけは、どうしてもわれらの手で守らなければならん。そのためには、武器がもっと必要なのだ。教母の次に教祖が殺されるということになれば、五斗米道はそこで消えてしまう」

鍛冶屋たちの顔色が変った。みんな信者である。信仰のために、ふだんでは出せない力も出す。領主が、無理に駆り出して作らせるのとはわけが違うのだ。

「頼む。兵たちも苦しい思いをしているのだ」

「わかりました」

ひとりが言うと、六人とも頭を下げた。

弓と矢、楯《たて》、縄なども、それぞれを生業《なりわい》にしている者たちに頼んである。

鍛冶屋たちが帰ると、張衛は居室に籠《こも》って図面を描《か》きはじめた。山全体を砦とした。それはいいが、砦から砦への連絡は、山であるがゆえに、人を走らせると時がかかりすぎる。通信に工夫をこらせば、山の砦はさらに効果的なものになるのだ。

狼煙《のろし》は、当てにならない。漢中は、雨と霧が多い。音には、谺《こだま》というものがあって、間違えやすい。

夜は、火による通信がいいのか。明るい時は、どうするのか。

そういうことを考えていると、張衛は充実していた。余計なことが、まったく頭に浮かばなくなる。火による通信の設備は、なんとか作れそうだった。ある方向にだけ見える火。それで、敵に悟られずに通信することも可能になる。

女が、湯を運んできた。茶は飲まない。兄が湯しか飲まないので、漢中《かんちゅう》の民はみんなそうするようになった。

「ひとりにしておいてくれ」

張衛《ちょうえい》は、女に言った。名は、知らない。はじめから、訊《き》かないようにしていた。子を産んだ女もいるが、それは張衛の子ではなく、五斗米道《ごとべいどう》の子として義舎《ぎしゃ》で育てられる。

二日経《た》った。

仮義舎に、四人が集まった。

「張繡《ちょうしゅう》が、曹操《そうそう》に降伏したそうだ。ならばなぜ、予州《よ》を侵《おか》すようなことをしたのか、という気がするがな。曹操は、十万近い大軍を繰り出したらしい。自ら指揮をしてだ。五日前のことだ」

「伯父上は、どうしてそんなことをもう御存知《ごぞんじ》なのですか?」

張衛が訊くと、鮮広《せんこう》は竹簡《ちくかん》(竹に書かれた書簡)を卓に出した。

「長安《ちょうあん》への山越えを、二日でなせる者が数人いる。中原《ちゅうげん》には、五斗米道の信者をかなりの数放ってある。教母に申しつけられて、私は戦乱の行方《ゆくえ》をたえず正確に追ってきた。山に隔《へだ》てられていても、情勢は摑《つか》んでおかなければならない、というのが教母のお考えであった。いまの教祖は、そちらについては無関心でおられるが、その代りに張衛がいて、そちらを担《にな》っている。私は、いいかたちになっていると思う。まるで違う役割を、二人で分担できるのだからな。教母は、前の教祖が亡くなられてから、ひとりで無理をなされすぎた」

母がどういう無理をしたのか、張衛は考えかけてやめた。老いた大男だった劉焉《りゅうえん》と、小柄で娘のように若くしか見えなかった母の、異様な交合。いつまでも、劉焉の呻《うめ》き声だけが聞え続けていたという閨房《けいぼう》。そんなものが浮かんでくるだけなのだ。

「概要は、先日伯父上にも申しあげました。袁紹《えんしょう》から兵を出せという使いが来るようでは、漢中も乱世からは孤絶《こぜつ》されて無縁《むえん》とは申せなくなりました」

「そうだな。私も、まったくそうだと思った」

「われらが、今後どうして行くべきかです。白忠《はくちゆう》と任成《じんせい》にも、私の考えはすでに述べてあります」

「益《えき》州全域を、五斗米道の国にする。そのために、劉璋《りゆうしよう》を討つ。漢中だけを守るより、ずっと困難なことではある」

「漢中を守るだけでも、いまはいいのです。たとえば袁紹が、たとえば曹操が、この乱世の覇者となり、数十万の軍勢で漢中を攻めてくれば、どうなります」

「それも、わかっている。曹操《そうそう》は、わずか数万で、百万の青州黄巾軍《せいしゅうこうきんぐん》を降伏させた。考えながら、私はしばしばそのことを思い出していた」

任成《じんせい》は、劉璋《りゅうしょう》を攻めるべきだという意見を述べ、白忠《はくちゅう》はこの会議の決定に従いたいと言った。

「意見を聞くのを、大隊長たちまで下げてみてはどうだ？」

鮮広《せんこう》が言った。五万の兵を指揮するのは、大隊長十名に、その下にいる隊長百名である。行動をする時の最小の単位が、五十名だった。任成と白忠は、大隊長を五名ずつ下に置いている。

「恐らくは、決定に従うという意見しか出て参りますまい。五斗米道軍《ごとべいどうぐん》は、各地の将軍の軍勢とはまるで違います。それより、伯父上はどう考えられているのです？」

「国が欲しい。五斗米道の国が。これは前の教祖と、何度も話し合ったことであった。心が焼けるような思いで、国が欲しいと思った。しかし、われらは太平道《たいへいどう》の蜂起《ほうき》と、その圧殺されていくさまを、あまりにつぶさに見過ぎもした」

「太平道の蜂起が潰滅《かいめつ》するのを見たがゆえに、教母は益州《えきしゅう》という地を選ばれたのではないのですか、伯父上。太平道は全国に方《ほう》（教区）を作りましたが、五斗米道は漢中《かんちゅう》に集まっております。益州以外の豪族は、無縁のこととして眼をつぶることもできます」

「わかっている。おまえの言うことは、すべてわかっている。しかし、戦だ」

鮮広は、やはり老いた。髪も髭《ひげ》もわずかの間に白くなったが、心はもっと白くなったのかもしれない。責める気はなかった。ひどくつらい時を、過さなければならなかった。鮮広の思いは、母に通じていたのか。二人の間には、なにかあったのか。それでも、母は五斗米道に殉《じゅん》じたのか。五斗米道の国という夢が、二人の間でどういう言葉で語られたのか。

「伯父上、戦はすでにはじまっています。われらが攻めようと守ろうと、劉璋は必ず兵を送ってきます」

鮮広は、眼を閉じていた。そうすると、さらに老人の顔になった。剣を使わせたら、十人があっという間に斬《き》り伏せられた、というような時があったのだとは、その顔からは想像できない。

鮮広が眼を開け、笑い声をあげた。

「老いたのかな、私も。張衛《ちょうえい》が言う通り、戦はすでにはじまっている」

「では？」

「劉璋を攻めようではないか。ただし、漢中の守りをさらに固めてからだ」

「何年かかるか、果して劉璋《りゆうしよう》を潰《つぶ》せるのか、それはわかりません。しかし、やってみるしかないことだと思います」

「決まりだ、張衛《ちようえい》。教祖には、おまえと私で話しに行こう」

「わかりました」

守るだけの戦と、攻めを考える戦では、まるで気持が違ってくる。ただ、攻めるのはまだ先だ。それまでに、どれだけの力をつけていられるかだ、と張衛は思った。

4

もの音で顔をあげかかった曹操《そうそう》の首に、鄒氏《すうし》の腕がからみついてきた。

淯水《いくすい》の陣の本営にある、曹操の居室である。鄒氏は死んだ張済《ちようせい》の妻で、降伏《こうふく》した張繍《ちようしゆう》が人質として差し出してきたのだった。ひと眼《め》見て、曹操は気に入った。抱いてみて、さらに気に入った。肌理《きめ》の細かい白い肌が、抱いていると紅潮してくる。顔だけではなく、首筋から胸もとにまで、それは拡《ひろ》がる。同時に、曹操の躰《からだ》を、不思議な快感が包みこんだ。かつて経験したことのない、宙に放《ほう》り出されるような、不安の入り混じった快感だった。

この女体は。曹操は心の中で何度も呟《つぶや》いた。女は、数知れず抱いてきた。いままでに、こんな躰を持った女をひとりだけ知っていたが、容姿は平凡だった。声もよかった。鄒氏は、まずその容貌《ようぼう》で曹操を魅《ひ》きつけた。憂《うれ》いのある眼差《まなざ》しだった。衣類を剝《は》ぎ取る間、じっと躰を固くして耐《た》えていた。

敵の大将だった男の妻。犯すのは、勝利の喜びでもあった。それだけなら、二、三度でやめただろう。

戦《いくさ》をせずに、相手を降伏させることができた。それは大きなことだ。張繡は帰順を誓ってきているから、兵力は損耗《そんもう》どころか、かなり大きくふくれあがった。その上に、この女体である。

しばらくは溺《おぼ》れてもいい、と曹操は自分に言い聞かせた。思うさま女体を愉《たの》しんで、許都《きよと》に連れ帰った時は、側室に加えればいいだけのことだった。

張繡の軍勢は三万ほどで、それは意外な多さだった。袁紹《えんしょう》から、ひそかに援助を受けていた。だから、それほどの兵を揃《そろ》えられたのだろう。袁紹から、あっさり自分に乗り替えるというのが、またいい。信用しきってはいないが、大将を選ぶ眼《め》を持った男だ、と曹操は思っていた。

淯水のあたりは、土地が豊かだった。宛城《えんじょう》に軍勢を置いて、屯田《とんでん》ができるだろう。

それで、荊州《けいしゅう》の劉表《りゅうひょう》の鼻面《はなづら》に常時剣先を突きつけてやれることになる。

滞陣《たいじん》は八日に及《およ》んでいたが、それは屯田の土地を決めたり、地形を調べさせたりしていたからだ。十万を率《ひき》いてきた。一万を宛城《えんじょう》に残し、周辺の兵を集めれば、二万にはなる。張繡《ちょうしゅう》の軍勢は、一度許都《きょと》へ連れ帰り、能力を見きわめさせた上で、配置を決めればいい。主力は、いま淯水《いくすい》のほとりでひとかたまりになって駐屯《ちゅうとん》し、本営の近くには張繡麾下《きか》がわずか二千ほどいるだけだった。

また、もの音がした。人の叫びも聞えた。鄒氏《すうし》が、曹操《そうそう》の躰《からだ》の下で喘《あえ》ぎはじめている。窓からの光が寝台に差しこみ、白い鄒氏の躰が、なにか別のもののように見えていた。はじめは、明るい場所での交合を恥らっていたが、いまはむしろ明るい方が昂《たか》ぶるようだった。曹操も、明るい場所での交合を望んだ。肌が紅潮していくさまが、実に鮮やかに見てとれるからだ。

また、叫び声が聞えた。陣屋《じんや》のすぐそばだった。なぜ典韋《てんい》が注意しないのだ、と曹操は腹を立てかけていた。鄒氏を抱く時は、誰《だれ》も近づけるなと命じてある。

「どこの軍だ?」

誰何《すいか》する声が聞えた。それが、喊声《かんせい》と重なり合った。とっさに、曹操は上体を起こし、寝台のそばの剣に手をのばした。火も出たようだった。

「殿、お逃げください。張繍の軍です」

「馬鹿な」

降伏しているのだぞ、という言葉を、曹操は呑《の》みこんだ。裸のまま寝台に座り、曹操を見つめている鄒氏の口もとに、嘲《あざけ》るような笑みが浮かんでいたのだ。

「殿、急いでください」

曹操は、慌《あわ》てて衣服をつけた。

斬《き》ってやろうか。鄒氏を睨《にら》みつけ、一瞬そう思った。それよりも、自己嫌悪《じこけんお》の方が大きかった。自分としたことが。

「殿、敵はそこまで」

「典韋」

曹操は叫んだが、典韋は姿を現わさなかった。警固《けいご》の者が、四人入ってきた。部屋にも、煙が流れこんできている。

陣屋を出ると、矢が豪雨のように襲いかかってきた。曹操だ、と叫ぶ声がはっきりと聞えた。警固の者たちが、楯《たて》で矢を遮《さえぎ》っている。厩《うまや》にむかって駈《か》けた。警固の者は二百名である。そのうちの数十人が、厩を守っていた。長子の曹昂《そうこう》が駈けてきた。甥《おい》の曹安民《そうあんみん》も一緒だった。

「父上、早く馬を」

曹昂《そうこう》が叫ぶ。しかし、容易には厩へ近づけない。警固の者も、三人四人と、矢に射立てられて倒れていく。

「殿、厩へ」

大音声《だいおんじよう》が聞えた。典韋《てんい》だった。上半身は裸で、いくつか傷を受けている。戟《げき》は、いつもの八十斤《きん》(約十八キロ)のものではなく、雑兵《ぞうひよう》が使う粗末なものだった。片手に一本ずつそれを持ち、敵を突き倒しながら、典韋は駈け寄ってきた。唸《うな》るように荒い息をしている。

「ここは、私が。殿も御曹子《おんぞうし》も、早く厩へ。とにかく、淯水《いくすい》にむかって駈けてください。淯水を渡ると、青《せい》州兵の陣です」

その間も、典韋は戟を振り回し続けていた。

曹操《そうそう》は、ようやく厩へ辿《たど》り着いた。絶影《ぜつえい》。影をも追えぬという駿馬《しゆんめ》で、わざわざ西域《せいいき》から取り寄せたものだ。

絶影に跨《またが》ると、これで大丈夫だという気分に、曹操はなった。しかし矢は、厩にも届いている。敵兵が襲ってこないのは、典韋が食い止めているからだろう。

陣屋が燃えあがっていた。炎を突っ切るようにして、その脇《わき》を駈け抜けた。曹昂

で、精一杯なのか。

と曹安民《そうあんみん》は付いてきている。しかし、警固の兵はいなかった。敵を食いとめるだけ

清水にむかった。どこも、大混乱になっている。その中を駈け抜けた。味方であ
ろうと、前にいる者は絶影が蹴倒《けたお》した。

百騎ばかりが、追いすがってくる。いつの間にか、曹安民の姿はなくなっていた。
そばを駈けていた曹昂も、少しずつ遅れている。

躰《からだ》に、衝撃が走った。全身だ、と思った。次に、それが肩から全身に拡《ひろ》がったこ
とがわかった。矢が当たったのだろう。ここで死ぬのか。駈けながら、曹操は考え
ていた。こんなところで死んで、いままでの闘いはなんだったというのだ。

絶影にも、矢が一本当たっていた。それでも、絶影は清水にむかって駈け続けて
いる。

嗤《わら》っている袁紹《えんしょう》。胸を反《そ》らしている張繡《ちょうしゅう》。顔が浮かんでくる。口もとだけで笑っ
ていた、裸の鄒氏《すうし》。くそっ、と曹操は叫んだ。その瞬間、躰が宙に浮いていた。地
面に叩《たた》きつけられた時、絶影が倒れたのだということを、ようやく曹操は理解した。

とっさに、跳ね起きていた。剣を構える。騎馬。曹昂だった。

「父上、馬を」

曹昂《そうこう》が、叫びながら馬を降りた。

「借りるぞ」

言って、曹操《そうそう》は曹昂の馬に跨り、激しく馬腹を蹴《け》った。

ひとしきり駈けたところで、ようやく陽《ひ》の光を照り返した、淯水《いくすい》が見えてきた。不意に、曹操はどうしようもない恐怖に襲われた。馬腹を蹴り続けた。馬は、淯水に飛びこんだ。むこう岸が近づいた時、ようやく曹操は自分を取り戻した。

「殿、追ってくる者たちは？」

于禁《うきん》だった。両手を腰に当てて、水際に立っている。

「敵だ、張繡《ちょうしゅう》の降伏は、偽りだぞ」

「それは一大事。とにかく、わが軍の中へ。追手《おって》は、私が打ち払います」

生き延びた。そう思った時、曹操ははじめて曹昂のことを思い出した。

馬を降り、地面に座りこんだ。多分、曹昂は生きていないだろう。自分が生きているのさえ、曹操は不思議だと思った。

于禁の軍が、水際に展開していた。

自分のせいで、曹昂を死なせた。曹操は、それだけを考えていた。追ってきた者たちは、淯水を越えようとはしなかったようだ。戦らしい気配はなかった。

「胡床《こしよう》（折り畳みの椅子）を持て」

幕舎《ばくしや》に連れていかれそうになり、曹操は言った。

「殿、傷を負っておいでです」

「浅傷《あさで》じゃ。それより、張繡の本隊はどこにいる？」

「対岸の五里（約二キロ）ほど上流にいたはずですが」

そのあたりで、喊声《かんせい》が聞えていた。曹操の本営があったあたりは、煙こそあがっているが、もう闘いの気配はなかった。

夏侯惇《かこうとん》の軍勢が来た。

曹操の周囲に、三重に兵が配置される。張繡の軍が、こちらへむかってきているようだった。水際に展開していた于禁が、渡渉《としよう》と叫んでいるのが聞えた。

濡《ぬ》れた躰《からだ》に、袍《ほう》が何重にも着せかけられた。躰がふるえているのに、曹操ははじめて気づいた。寒い。骨まで冷えているような気がする。篝《かがり》用の薪《まき》が、両側と後ろで燃やされた。

渡渉した于禁の軍が、対岸で隊列を整えていた。張繡の本隊。駈けてきている。それを追うような恰好《かつこう》で、曹操の軍も三万ほどがまとまり、追ってきているようだ。

夏侯惇が、張繡の渡渉に備えて、水際に弓手を三段に構えさせていた。于禁の軍が駈けはじめる。挟撃《きょうげき》というかたちになった。張繡《ちょうしゅう》の軍が、次第に淯水《いくすい》から離れていった。

「殿、もう大丈夫でございます。敵は敗走をはじめました。于禁《うきん》の軍が先頭になって、追撃しております。なにとぞ、幕舎で傷のお手当てを」

両脇《わき》から支えられ、曹操《そうそう》は立ちあがって幕舎に入った。傷は、肩と尻《しり》にあった。ともに矢傷だが、どこかで無意識に引き抜いたのか、矢は残っていない。

曹操の幕舎が用意されていた。ほかの武将たちのものより、ふたまわり大きい。寝台もある。中は暖められていた。曹操はそこで新しい鎧《よろい》を着こんだ。傷が痛んでいて、それがかえって曹操を冷静にしていた。

「曹昂《そうこう》と曹安民《そうあんみん》は、戻らぬか？」

夏侯惇《かこうとん》はうつむいている。

「典韋《てんい》と、その部下は？」

「手負った者が、四人ほど」

二百人のうち、四人だけが生き残ったということなのか。

夕刻になって、追撃中だった于禁も戻ってきた。二十里（約八キロ）ほど追ったが、そこで張繡の軍は完全に敗走したのだという。張繡は見つけられなかったらしい。

「諸将を集めよ。夜襲に備えて、対岸にも兵を散開させておけ」

降伏を、信用しすぎた。闘う前から帰順の意志を示した敵だったので、武器も取りあげず、ひとまとめにして駐屯《ちゅうとん》させた。そこからの脱走者が出はじめているというので、張繡の二千の麾下《きか》に、監視のためにやや自由に動くことを許可した。それで、張繡は、曹操の本営から二里（約八百メートル）ほどのところにいたのだ。

諸将に、状況を報告させた。

奇襲というかたちだったので、損害はかなり受けていた。綿密に計画されていた、としか考えられなかった。まず、淯水のほとりに駐屯していた張繡の本隊で、いざこざが起きている。兵糧《ひょうろう》の配給かなにかについてである。二、三十人が打ち殺されているという状態だったので、曹操軍が制止に入った。それが取り囲まれ、あっという間に殲滅《せんめつ》された。その時、脱走兵を追うという名目で、本営の近くにいた張繡の麾下が動きはじめていたのだ。あとは、混乱だった。

「戟《げき》の使い方を教えていた？」

生き残った警固の者に、典韋がどこにいたか訊《き》いたら、そういう答が返ってきた。

胡車児《こしゃじ》という、張繡麾下の戟の名手も、さすがに八十斤（約十八キロ）の戟は扱えず、ほんとうに振り回せるのかと、典韋《てんい》に訊いてきたのだという。一度だけ、典韋は片手でそれを振り回してみせた。すると胡車児《こしゃじ》は、跪《ひざまず》いて教えを乞《こ》うたのだ。

本営の曹操《そうそう》の居室に気配が伝わるのを憚《はばか》って、少し離れたところに行ったらしい。夜間の典韋の警固は厳しいものだったが、陽の光が心に隙《すき》を与えたのかもしれない。ちょうど、鄒氏《すうし》を呼んでいた時でもあった。

「とりあえず、敵は追い散らしております。敗戦とは言えません」

夏侯惇《かこうとん》がとりなすように言い、曹操は頷《うなず》いた。

大敗だ、と曹操は心の中では思っていた。一騎だけで、なんとか淯水《いくすい》にまで辿《たど》り着けた。そのためには曹安民《そうあんみん》を死なせ、息子の曹昂《そうこう》まで死なせた。曹昂の馬を奪うようにして、曹操は逃げたのだ。

曹昂は、天下を狙《ねら》える器ではなかった。曹操はそう思った。だからあそこでは、自分が助かるべきだったのだ。そう自分に思いこませなければ、叫び声をあげてしまいそうだった。

全員の心に、隙《すき》があった。屯田の調査をするために、曹操の軍は淯水に沿って長く二十里ほどにものびていた。戦をしなくても済んだ、という安堵《あんど》感に似たものは、将も兵もみんな持っていただろう。曹操も、宛城《えんじょう》に誰かを駐屯させ、荊州《けいしゅう》の劉表《りゅうひょう》をどう押さえるかという、ずっと先のことしか考えていなかった。

そして、鄒氏だった。人質の女を、総大将が昼日中に、居室に引きこんで抱いていたのだ。およそ、戦陣の空気からはかけ離れたものでしかなかった。

「戦は終った。撤収《てっしゅう》する」

短く、曹操は言った。諸将が、一斉に立ちあがった。みんな一刻も早く、この地を立ち去りたいのだ、と曹操は思った。

輜重《しちょう》の半分以上は焼かれていた。

「旗本《はたもと》の二千騎だけで、私は許都《きょと》へ先行する。撤収の総指揮は、夏侯惇」

夜明けに撤収と伝え、曹操は腰をあげた。

許都まで、駈け通した。

館《やかた》の居室でひとりになると、曹操はすぐに眠ろうと思った。眠れはしなかった。寝台を転げ回り、床を這《は》い、何度も拳《こぶし》を壁に打ちつけた。

十日後には、全軍の撤収が終っていた。

「負ける時は、派手にお負けになりますな、殿。いや、いかにも殿らしい」

居室に戻ると、めずらしく石岐《せきき》がひとりでいた。典韋の代りの警固は、許褚《きょちょ》に命じてある。許褚の警固のやり方は、典韋よりも徹底していた。石岐は、一度許褚に会わせてあるはずだ。

「ぶざまな負け方であったぞ、石岐《せきき》。大将の資格などないな、私には」

「なんの、殿を見直しました。これからは、丞相《じょうしょう》（最高行政長官、首相）と呼びます。ほかの方々にも、そう呼ばせるのですな」

「なにを、馬鹿なことを」

「いや、こういう時に開き直るのが、権力者というものでございます」

曹操《そうそう》は、横をむいた。

「張繍《ちょうしゅう》という男は、どうでございましたか、丞相？」

「しぶとい」

丞相と呼ばれても、いやな気はしなかった。実際には、丞相である。誰も、そう呼ばなかっただけのことだ。殿。そう呼ばせていた。丞相と較《くら》べると、ひどく私的な感じがする。

「自分の女を使って、丞相をたぶらかすのですからな。なかなかのしたたかさです」

「自分の女ではない。張済《ちょうせい》の妻だ」

「張済が、なぜ死んだと思われます？」

「そうなのか？」

張繡《ちょうしゅう》は、叔父《おじ》を殺して、鄒氏《すうし》を自分の女にしたということなのか。そして、その女を使って曹操を罠《わな》に嵌《は》めた。鄒氏にそれをさせるだけのなにかを、張繡は持っているのだ、と曹操ははじめて思った。

「袁紹《えんしょう》から餌《えさ》を貰《もら》っている鼠《ねずみ》だと思ったが」

「まあ、餌は貰っているでありましょうが」

「今度から、劉表《りゅうひょう》と組んでくるな」

「張繡は、戦はうまくないと見ました。現に、丞相を討ちもらし、追撃をかけられてかなり兵を失ったそうではありませんか」

「謀略《ぼうりゃく》に長じている、ということかな」

「むしろ、そちらで生きた方がいい、という気がいたします。油断をなさると、また負けますぞ、丞相」

「もう、負けぬ。一度負けた相手に、また負けられるか」

「ならば、よろしいのですが」

石岐は、負け戦をからかいに来ただけではなさそうだった。石岐がなにか言いはじめるのを、曹操は黙って待った。

「漢中《かんちゅう》のことでございます」

「張魯《ちょうろ》か」

「袁紹《えんしょう》が、書簡を送ったようです。張魯、いや弟の張衛《ちょうえい》の方ですな。歯牙《しが》にもかけなかったようでございますが。丞相《じょうしょう》は、五斗米道《ごとべいどう》をどうされるお積りです？」

「潰《つぶ》す」

「ほう」

「いつかはだ。いまはまだ、私の力は弱すぎる」

「なぜです。黄巾《こうきん》の中黄太乙《ちゅうこうたいいつ》（太平道の神）はお認めになった。浮屠《ふと》（仏教）も、お認めくだされています」

「民の信仰としてだ」

「五斗米道は違うと？」

「権力者のための信仰だ。民が信心しているのは構わぬが、その信仰による結束を、権力を持った者が利用する、という気がする」

「誰でございます」

「劉焉《りゅうえん》には、確かにそういうところがあっただろう。いまは、誰かな。劉璋《りゅうしょう》は、教母の首を刎《は》ねることで、五斗米道を敵としてしまったようだが」

利用するとしたら、張魯の弟の張衛だろう。曹操《そうそう》には、五斗米道がこの国に馴染《なじ》むとは思えなかった。

「張魯を盟主《めいしゅ》として立てはいたしますが、張衛は野望を隠しきれておりません。さきごろ、劉璋の軍が攻めたのを追い返しましたが、陣形を組んでのまともな戦でございました」

「陣形を？」

「それも、劉璋軍より見事な陣形です」

「漢中は山が守ってくれるところだ。その山を使わずにか」

「信仰による結束を、権力者が利用する。丞相は、見るべきものは見ておられます。青州《せい》黄巾との苦しい戦が、無駄ではありませんでしたな」

「浮屠を信仰するおまえが、五斗米道を否定するのか。同じ信仰であろう」

「御意《ぎよい》。ただし、浮屠はいつも安らかなる死を願っております。道教《どうきょう》、特に五斗米道は、安らかなる生を求めているのです。そこに、権力がつけこむ余地があるわけでございます。私は、五斗米道が衰《おとろ》える方法に動こうと思いますが、構《かま》いませぬか？」

「劉璋を助けるということか？」

「劉璋《りゅうしょう》は、なんの関係もございません。そちらは、丞相《じょうしょう》がおやりになればよいこと。私は、張魯《ちょうろ》という男の方を」

「暗殺か？」

そういうやり方が、曹操《そうそう》は好きではなかった。ただ、効果的だと認めざるを得ない面もある。自分がそう考えるなら、敵もそう考えるのが当然で、だから暗殺に対する警戒は怠《おこた》っていない。特に、許褚《きょちょ》には強くそれを申しつけてある。張繍《ちょうしゅう》の奇襲《きしゅう》も、ある意味では暗殺を狙《ねら》ったと言ってもいい。

「浮屠《ふと》の信者は、暗殺などなしませぬぞ、丞相。私は、張魯を少しずつ普通の人間に戻そうと思っています。教祖が普通の人間になってしまえば、五斗米道《ごとべいどう》は自然に衰えます。もっとも、何年かかるかはわかりませんが」

「そういうことならば、好きにやれ」

「殿も、丞相を名乗られることによって、内側を固められるのですな。負けた時にやるには、適当なことです。必ずなさなければならないことのひとつでもありますし」

石岐《せきき》は無表情である。

負けたのだな、と曹操は改めて思った。

見つかった曹昂《そうこう》の屍体《したい》は、首を落とされていた。曹安民《そうあんみん》は、斬《き》り刻《きざ》まれていた。そして典韋《てんい》は、全身に二十数本の矢を突き立てて針鼠《はりねずみ》のようになり、突き傷、切り傷は数えきれないほどだった。それでも、典韋は眼を見開いていた。眼を閉じた。その間に、石岐の姿は消えていた。

5

劉表《りゅうひょう》は、襄陽《じょうよう》の館《やかた》で待っていた。

曹操軍に追われた張繡が落ちてくるのを、迎えようとしているところだった。落ちてくると言っても、傷は曹操の方が深かっただろう。もうひと息のところで、曹操を討《う》ちもらした。敵が立ち直ってしまえば、兵力の勝負になる。早々に切りあげて、襄陽にむかったというところだった。

張繡は、長安《ちょうあん》から荊《けい》州に入ってきた張済《ちょうせい》に従っていた。張済ならばただの荒武者と劉表は思っていたが、その張済は略奪《りゃくだつ》中に不可解な死を遂《と》げ、張済軍は即座に甥《おい》の張繡が掌握《しょうあく》し、曹操とぶつかったのだった。

すべて、袁紹《えんしょう》が描いた絵図である。

劉表《りゅうひょう》は、荊州牧《けいしゅうぼく》に袁紹《えんしょう》から推《お》され、その時必然的に同盟を結ぶことになった。その同盟は、もともと南陽《なんよう》郡にいた袁術《えんじゅつ》を敵として結ばれたものだったが、袁術が寿春《じゅしゅん》に去ってからは、曹操《そうそう》を敵と想定したものに変質してきていた。

張済《ちょうせい》の荊州侵入も、秘《ひそ》かに劉表が許可を与えていたのである。張済が、張繡《ちょうしゅう》に代っただけのことだった。

劉表にとって、袁紹との同盟は是非とも必要なものだった。西は益州《えき》とを隔てる高山地帯で防備に問題はなかったが、揚州《よう》北部には袁術がいる。最近では、江東《こうとう》に孫策《そんさく》が出てきて、荊州は危ういのである。孫策とは、同盟の結びようもなかった。孫策の父孫堅《そんけん》を殺したのは劉表麾下《きか》の黄祖《こうそ》の軍だ。ともに天を戴《いただ》きはせぬ、と孫策は思っているだろう。

孫策を押さえるためには、動けなかった。江夏《こうか》郡を中心とした州境に、兵力を集中させざるを得ないのだ。すると、北の曹操に対して守りが甘くなる。張済の軍を闘わせ、劉表が後方から援《たす》けるという、袁紹が描いた絵図は、劉表にとっては渡りに舟だった。

荊州は、中原《ちゅうげん》以北の戦乱の波を、それほど被《こうむ》らずに済《す》んできた。戦《いくさ》がないというのは、蓄《たくわ》えが増えるということでもある。劉表は、いまの荊州だけを守っていたかった。そして、天下は袁紹が取ればいいのだ。

すぐにそうなるだろうと読んでいたが、思いのほか曹操が大きくなってきた。そして袁紹は、北の公孫瓚《こうそんさん》にいまだてこずっている。公孫瓚を倒せば、河北《かほく》四州は袁紹のものとなり、天下の形勢は決するだろう。あと一年か二年。その間曹操を南から牽制《けんせい》していれば、天下は、袁紹の時代へと時は動く。

「到着されました」

従者《じゅうしゃ》が知らせにきた。

張繡の軍は樊城《はんじょう》のそばに駐屯《ちゅうとん》していて、襄陽《じょうよう》の館《やかた》にやってきたのは、張繡麾下の三百ほどと、張済未亡人が乗った輿車《こしぐるま》だけである。

劉表は、客殿で一行を迎えた。

曹操は、張済未亡人の鄒氏《すうし》に迷い、油断したところを張繡の軍に襲われたのだという。確かに、吸い寄せられそうな色香を漂わせていた。これで閨房《けいぼう》の技に長じていれば、と劉表は思った。自分でも、若ければ手を出そうとしたかもしれない。それも、老境に入ったから見えることだ。曹操は、まだ壮年である。

張繡は、どことといって特徴のない男だった。眼《め》は暗く、劉表は好ましいとは感じなかった。いろいろ人を見てきたが、信義には欠ける、という眼だった。張繡が叔《お》父《じ》の張済《ちょうせい》を殺したのではないかという噂《うわさ》も、あながち見当ははずれていない気がする。

「長安《ちょうあん》から宛《えん》県、宛県から襄陽《じょうよう》と、長い旅でしたな」

劉表《りゅうひょう》が言うと、鄒氏《すうし》は白い歯を見せてほほえんだ。劉表は、また吸い寄せられそうな気分に襲われた。

「旅の疲れを、落とされるとよい」

ようやく言い、侍女たちを呼んだ。鄒氏が立ちあがり、優雅《ゆうが》に頭を下げた。肌の白い女だ、と劉表は思った。

「さて、曹操《そうそう》軍だが、張繡《ちょうしゅう》殿」

「申し訳ございません。荊《けい》州の一部を、曹操に奪《と》られることになりました」

言ったのは張繡ではなく、賈詡《かく》と名乗った参謀《さんぼう》の方だった。

「いまひとつ、われらの力が足りませんでした。曹操ののどもとに剣を突きつけるところまでは行ったのですが」

曹操は、負けたと言っても、宛城《えんじょう》に一万の軍を残して許都《きよと》に帰った。その軍は駐屯しているというかたちで、いつでも戦に出られるし、撤収《てっしゅう》もできるという構《かま》えである。ただ、曹操軍は、荊州北部に、点をひとつ確保しているにすぎない、とも言えた。

「まあ、地の利はこちらにある。じっくりと宛城を締《し》めあげようではないか。張繍殿は、ここのそばの樊城《はんじょう》にとりあえず軍を入れられるとよい」

「いや」

張繍が口を開いた。

「できれば、穣《じょう》県を貸していただけませんか、劉表殿。樊城では、劉表殿と私がひとつになって、宛県を眺めているというにすぎないと思うのです」

「しかし、穣県では、宛県に対する前衛となりますぞ、張繍殿」

「望むところです。われらは、曹操を南から攻めるために、長安《ちょうあん》から出てきたのです。前衛は、われらの軍がつとめます」

「そうか。ならば、穣県に兵糧《ひょうろう》を運びこませましょう」

袁紹《えんしょう》との間に、なにか申し合わせがあるのかもしれない、と劉表は思った。ずっと同盟を結んできたが、決して袁紹に気を許してはこなかった。

「曹操軍はやはり精鋭ですが、またすぐに大軍を出すというわけには参りますまい」

賈詡である。才気走ったところのある男だった。

「まず、宛城《えんじょう》近辺を掃討《そうとう》します。宛城だけを孤立させるのです。とにかく宛城を守る曹洪《そうこう》は、周辺をてなずけようとするでありましょうから」

「孤立させるのが上策だ、と私も思う。兵をぶつからせるという戦では、万全を期してもなにが起きるかわからぬ」

「後詰《ごづめ》は、劉表《りゅうひょう》殿にお願いしてよろしいのでしょうな」

「後詰などと。宛《えん》県を孤立させるところまではお任せするが、それから先は、ともに攻めようではないか。特に曹操《そうそう》が再び大軍を出してきた時は、私も後詰などとは言ってはおれぬ」

「わかりました。とにかく、穣《じょう》県に兵を入れさせていただきます。ほぼ三万。武器なども、お願いしなければならなくなるかもしれません」

「それは任せられよ。荊《けい》州には、それほど大きな戦がなかった。武器倉《ぐら》には、眠っているものが多くある」

酒を運ばせた。

張繍《ちょうしゅう》は嫌いではなさそうだったが、賈詡《かく》はあまり飲まなかった。劉表は酒好きだが、酒に呑《の》まれたことはなかった。酒の席で、なにかを見誤るということもない。

「ところで、袁術《えんじゅつ》が皇帝を僭称《せんしょう》しはじめましたな、張繍殿。同じ袁《えん》家といっても、袁紹《えんしょう》殿とは大違いだ」

「この乱世で、皇帝を僭称する馬鹿さ加減が、袁術にはわかっていないのでしょう。儀礼から乗り物まで、すべて皇帝のものと同じにしているというではありませんか。「いくら、勢力が伸びたとはいえ」

「孫策《そんさく》が力をつけてきておりますのでな」

自分はこれでも苦しいのだ、と張繡に言外に伝えたつもりだった。

「孫策ごときは、まだ若造です。袁術の威を借りて江東《こうとう》に力をのばしたと言っても、袁術が潰《つぶ》れればひとりで立ってもおられますまい。長沙太守《ちょうさたいしゅ》であった孫堅《そんけん》の息子であるがゆえに、袁術も気ままを許しているのでしょう」

冗談を言っているのかと、劉表は張繡の顔を見つめた。本気でそう言っている、としか劉表には思えなかった。張繡は、袁術と孫策の関係がどうなっているのかさえ、正確には把握していないのかもしれない。

長安《ちょうあん》の近辺は豪族《ごうぞく》が多い。強力な者がひとりか二人いるというのではなく、小粒な将軍が何人もいるという恰好《かっこう》なのだ。小粒同士で、組んだり離れたりしながら、隙《すき》を見ては潰《つぶ》し合っている。さらに西方の涼州《りょう》になれば、中央の戦乱からは遠かった。

「とにかく、速《すみ》やかに曹操《そうそう》を潰《つぶ》すことでしょう。それで、乱世は終熄《しゅうそく》にむかいます」

　それは、劉表《りゅうひょう》も同じ意見だった。袁紹《えんしょう》と曹操を較《くら》べれば、袁紹はどっしりと腰を据《す》えて、天下が自然にひとつになってくるのを、待っているように思える。天下という意識は当然あるにしても、無理をしてそれを取りに行こうとはしていない。いずれは、天下は自分でまとまる、という自信があるのだろう。

　曹操は、とにかく動きすぎる。走り、跳ね回り、なんとか天下に手をかけようとしている。だから、時々大敗するのだ。いまのところなんとか命は助かっているが、いつ死ぬかわからない綱渡りをいまも続けている。

「袁紹殿が、幽《ゆう》州の公孫瓚《こうそんさん》を討たれれば、それで大勢は決します、劉表殿。袁紹殿が反転して曹操を攻められる。われらがその背後から曹操を討つ。つまり幽州さえ片がつけば、曹操はひとたまりもないということです」

「徐《じょ》州に、呂布《りょふ》がいる。さきごろは、曹操と和睦《わぼく》したという噂《うわさ》もある」

「呂布は袁術《えんじゅつ》とむかい合っています。徐州だけの力では、袁術と対抗するのは容易ではありますまい」

　賈詡《かく》が言った。かたちとして見れば確かにそうだが、戦は外から見ただけでは判断できないのだ、と劉表は思う。速戦なら、呂布は異様に強い。曹操でさえ、兗《えん》州を奪回するのに一年以上はかけなければならなかったのだ。速戦では、呂布に負けていた。

天下がどう動くというような話ではなく、小さな戦の話になった。それについては、張繡《ちょうしゅう》も賈詡も、なかなかのものだった。つまり、一軍を率《ひき》いてひとつの場所の奪い合いをする。そういう戦なら、得意としているのだ。部将として力を発揮する男たちだろう。命令された戦なら、多分かなりの力を出す。

劉表は、いくらかほっとしていた。降伏《こうふく》を偽装するようなことはできても、袁紹と組んで自分をひっかけるような真似《まね》はできはしないだろう。やろうとしたところで、この二人が相手なら見抜ける。

「穣城《じょうじょう》には、いつむかわれる、張繡殿？」

「賈詡が主力を率いて、明日。むこうの状態が整ったら、明後日、麾下《きか》の者どもとともに私が叔母《おば》上《うえ》をお連れするつもりです」

「張済《ちょうせい》殿の奥方は、戦で御主人を喪《な》くされ、さぞ悲しんでおられましょう。好きなだけ、襄陽《じょうよう》でゆっくりしていただきたい」

「ありがとうございます。ただ、叔母も私が早く曹操を討つことを願っております。

それに、幕僚《ばくりょう》たちと離れ難いという思いもあるようで」

「穰城《じょうじょう》は荒れた城。奥方の館《やかた》を整えるまで、せめてあと一日は出発をのばされよ。それならば、御不自由されないだけのものを、この襄陽《じょうよう》でも用意できる」

「そうですか。ならば、お言葉に甘えましょう。到着次第、賈詡《かく》が城の固めに入るはずですから」

劉表《りゅうひょう》は頷《うなず》いた。

「私はすでに老齢でありましてな。戦となると、なかなかつらい。一日馬に乗っていると、立てなくなるほどです。張繡《ちょうしゅう》殿に来ていただいて、これほど心強いことはない」

「戦は、若い者に任されればよいのです、劉表殿。知恵は足りなくても、力はあり余っておりますから」

張繡が声をあげて笑った。

それから三日、張繡と鄒氏《すうし》は襄陽にいた。女が不自由しないものも、侍女に命じて届けさせた。ほかに、絹や身を飾るものも用意した。

出発の時、鄒氏は劉表のところへ挨拶《あいさつ》に来た。劉表は、また吸い寄せられるような気分に襲われた。美人というだけではないのだ。自分の気分を抑えて鄒氏を眺めながら、劉表はそう考えた。妖婦《ようふ》というのが、これだろう。こういう女には、近づかない方が無難なのだ。気づかぬうちに、いつの間にか溺《おぼ》れている。そして、曹操のような目に遭《あ》ったりするのだ。

「すこやかで、いつまでも美しくおられよ。時には、この老人の眼を慰めにもみえられるとよい」

別れ際に、劉表はそう言い、鄒氏の手をとった。握り返されてくる力に、微妙な強弱があり、劉表をそそっているとさえ感じられた。

「出ていってくれたか」

一行が城門から消えると、劉表は低く呟《つぶや》いた。

この三日、鄒氏の様子を、手の者に調べさせた。金で、間諜《かんちょう》などを引き受ける者である。毎日報告をさせたが、鄒氏の居室は、夜になると淫靡《いんび》な匂《にお》いに満ち溢《あふ》れていた。張繍がやってきて、抱くのである。ひと晩の交合が、三度に及《およ》んでいた。あらゆる痴態《ちたい》を、鄒氏の手が、口が、導き出していく。張繍はふるえ、呻《うめ》き声をあげ、最後には泣きはじめるのだという。交合と交合の合間に、鄒氏は張繍の耳もとで囁《ささや》く。曹操《そうそう》を討て。曹操を討て。曹操を討て。そうすれば、袁紹《えんしょう》は兗《えん》州、予《よ》州を与えてくれるだろう。曹操を討つことによって、袁紹の下で大将軍となれる。人民がこぞってひれ伏す、栄華《えいが》がそこにある。

それは甘く、執拗《しつよう》な囁きで、痴呆《ちほう》のようになった張繍《ちょうしゅう》の、耳にではなく肌に吸いこまれていくようだという。

劉表《りゅうひょう》自身のことも、囁かれていた。老人で、気力がなく、戦の経験すらも少ない。それでも、兵を擁《よう》している。その兵を、うまく使ってやればいいのだ。曹操《そうそう》を討ったあとは、無能な息子たちともども、殺してしまえばいい。荊州《けい》の土地は、袁紹に献上せよ。決して、自分からなにかを欲しいと袁紹に言ってはならない。

ほかにも、子供を励《はげ》ますような囁きから、聞くに耐えないような卑猥《ひわい》な囁きまで、とにかく張繍がそばにいる時は、鄒氏《すうし》は倦《う》むことなく囁き続けている。

老境に入っていてよかった、と劉表は思った。多分、張繍は自分の意志で、叔父の張済《ちょうせい》を殺したのではあるまい。鄒氏の囁きがあったに違いないのだ。曹操に偽装《ぎそう》の降伏《こうふく》をし、色香《いろか》に迷わせて討とうとしたのも、やはり鄒氏の意志だろう。

女が、大人《おとな》しやかなものだと、この歳《とし》になればいくらなんでも思ってはいない。しかし鄒氏の婉然《えんぜん》とした笑《え》みには、そんな女がいるのではないか、という錯覚を感じさせるようなものさえある。若いころなら、虜《とりこ》にされていただろう。

これからも警戒《けいかい》は怠《おこた》れないが、張繍は自分にとってそれほど危険な武将というわけではない、ということだけはわかった。あとは、うまく扱えばいいのだ。兵糧や武器は、充分に穰城《じょうじょう》に運びこんである。なにかあれば、兵だけは出してやった方がいいだろう。

劉表はただの老いぼれである。鄒氏に囁かれた張繍の頭には、そのことが刻《きざ》みこまれているだろう。老齢であることを、これからいくらかは利用できそうだった。

荊州には、大きな戦乱がなかった。いまは、十万以上の軍がいる。かつて荊州牧《ぼく》になったばかりのころは、自軍は一万で、各郡の兵を寄せ集めて、ようやく三万を超えるほどだった。それでも、飛ぶ鳥を落とす勢いだった長沙太守《ちょうさたいしゅ》の孫堅《そんけん》を、ここで破ったのである。

自分の力があったから、荊州には大きな戦乱が起きなかったのだ、と劉表は思った。

原野駈ける生きもの

1

汗をかいていた。

呂布《りょふ》だけでなく、赤兎《せきと》も汗にまみれ、赤い毛並《けなみ》が血を流したようにさえ見えた。風が心地よい。赤兎も、気持よさそうに駈《か》けていた。麾下《きか》の三百五十騎も、ぴったりと付いてくる。動きはよかった。

自分の麾下だけを連れた調練《ちょうれん》が、呂布は好きだった。三百数十騎を、もとの五百まで増やしたいと思った。しかし、八千の騎馬隊の中に、麾下に入れるほどの力量を持つ者は、十数名しかいなかった。それで、三百五十とした。力の劣る者を加えれば、全体の力も落ちる。

黒ずくめの兵装の三百五十の麾下は、その気になれば、三千の騎馬隊を打ち破れるはずだ。それほどの精鋭として、鍛《きた》えあげてある。とにかく、呂布の躰《からだ》のように動くのだ。自分が、巨大なけものになったような気さえしてくる。

それに較《くら》べると、八千の騎馬隊は、数が多いというだけで、懦弱《だじゃく》だった。小沛《しょうはい》の劉備《りゅうび》を攻めた。音《ね》をあげて謝罪すればいいという程度の気持で、その八千に攻めさせてみたのだ。劉備の騎馬隊は、見事にその八千の中央を突破し、歩兵が動く暇も与えず、許都《きょと》の曹操《そうそう》のもとに駈けこんだ。

やがて曹操から仲介が入り、劉備はまた小沛の城に戻った。敵対していた曹操と、一応和睦《わぼく》したかたちになり、官位のようなものも貰《もら》った。それはいいことだと陳珪《ちんけい》は言ったが、陳宮《ちんきゅう》は面白くなさそうだった。

どうでもよかった。曹操と闘ったのは昔で、その敵と結ぶこともまた乱世なのだ。天下を取れる軍勢。それを考えると、徐《じょ》州五万の軍勢は、はなはだもの足りなかった。五万で十五万を破れる。それぐらいの精鋭でなくて、天下などと口に出せるのか。

呂布は毎日、兵の調練に明け暮れた。調練の途中で死んでいく者も多く、すでに五百近くになっている。その半分は耐えきれずに死に、残りは呂布が打ち殺した。弱い兵まで、戦場には連れていかない方がいいのだ。調練であろうと、生き残るための闘いだということを、兵の間にも徹底させた。

以前より、いくらかましにはなっている。それでも、麾下《きか》の騎馬隊とは較べようもなかった。

海西《かいせい》まで駈けると、兵を止めた。野営である。ここの海が、呂布《りよふ》は好きだった。兵たちはみな、まず馬の世話からはじめる。呂布も同じで、海水で赤兎《せきと》を洗ってやる。赤兎は荒々しいだけでなく、威厳に似たものさえ漂わせはじめていた。赤兎が海にいる間は、ほかの馬は決して入ろうとしない。

洗った馬は、藁《わら》できれいに拭《ふ》いてやる。赤兎だけは、豚の毛の硬いところを集めたもので、掻《か》くように拭く。それは、胡郎《ころう》の役目にしていた。胡郎は汗をかきながら、長い時間赤兎の躰《からだ》を擦《こす》っている。

二カ所で、食事のための火が燃やされる。海西の城郭《まち》では、肉以外に海の魚も買えた。兵たちは、海西へ来た時は、好んで魚を食う。呂布も、焼いた魚が嫌いではなかった。

八千の騎馬隊の調練は、一応は終っている。それでも、劉備《りゆうび》の騎馬隊と同数でぶつかって、勝てるとは呂布は思っていなかった。さらに厳しい調練をくり返すと、死者が五百人ぐらいでは済《す》まなくなる。

　それに、もはや実戦で鍛える段階に入っていた。劉備の一千の騎馬隊が強いのは、実戦を重ねているからだ。呂布の麾下も、実戦では劣らない。麾下の騎馬隊だけで、劉備の一千騎を蹴散《けち》らす自信が、呂布にはあった。しかし、それにはあまり意味がない。八千騎の騎馬隊が力をつけないことには、大きな戦《いくさ》は闘えないのだ。

　胡郎が、両手に糞《ふん》を持ってやってきた。赤兎の糞である。野営の時は、必ず赤兎の糞を調べる。馬の異状を見つけるのはそれが一番いい方法だが、赤兎がおかしくなったことはなかった。

「おまえは、自分の馬の世話もしているのだろうな？」

　赤兎の糞に指で触れ、異状がないことを確かめながら、呂布は言った。

「はい、殿。ですが、赤兎を擦る豚の毛は使っていません」

「当たり前だ」

「私の馬は、気持がむらなところがあるのですが、よく世話をしてやると、走ってくれます。赤兎ほどではないにしても、どの馬より速いと思います」

　確かに、胡郎は行軍の調練には楽々と付いてきた。馬の扱《あつか》いはできても、気持までは読めない者もいる。胡郎は、天性のものを持っていた。

「鎧《よろい》を磨いておけ。戟《げき》は俺《おれ》が磨く」

海西《かいせい》まで来ると、三日ほどは野営を続ける。その間も、八千騎の調練は部将たちがやっているはずだ。

「この間の人、現われませんね」

成玄固《せいげんこ》のことを、胡郎《ころう》は言っているようだった。赤兎《せきと》が、触れられていやがらなかった、ただひとりの男だ。劉備《りゅうび》の部将だから、いまは小沛《しょうはい》にいるのだろう。

ああいう男がいるのも、劉備軍の強さになっている。騎馬隊は、馬の扱いだけでなく、馬が持っている力が大事なのだ。成玄固のような男が、馬の強さを引き出す。

食事の仕度ができたと、係の者が知らせに来た。食事は、平時は五人ほどで作る。その係は、一日ずつ替った。つまり、全員が食事を作る。

麾下《きか》の兵たちが、うるさく喋《しゃべ》ることはまったくなかった。あと一、二歩で死という限界までの調練を、毎日のようにくり返しているのだ。言葉以上にわかるものが、眼《め》の色や仕草《しぐさ》にある。交わされる言葉は、いつも極端に少なかった。

呂布《りよふ》は胡床《こしよう》（折り畳みの椅子《いす》）に腰を降ろし、串《くし》に刺して焼いた魚を手にとった。河や湖の魚より、ずっと身が締まっている。骨も硬い。

魚の食い方は、海西で育った胡郎が一番うまかった。口から出す骨に、身はまったく付いていない。骨を口の中に突き立てることもない。胡郎が出した骨を、わざわざ見に来る者もいた。

海西で野営を続ける時は、武器の使い方の調練をすることが多い。全員が、戟《げき》である。二番目の武器は、得手《えて》なものを選んでいいようになっている。胡郎は、しきりに剣の稽古《けいこ》をしていた。馬上で使う剣と、地に足をつけて使う剣は違う。馬上では、あまり突いたりせず、斬《き》る方がいいのだ。

呂布の方天戟《ほうてんげき》を、まともに扱える者はいなかった。それは呂布ほどに扱えないということで、普通の兵が普通の戟を扱うよりはみんなずっとうまい。単騎の時、五騎で組んだ時、百騎の時、それぞれに戟の使い方は違った。その使い方を、みんな躰《からだ》で覚えていた。

夜になって、呂布は時々ひとりで幕舎《ばくしや》から出て、海辺を歩くことがあった。月の出た夜など、意外なほど明るい。波は、大抵夜の方が静かだ。砂を踏む音。それがはっきりと聞える。なにかを思い出させるような音だ。波打際《なみうちぎわ》を歩き、同じ道筋で戻ってくる。

瑶《よう》のことは、思い出すまいと決めていた。死んだ者と、会えることはないのだ。自分が死んでも、会えはしない。死ねば土に戻るだけで、死んだあとにも世界があるというのは、生きている者の勝手な思いこみだ、と呂布は考えていた。

夜中に一度歩くと、不思議によく眠れた。海西《かいせい》で野営する時だけでなく、原野で野営する時も、呂布《りょふ》はよく歩く。

下邳《かひ》からの伝令と出会ったのは、戻る途中だった。五列の縦隊が、駈けながら入れ替る。端《はし》の列にいた者が、ひとつずつ内側に入っていって、反対側の端に出る。行軍中も、そういう訓練はしていた。横の者と位置を入れ替える時、戟《げき》をどう扱うか。そういう細かいところが、戦場では大事なことなのだ。一瞬の動きの遅れが、死を招くのはめずらしくなかった。

「ほう、袁術《えんじゅつ》が出兵の準備をしているのか。それで、相手は劉備《りゅうび》か？」

「いえ、十五万の大軍でありますから、下邳城を落とし、徐州《じょ》を制圧しようという姿勢に見えます。速やかに戻られるようにという、陳宮《ちんきゅう》殿の伝言です」

「俺を討《う》つだと。袁術も、前後の見境がつかなくなっているのだな。皇帝などと勝手に称《しょう》しているのを見れば、それも当たり前か」

呂布は、いくらか行軍を速めた。それでも、伝令の兵の馬が付いてこられないほどだった。

下邳に到着した。

陳宮が、役所の建物から飛び出してきた。呂布の館《やかた》は、そこからすぐである。

「殿、速やかに軍議を？」

「館に戻って、着替えてくる」

「なにを悠長《ゆうちょう》な。袁術が大軍を集め、今日にも出動しようというのですぞ」

「まだ出動してもいないのだろう。慌《あわ》てるな、陳宮。そんなに急いでも、敵が現われるまでやることはなにもないのだ」

呂布は、館へ戻った。

黒い鎧《よろい》を脱ぎ、袍《ほう》を着こんだ。袍は、派手なものが多かった。帯も派手で、その時に被《かぶ》る冠も派手だった。

「庭に、小さな犬がいたようだったが」

呂布の身繕《みづくろ》いを手伝う李姫《りき》に言った。李姫は、よく呂布の世話をした。しかし、瑶《よう》とはどこか違う。瑶は、これほど細々《こまごま》とは動かなかった。そのくせ、呂布が気になるところはどこにもなかったのだ。李姫は、細々と動きすぎるのかもしれない。それで、大きなところがどこか欠《か》ける。袍の皺《しわ》など、着ているうちに消えてしまうものだ。李姫が気にしすぎるので、呂布もつい気にしてしまう。

「俺は、飼うなら大きな犬がいい」

「小沛《しょうはい》の、劉備様からの贈物でございます」

「劉備《りゅうび》のやつ、つまらぬことを。俺が犬を好きだとでも思っているのか」

「いえ、私にお贈りくださったものです。殿には、立派な剣をひと振り」

「そんなもの、使えるか。剣は、手に馴染《なじ》んでいなければならん」

一度攻めてから、劉備と会ってはいない。小沛《しょうはい》に戻ってきた時も、孫乾《そんけん》という文官に挨拶《あいさつ》の書簡《しょかん》を持たせてきただけだ。

「おまえは、その犬を飼いたいのか？」

「とても、かわいいのです。まだ仔犬《こいぬ》でございます」

「大きくなるのか？」

「さあ、どうでございましょう」

「大きくならなかったら、食うぞ」

「そんな」

「不作で糧食《りょうしょく》がないところでは、人が人を食っている。犬ぐらい、食われて当たり前ではないか」

「大きくなれば、よろしいのですか？」

「冗談だ。おまえの犬を食らったところで、腹の足しにもならん」

州の役所まで、歩くことにした。赤兎《せきと》は、もう鞍《くら》をはずし、胡郎《ころう》が世話をはじめている。匂《にお》いでも移るのか、ほかの馬に乗ることに、赤兎はひどく敏感だった。そういう時に乗っても、決して動こうとしなかった。当たり前だ、と呂布《りょふ》は思っている。呂布以外の人間を赤兎が乗せたら、やはり自分も怒るだろう。

州の役所は民政のためのもので、本営と営舎は別に設けられている。

最初の軍議は、役所の方で開いた。陳宮《ちんきゅう》も陳珪《ちんけい》も、そちらの方にいるからだ。

「袁術軍《えんじゅつ》は、十五万には達しそうです。思いきった大軍を出し、徐《じょ》州をひと呑《の》みにしようと考えているとしか思えません」

陳宮が言った。多分、間者《かんじゃ》を寿春《じゅしゅん》に潜《もぐ》りこませているのだろう。そういうやり方が、呂布は好きではない。というより、関心がなかった。

「騎馬一万五千を擁《よう》した、壮大な大軍です」

「だから？」

「いま手を打てば、間に合うと思うのですが」

陳宮は、曹操《そうそう》と闘うべきで、袁術と闘うべきではない、という意見だった。だから娘の縁談《えんだん》についても、乗り気になりかけていたところがある。ただ、袁術の尊大すぎる人格に、危惧《きぐ》も抱いていた。

それに対し、陳珪は息子の陳登《ちんとう》とともに、曹操と組もうという意見だった。袁術は、徐州《じょ》を欲しがっているというのだ。まず劉備《りゅうび》を討ち、孤立したところで呂布《りょふ》を討つ。そういう戦略に乗せられてはならぬと、強硬に主張していた。

呂布はどちらにも乗らず、袁術《えんじゅつ》の劉備攻めの仲裁《ちゅうさい》に入った。

その後、劉備との間にいざこざが起き、呂布は小沛《しょうはい》に軍を出した。こちらの騎馬隊を見事に突破して、劉備は曹操《そうそう》のもとへ逃げた。ちょっとした謝罪で許そうと思っていた呂布には、計算外のことだった。ただ、しばらくして、朝廷の仲裁が入った。それは曹操の仲裁ということだったが、勅定《ちょくじょう》があるだけ呂布には受けやすかった。

劉備は、小沛に戻っている。袁術に備えるという恰好《かっこう》だった。抜け目のない男だ。小沛にひとりでいたのに、戻った時は曹操という後ろ楯《うしだて》を持っていた。

会議では、陳宮《ちんきゅう》の意見が弱くなっていた。袁術が皇帝であると僭称《せんしょう》しはじめ、それが反撥《はんぱつ》を買ったのである。不忠の臣。陳珪《ちんけい》が袁術をそう呼ぶと、陳宮も黙らざるを得ないようだった。

五月には、持ちこまれていた縁談を、呂布の方から破談にした。放《ほう》っておけば、袁術は揚州《よう》に小王国を作るのかもしれない。しかし、なにか違っていた。袁術にはなにも見えていない、としか思えなかったのだ。破談に、呂布は合意《ごうい》し、その時に、久しぶりに娘にも会った。

娘は、泣いていた。どうしていいかわからず、泣くなと言っただけで、呂布は娘の居室を出た。

破談に対する袁術の怒りは、相当大きなものだったのだろう。

徐州に出兵するという。馬鹿なことだ、と呂布は思った。

皇帝を僭称するなら、揚州を固めればいいのだ。孫策《そんさく》が反撥しているというが、それなら孫策から押さえればいい。孫策を押さえたかたちで揚州を漢《かん》王室から独立させれば、その小王国は潰《つぶ》れない。

「なにを考えているのかな、袁術は」

「それは、徐州を欲しいということでございます、殿」

「そんなことを言っているのではない、陳宮」

「破談が、やはり袁術を動かしました」

「俺とやり合えば、袁術は滅びる。俺はそのことを言っているのだ」

「しかし、徐州は全軍を集めても五万。曹操殿に、膝《ひざ》を屈しますか？」

「膝を屈するとは、おかしな言い方ではないか、陳宮殿。殿は、曹操殿の求めに応じて、劉備が小沛へ戻ることを許された。それは同盟と同じだ。援兵を依頼することが、なぜ膝を屈することになるのだ」

陳珪《ちんけい》が言った。陳登《ちんとう》も頷《うなず》いている。

「援兵など、いらん」

「しかし、殿」

「黙れ、陳珪。この俺に、人に助けられて戦をしろと言うのか」

呂布《りよふ》が睨《にら》みつけると、陳珪は蒼《あお》ざめてうつむいた。

曹操《そうそう》とは、闘った。兗《えん》州をめぐって、一年も闘った。戦で負けたと、陳宮《ちんきゆう》は思っていないようだ。自分が、調達すべき兵糧《ひようろう》を調達できなかったから、兗州を捨てざるを得なかったのだと、いまも自分を苛《さいな》み続けている。

兵糧も戦のうちだ、と呂布は思っていた。それを、うまく陳宮に伝えられない。慰《なぐさ》めているわけでなくても、慰められていると感じて、陳宮は傷つくだろう。

「諸将を集めろ。戦の相談に、部将がいなくて話になるか。陳珪、陳登、おまえたちは、州内の民を落ち着かせろ。おかしな噂《うわさ》が流れて民が逃げるようなことがあれば、その責めは負ってもらう。陳宮、おまえは兵糧を万全にしておくのだ」

三人が頭を下げた。

呂布は、役所を出た。

赤兎《せきと》がいないので、輿車《こしぐるま》を用意してあった。こういうものが、呂布はあまり好きではない。董卓《とうたく》も、こういうものに乗っていた。

呂布は、無視して館の方へ歩きはじめた。二十人ばかりの従者が、慌《あわ》ててついてくる。武人は馬だ。でなければ、おのが脚で歩く。言ったところで、はじまらなかった。

館の庭で、仔犬《こいぬ》がまだ駈け回っていた。

呂布は足を止め、仔犬の方を見た。人がいるのが嬉《うれ》しいのか、そばに寄ってくる。犬の首を、呂布は摑《つか》みあげた。太い脚をしている。大きくなりそうだ。それに、しっかりした眼差《まなざ》しだった。

李姫《りき》が、慌《あわ》てて館から出てきた。

「名は？」

「胡桃《くるみ》と名付けました。眼がとても胡桃に似ていましたので」

「おかしな名だ。甘やかさずに、かわいがってやれ。犬は人に従うものだ。それをわからせればいい」

「では、お屋敷に置いてもよろしいのですね」

黙って、呂布は仔犬を李姫の胸に押しつけた。

夜中になって、陳宮《ちんきゅう》がひとりで館にやってきた。こういうことは、このところなくなっている。呂布《りょふ》は、酒を命じた。

「申しあげておかねばならぬことがございます、殿」

「めずらしいな」

「実は、孫策《そんさく》にひそかに使者《ししゃ》をやりました。連合して、袁術《えんじゅつ》を攻められないかという打診《だしん》です。孫策は、袁術が皇帝を僭称《せんしょう》してから、反撥《はんぱつ》を強めているといいますし」

孫策と組んで、袁術を潰《つぶ》す。それから、揚《よう》州を賭《か》けて孫策と闘う。自分ならそうすると、呂布が思い描いていることでもあった。

「十日ほど前に、返書は届いております」

「なんと言ってきた？」

「組めぬと。こちらが裏切った場合、孫策は江東《こうとう》で孤立します。荊《けい》州の劉表《りゅうひょう》を、父の仇《あだ》としているのですから、両面から敵を受けることになる、と考えたようです」

「それなら、それでいい。しかし陳宮、おまえは袁術と結ぼうという意見だったのではないのか？」

「一時は、そう考えました。しかし、袁術が皇帝を僭称いたしましたので、殿が組まれても、皇帝の下ということにしかなりません」

「わかった」

孫策が組まないと言うのなら、それはそれで仕方がなかった。もともと、人と組んでやる戦など、自分の性《しょう》には合っていない。

「曹操《そうそう》とは、どうしても組みたくないようだな、陳宮？」

「曹操を倒すところから、私は殿に天下取りをはじめていただきたい、と思いました。しかし、最後は、殿がお決めになることです」

「俺の本心は、誰《だれ》とも組みたくない、ということだ。それが、俺の戦だと思っている。ただ、徐《じょ》州軍五万を抱えている。二千、三千を率《ひき》いていたころと、同じというわけにはいくまい」

「組むとしたら、誰と組みたいと思われますか？」

「劉備《りゅうび》だな」

「それでは、格が下がりすぎます」

「格の問題など、どうでもよい。組むとしたら、という話であろう」

「劉備の、どこが？」

「わからぬ。ただ、徐州を二つに分け、俺が南へ、劉備が北へ力をのばす。それは、うまくいきそうな気がする。ただ、劉備《りゅうび》は俺と組もうとはするまい」

　誰とも組まない男だろうと思っていたが、曹操《そうそう》の力を借り、組んだ。小沛《しょうはい》を返してやってくれと曹操が言ってきた時、なぜ劉備が頼んでこないのだ、と思ったものだった。

「同盟などよい。兵糧は充分なのか、陳宮《ちんきゅう》?」

「はい、それだけは」

「ならば、戦は俺がやろう。おまえが民政をやり、兵糧も集め、謀略《ぼうりやく》もやる。そして俺が戦をやる。はじめから、そういう約束だったではないか」

「謀略の力が及ばなかった、と思います。それで、袁術《えんじゅつ》という大敵を迎えることになりました。実に十五万と予測《よそく》されます」

「すべてに力が及ぶ者など、いるものか。俺は、そう思うぞ」

　陳宮は、大きな館を構えるでもなく、質素《しっそ》に暮し、早朝から夜まで役所で仕事をこなしている。それで、力が及ばなかったとして、自分を責めるべきではないのだ。

　常々呂布《りょふ》はそう思っていたが、うまく言ってやれなかった。

「飲め。たまには酔ってみろ」

　呂布は酒を突き出し、それだけ言った。

2

三十万、と称《しょう》していた。

いままでの出兵とは、いささか規模が違うことだけは確かだ。

「本気だな、袁術《えんじゅつ》は。今度は兵糧《ひょうろう》だけでなく、三万で出兵せよとまで言ってきた」

孫策《そんさく》は、そばに立っている太史慈《たいしじ》に呟《つぶや》くように言った。

「どうなさるお積りです？」

「みなの意見を聞いて決めなければなるまいが、無論兵は出さん。どういう理由で出さないかを、相談するということだ」

「南がまだ不穏だというのは、通りますまいな、もう」

「そう思う」

周瑜《しゅうゆ》を、予章郡《よしょう》にやっていた。荊州《けい》の長沙《ちょうさ》、江夏《こうか》の二郡を奪《と》り、そこから劉表《りゅうひょう》を攻めようという戦略の拠点作りである。建業《けんぎょう》から巴丘《はきゅう》というところまで、およそ二千里（約八百キロ）の水路を、周瑜が開いた。船を試し、水軍を調練《ちょうれん》しながらだ。

その水路が物流の幹線になれば、揚《よう》州は一変する。頼める相手は、周瑜しかいなかったのだ。

しかし、こういう大事を決する時に、周瑜《しゅうゆ》がいないというのは、やはり孫策《そんさく》にとっては痛かった。書簡《しょかん》のやり取りをするにしても、なにしろ二千里の彼方《かなた》である。

「とにかく、集められる諸将は集めよう。明後日には、参集できるようにしておいてくれ」

「殿は？」

「江都《こうと》のあたりまで、行ってみる。気晴しの早駈《はやが》けだと言っておいてくれ」

「私が、お供《とも》を」

「そうだな。では会議の準備は、張昭《ちょうしょう》に整《ととの》えさせろ」

建業《けんぎょう》から二百里（約八十キロ）ほど東へ行くと、海辺だった。そこは長江《ちょうこう》が海に注いでいるところで、深く陸に食いこんだ湾になっていた。周辺は、渺茫《びょうぼう》とした湿地である。

孫策は、そこが好きだった。途中に駅舎《えきしゃ》があって馬を替《か》えられるので、半日で駈《か》けることができる。

太史慈《たいしじ》のほか、十騎ほどの供だった。

すぐに出発した。思い立ったらどこにでも行ってしまうというのは、いい加減にやめにしてくれと、程普《ていふ》や韓当《かんとう》などの古い部将にはうるさく言われている。

その日の夕刻には、江都にいた。小さな城で、守兵は二百ほどである。ふらりと孫策がやってくるのには、馴《な》れていた。

夕食に、海の魚と貝を出してくれた。

「太史慈、俺《おれ》は駈けながら考えた」

「いつも駈けながらでございますな、殿は」

たまには、腰を据《す》えて考えろ、と太史慈は言っているのかもしれない。

「袁術《えんじゅつ》と、絶縁《ぜつえん》する」

「やはり、そうなさいますか」

「袁術が、集めた兵を徐《じょ》州ではなくこちらへむけてきたとしても、凌《しの》ぎきる自信はある。兵糧や武器も、各地に蓄《たくわ》えてある」

「こちらに兵をむけるなどということは、恐らくいたしますまい」

「もしもの場合も考えて、言っている。袁術が、皇帝と称《しょう》しはじめたのがいい機会だ」

「守るに値しない男になった、と私も思っております。殿のなされるべきことはいろいろありますが、いつ袁術と手を切るかというのが一番の問題だ、と周瑜殿も申されておりました」

「いつだ？」

「予章郡《よしょう》へむかわれる直前です。さすがに、見るところは見ておられると思いました」

「太史慈《たいしじ》、おまえは周瑜《しゆうゆ》より、九つばかり年長になるのではなかったか？」

周瑜は二十三歳で、孫策《そんさく》と同年だった。孫《そん》軍の部将として、ひとりだけ異様に若い。

「年齢より、器量《きりよう》でございましょう。武人としては孫家随一だと、私は思っております」

「みんな、おまえのように思ってくれればいいのだが」

「これから、戦《いくさ》が多くなりましょう。殿がしっかりしておられれば、部将の器量も全軍に知れわたります。いまお嘆きになることはありますまい」

孫策は、北へ攻めのぼるのではなく、南から迂回《うかい》するようにして荊州《けい》を窺《うかが》い、長沙《ちよう》《さ》、江夏《こうか》の二郡に攻め入りたいと思っていた。当然、荊州では黄祖《こうそ》を出してくる。父と、最後に闘った相手だった。長沙、江夏の二郡を制すれば、荊州全域を狙《ねら》うのも不可能ではない。

孫策が心の中に描《えが》いているその戦略を、なにも言わなくてもわかっているのは、周瑜だけだろう。だからこそ、孫策は周瑜を予章郡にやり、巴丘《はきゅう》に拠点《きょてん》を作らせようとしているのだ。

会稽《かいけい》を制圧《せいあつ》してから、孫家の領地は飛躍的に拡《ひろ》がった。そこをうまく治《おさ》めるためには、力だけでなく、豪族《ごうぞく》たちの協力が必要だった。そのため、孫家の会議には、豪族も含めると、三十名近くが集まってくる。

会議で、孫策はしばしば癇癪《かんしゃく》を起こした。どうでもいいことが、いつまでも論じられ、それを止めるための癇癪だった。豪族のひとりを斬《き》り殺したことがあるので、孫策の癇癪が弾《はじ》けると、みんな沈黙する。ただ、それまでに、言いたいことは言わせなければならないのだ。

十六歳になって会議に加わるようにさせた弟の孫権《そんけん》の方が、ずっと辛抱《しんぼう》強かった。民政については、孫策より詳《くわ》しいと言っていいほどになっている。

「人材はいる。兵も精強になりつつある。いつまでも、袁術《えんじゅつ》ごときの部将と見られたくはない」

「私は、これ以上はなにも申しあげません。殿をお守りするためにいるのですから」

「そうか」

袁術《えんじゅつ》の息のかかった豪族は、当然反対するだろう。ただ、何人もいるとは思えない。その者たちを斬《き》る、ということはしたくなかった。

その夜は、遅くまで太史慈《たいしじ》と酒を飲み、翌早朝には、もう馬に乗っていた。

館《やかた》に戻ったのは、午過《ひるす》ぎである。

居室に、孫権《そんけん》を呼んだ。

「袁術が、兵を集めている。徐《じょ》州を攻めるのだそうだ。わが家にも、出兵の強い要《よう》請《せい》が来た。三万で出兵せよということだ」

「出兵なさるのですか、兄上？」

「会議で、どう決まるかだ」

孫権は、大柄で鼻梁《びりょう》がしっかりしていて、眼《め》が碧《あお》い。髪の色も茶色だった。孫策《そんさく》を見つめる碧い眼が、何度か瞬《またた》いた。

「私は、兵を出すべきではない、と思います」

「ほう、おまえにしては、はっきりした意見ではないか」

孫権は、頬《ほお》を紅潮させてうつむいた。

「出兵すべきかどうかということについて、俺はあまり深く考えなかった。出兵など、する気もないからだ。俺が考えたのは、また南方が不穏《ふおん》だと、適当《てきとう》な理由を申し立てて、兵糧だけ送って誤魔化《ごまか》すか、ということだ」

孫策は、言葉を切った。孫権は、碧い眼を見開いて、次の言葉を待っていた。

「それとも、ここで袁術と絶縁するかだ」

「絶縁」

「袁術はまだ大きい。今回も、三十万と号してはいるが、十五、六万の兵は集まるだろう、と俺は見ている。絶縁すれば、その袁術を敵に回す。袁術に攻められれば、われらはわれらだけで闘うしかない。西へ行けば劉表《りゅうひょう》がいて、われらを潰《つぶ》そうとするだろう。東は海しかない」

「兄上は、自信をお持ちなのでしょう。袁術と闘っても、負けるとは思っておられないのでしょう？」

「わからん。しかし、江東《こうとう》に孫《そん》家あり、と俺はもう叫びたい」

「相手が誰《だれ》であろうと、闘う時は闘えばいいと思います。兄上は、いままでそうされてきたのではないのですか？」

「俺は、袁術のもとで、三年も苦い思いをしてきた。袁術の狡《ずる》さもこわさも、よく知っている。それでも、俺は袁術と絶縁し、江東に孫家ありと、力のかぎり叫びたい。その結果戦になれば、勝敗はわからなくとも、闘う。闘って、闘い抜く」

「私も、兄上と闘います」

「まだ、戦になるかどうかは、わからん。ただ、覚悟を決めた。それを、おまえにだけは伝えておきたかった。それから、周瑜《しゅうゆ》には書簡《しょかん》を送る。あとは母上に申しあげ、明日の会議に臨《のぞ》む」

「わかりました。母上はお許しくださるでしょうし、周瑜殿は必ずわかってくださいます」

「用事は、それだけだ、権《けん》」

「兄上」

「なんだ」

「私は兄上が好きです。いい兄上を持てて、幸福だと思います」

「なにを言い出す。弟は弟らしく、兄の尻《しり》についてこい」

言って、孫策《そんさく》は孫権に笑《え》みを投げかけた。

会議は、孫策が予想したほどもめなかった。

めずらしく、張昭《ちょうしょう》が弁舌《べんぜつ》を振《ふる》ったのである。孫堅《そんけん》は、漢《かん》王室再興のために兵を挙げ、闘いの中で死んだ。そういう意味のことから、語りはじめた。いわば、孫家は忠義の家である。それに較《くら》べ、袁術《えんじゅつ》は代々漢王室の恩を受けながら、自ら皇帝と称し、王室を顧《かえり》みることさえしない。これは、反逆と言っていい行為である。あの逆賊《ぎゃくぞく》の董卓《とうたく》でさえ、自ら帝《みかど》と称すことはなかった。孫《そん》家が、なぜここで逆臣袁術などに兵を貸さなければならないのか。

張昭の弁舌に、居並ぶ諸侯《しょこう》はみな沈黙していた。張昭が、流れるように語るのを聞くのは、孫策もはじめてだった。

兵ひとり、米ひと粒さえ、逆臣には貸せない。それ以外に、孫家が取るべき道がどこにある。

喋《しゃべ》り終えた張昭が席に戻っても、水を打ったように誰もなにも言わなかった。しばらくして、韓当《かんとう》が賛同の意見を述べた。それからは、次々に袁術と手を切るべきだと言う者が続出した。

「みんなの考えはわかった」

孫策は、さらに意見を述べようとする者を制《せい》し、一座を見回した。結論が出るまで、口を開かない。そういうやり方をとってきた。結論を出してもいい、と判断したのだ。

「袁術と、絶縁する」

静かに、孫策《そんさく》は言った。

「これまで送っていた兵糧も、もう送らぬ。逆臣に送るひと粒の米もない。張昭《ちょうしょう》の言葉は、私の心を動かした。まさしく、袁術《えんじゅつ》は逆臣以外のなにものでもない」

ついに、あの袁術から独立したのだ、と孫策は思った。

夢にまで見てきたことだった。決めてしまうと、当たり前のことだという気しかしなくなった。この孫《そん》家が、他家の下風《かふう》に立っていいはずはないのだ。

「絶縁状は、張昭が認《したた》めろ。戦の準備は怠《おこた》りなくしておく。部将の配置《はいち》は、軍議で決める。絶縁は決定したことであり、これより先、異議を挟《はさ》むことは許さぬ」

孫権《そんけん》が、じっと自分に眼を注《そそ》いでいるのを、孫策は感じていた。

あえて、そちらを見ようとはしなかった。

3

十五万の大軍が寿春《じゅしゅん》を発した、という知らせが入った。

こちらは全軍を集結させ、五万である。五万いれば充分だ、と呂布《りょふ》は思った。

大敵とむかい合うのは、久しぶりである。呂布の血は熱くなっていた。やはり、戦《いくさ》だった。戦にさえ出れば、自分が腐《くさ》っていると思わなくても済《す》むのだ。

曹操《そうそう》は勿論《もちろん》、劉備《りゅうび》にも援兵の依頼《いらい》はしなかった。

「十五万です、殿。私には、たやすく勝てるとは思えませんが」

二人きりになった時、陳宮《ちんきゅう》が言った。

「またおまえの悪い癖だ。戦を、数で判断しようとするな」

「それは、いつも殿に言われていることですが」

わかっていても、心配になる。それが、文官の習性《しゅうせい》なのかもしれない。勝ってみせれば、陳宮も安心するだろう。

「袁術と対峙《たいじ》している時、後方を曹操に衝《つ》かれることは、まずあるまい。曹操も袁術に潰《つぶ》れてほしいであろうしな」

「後方の心配より、袁術軍です。声望《せいぼう》を落としつつあるので、せいぜい十万と私は見ていたのですが。名門の力というのは、やはりすごいものです」

陳宮の放っている間者《かんじゃ》からは、次々に報告が入っているようだった。呂布は、ほとんどそれに関心を持たなかった。名門の力がどれほどのものか、見せて貰《もら》おうではないか、という気持があるだけだ。

「なあ、陳宮。俺《おれ》たちは兗《えん》州を奪り損《とそこな》ってから、流浪《るろう》を続けてきた。また流浪に戻ったとしても、ほんとうはなにも失ってはいないのだ。そう自分に言い聞かせて、開き直れ」

「わかりました」

「おまえは、いつも言葉でわかる。男というのは、肚《はら》の底でわかるものだ」

すでに、麾下《きか》の兵には待機《たいき》を命じてあった。五人の将軍が率《ひき》いる軍も、下邳《かひ》城外に集結《しゅうけつ》している。あとは、斥候《せっこう》を出して、敵の陣立てを知ればいいだけのことだった。

「陳宮《ちんきゅう》、おまえは下邳城に残れ。五百の兵をつけておく」

「私は、殿と」

「必要ない。おまえには、おまえの役目があろう。それを果すことで、この戦は勝てる。ここまできて、余計な心配はするな」

「そうですな。殿と話をしていると、大丈夫だという気持になってきます」

「俺の騎馬隊」

呂布《りょふ》は呟《つぶや》いた。

「無敵だ。無敵であるべきなのだ」

高順《こうじゅん》が入ってきた。

陳宮とは、あまりうまくいっていない。意見が対立することが多いのだ。ただ、呂布は、高順は根っからの軍人だった。思っていることは、呂布にもはっきり言う。呂布は、それを不快に感じたことはなかった。

「騎馬八千、歩兵四万。輜重《しちょう》は、御指示通りできるだけ少なくしました。あとは、殿がどの位置を進まれるかということです」

「先発、騎馬隊四千。次が五段に分け、歩兵四段の中央に、騎馬隊四千。それでよい」

「で、殿は？」

「先発の騎馬隊の、先頭を行く」

「それは、まるで先鋒《せんぽう》ではございませんか。全軍の大将の位置ではありません」

「高順、おまえは中央の騎馬隊を率いよ。四段の歩兵には、それぞれ部将をつける」

「私と殿の位置が、逆だと思います」

「敵が十万以下ならば、俺もそうする。十五万なのだ。大事なのは、大将が死ぬ気になれるかどうかだ。兵法《へいほう》にとらわれて、つまらぬ陣立てはやりたくない。俺が先頭でいいのだ。全軍に、そう伝えろ。最初の斥候が戻ってきた段階で、また報告に来い」

「殿」

「高順《こうじゅん》、おまえも軍人だろう」

「わかりました。私が、主力をお預《あずか》りします。そして、渾身《こんしん》の戦をいたします」

呂布《りよふ》は頷《うなず》いた。

高順が、頭を下げて出ていった。

「軍人同士の話というのは、どこか私の理解を超《こ》えています。それでよろしいのだろうとは思いますが、ふと寂《さび》しくなることも事実です」

「高順は、いい軍人だ。だから、文官とは対立する。俺は、そう思う。文官が扱《あつか》いやすい軍人が、優れているはずはない」

「心しておきます」

城内は、もう静かだった。麾《き》下《か》の兵以外は、すでに城外で行軍《こうぐん》の陣を組み終えているはずだ。呂布は、陳宮《ちんきゅう》を伴《ともな》って、城門の楼《ろう》に登《のぼ》った。五万の軍勢。干戈《かんか》が光を浴び、晴れた日の海面のように見えた。気に満ちていて、乱れはない。呂布はそう思った。

最初の斥候が戻ってきたようだ。高順が、一騎で城門に駈《か》けこんでくる。

「敵は、七路に分かれて徐《じょ》州に侵入しております」

高順が、七路を書きこんだ地図を拡《ひろ》げた。さすがに、隙《すき》はない。堂々たるものだった。七路の後衛《こうえい》として紀霊《きれい》の軍がいて、袁術《えんじゅつ》麾下の三万はその前だった。

「皇帝の進軍というわけか。絵に描《か》いたとはこのことだな」

「どうされます」

「進発《しんぱつ》しよう。各軍の部将を、まず集めろ」

高順が城門の下に声をかけ、しばらくすると二騎、三騎と城に駈けこんできた。

呂布は楼から降り、城壁で待った。待つ間に、作戦は決めていた。

部将たちが集まってくる。

「張遼《ちょうりょう》。おまえの五十騎と歩兵一万は、たえず正面の敵に当たれ。といって、無理に押す必要はない。ただ正面から矛先《ほこさき》をそらすな。じっくり構《かま》えてよい」

「正面というと、街道筋の張勳《ちょうくん》の軍でございますな」

「二万で、さらにその後ろに袁術《えんじゅつ》の三万がいる。敵の横に拡がった陣立てで、最も厚いところだ。つまり、ここを破れるかどうかで、勝敗は決する」

「わかりました」

高順と張遼は、部将の中では一番ましだった。決断が早い。動きも果敢《かかん》だ。

「どうせ、側面から張遼《ちょうりょう》を排除《はいじょ》しようとしてくる。その時、張遼は右、第二段の一万は左を防げ。正面が空く。わかるな、高順《こうじゅん》」

「四千騎で、槍《やり》のごとく敵を貫いてみせます」

「その後ろの、歩兵第四段、第五段の二万は、高順が突き破った正面を、そのまま押せ。二万で正面を押し、一万ずつで左右を防ぐ。高順の騎馬隊は、突っ切ったらすぐに横にそれろ。敵の騎馬隊が出てくる前にな」

「殿は？」

「俺の騎馬隊は、おまえたちが戦をはじめる前に、張勲《ちょうくん》の軍を一度突っ切っておく。しかし、大きくは崩《くず》せぬ。さらに先に、袁術《えんじゅつ》の本隊がいるからな。俺の騎馬隊は、真直《まっす》ぐそちらへむかう。高順の四千騎は、千騎ずつに分かれ、横槍を入れようとする敵の騎馬隊に当たれ。正面から張勲を破った二万は、そのまま前進して、袁術の本隊に当たれ。そこが勝負どころだ。張勲の軍は、二度騎馬隊に突っ切られている。すぐに崩れるはずだ」

「左右の二万は、そのまま防御《ぼうぎょ》ですか？」

「敵の押しが強ければ、小さく固《かた》まって防《ふせ》げ。それほど押してこないようなら、袁術の側面に回れ。日ごろの調練《ちょうれん》の苦しさを思い出せ。この日のための苦しみだったと、進発《しんぱつ》の前に兵に語ってやれ」

部将たちが一斉に声をあげ、散っていった。

「方天戟《ほうてんげき》」

呂布《りよふ》が言うと、黒く塗った方天戟を従者《じゆうしや》が差し出してきた。城壁の下には、胡郎《ころう》がすでに赤兎《せきと》を曳《ひ》き出してきていた。

赤兎に跨《また》がる。黒い方天戟を横に構え、呂布は進みはじめた。麾下《きか》の三百五十騎が、ひとつのけもののように動きはじめる。黒きけもの。思うさまに駈け回れる荒野を、久しぶりに与《あた》えてやれる。

戦だぞ。呂布は、赤兎の腹を挟《はさ》んだ脚で、そう伝えた。赤兎は、荒い息を吐《は》いている。

全軍が、黒いけものを見つめていた。静かだった。赤兎が、いくらか脚を速めた。四千の騎馬隊が、後方に続いてくる。

斥候が、次々に駈け戻ってきた。

張勲の軍二万は、十里（約四キロ）先。横に長い方陣を敷いて、こちらを待つ構えだ。さらにその十里先に、袁術の本営。張勲の陣の左右の軍は、やや突出してきている。さらにその左右は、もっと前へ出てくるだろう。つまり、巨大な袋の中に、呂布《りよふ》の軍は突っこんでいく恰好《かっこう》になる。

敵も斥候を出している。袁術《えんじゅつ》は、こちらの陣立てを見て、嗤《わら》っているかもしれない。自ら包囲される。そうとしか見えないはずだ。包囲の輪を縮《ちぢ》めれば、呂布の陣は自滅するしかなかった。

しかし、袁術軍は、一枚岩なのか。七路の一軍だけでも動かなければ、包囲は破《は》綻《たん》する。水が漏《も》れるように、そこからこちらの兵は脱出し、敵の背後を衝《つ》くことができる。

敵が、速やかに包囲の態勢を取れるかどうかだった。

呂布は、前進を続けた。すでに、全軍が動きはじめている。陽《ひ》の光。眩《まぶ》しいほどだった。原野は、緑に包まれている。

見えてきた。張勲《ちょうくん》の陣。両翼《りょうよく》に騎馬隊を置き、歩兵は弓を構えている。

片手をあげ、呂布は軍を止めた。ようやく、矢が届くほどの距離だ。ぱらぱらと射かけてきたが、すでに力はなかった。後方の四千騎を、二つに分けた。二百歩ほど突出しているのが、呂布の黒いけものだ。『呂』の旗。敵は明らかに、呂布が先頭にいることに戸惑《とまど》っていた。

全身に、血が漲《みなぎ》ってきた。赤兎《せきと》の躰《からだ》にも、熱い血が脈打《みゃくう》っているのが、はっきりとわかった。

黒色の方天戟《ほうてんげき》を右手で差しあげ、天にむかって呂布は雄叫《おたけ》びをあげた。両軍とも、しんとした。矢さえ飛んでこなくなった。合図。二手に分かれた騎馬隊が、突っこんでいく。無数の矢が飛びはじめた。その矢が届くあたりで、騎馬隊は反転し、呂布の後方に回った。両翼の騎馬隊は、弓を頼んでいるのか、動こうとしない。

呂布は、方天戟を横に構えた。赤兎が、一度棹立《さおだ》ちになる。駈け出した。一騎で突っこんでくる。そう見えただろう。呂布の真後ろに、麾下《きか》の兵が続いている。一列の縦隊である。それが、矢を防ぐには一番いい。飛んでくる矢を、呂布は軽々とかわした。かわせないものは、戟《げき》で払い落とした。二射目には、赤兎は敵の中に躍《おど》りこんでいた。首が、五つ六つ飛んだ。悲鳴があがる。赤兎は進み続ける。遮《さえぎ》ろうとする者はいなかった。赤兎の行くところ、道が開けていく。麾下も、続いていた。最後尾まで敵中に食いこんだ時、三百五十騎は、瞬間、横に拡がった。その空隙《くうげき》に、四千騎が縦列《じゅうれつ》で突っこんでくる。

方天戟で敵を払いながら、呂布は進んだ。赤兎の腹を締《し》めつける、腿《もも》の力は緩《ゆる》めていない。緩めないかぎり、赤兎は進み続けるのだ。まず、麾下の兵が敵の陣を抜けた。四千の騎馬隊も、次々に抜けていく。麾下は一兵も失わず、騎馬隊も損害はわずかだった。

袁術《えんじゅつ》の本隊と、張勲《ちょうくん》の軍の間に入りこんだことになる。張勲が反転してくれば、挟撃《きょうげき》を受けるかたちになるが、張遼《ちょうりょう》の一万がむき合っているはずだ。それを排除《はいじょ》しないかぎり、張勲は反転できない。排除しようと側面から軍が出てくると、張遼は右、第二段の一万は左。そして高順《こうじゅん》が再び騎馬隊で、張勲の軍を二つに割る。そこに、第四段、第五段もかかる。

完璧《かんぺき》なはずだ。袁術の本隊は、まず自分が突き崩《くず》せばいい。

呂布は、麾下《きか》を小さくまとめて両脇《りょうわき》に配し、後方から四千騎を八列の縦隊で進ませた。『呂』の旗。風に靡《なび》く。相変らず、光は眩しいほどだ。ゆっくりと進んだ。やがて、高順《こうじゅん》の騎馬隊が敵を突き破ってくる。

前方に、陣が見えてきた。飾り立てた陣である。全体に、金色に見えた。旗なども、すべて金糸で縫《ぬ》い取りがしてあるようだ。

まだ、赤兎《せきと》の腹は締めなかった。黒色の方天戟《ほうてんげき》を横に構え、後ろに『呂』の旗をつかせ、赤兎に歩調は任《まか》せていた。

「みんなよく見ておけ。あれが皇帝の陣だ。すぐに踏み潰《つぶ》す。二度とは拝《おが》めないものだぞ」

方天戟を、少し動かした。赤兎の歩調が、やや速くなった。

弓手が前に出ている、という陣形でないのは見えてきた。袁術の位置は、多分中央だろう。金箔《きんぱく》を塗った大傘で、陽《ひ》を避《よ》けさせている。陣形そのものは、堅固に見えた。

騎馬隊が、味方のものではないということに、前衛の兵が気づきはじめたようだ。呂布《りよふ》は、袁術のいる方向に、方天戟を突きつけた。そのまま、しばらく進んだ。赤兎の腹。締めつける。一度首を下げると、赤兎は全力で駈けはじめた。麾下の三百五十騎は、赤兎についてはこれないだろう。後方の騎馬隊は、さらに遅れるはずだ。

赤兎と二人。そう思った。皇帝と称《しよう》する男を、ふるえあがらせてやろうではないか。

呂布は声をあげた。一度、二度。敵の前衛《ぜんえい》とぶつかった。遮る者を倒す。戟《げき》のひと振りで、七、八人は倒れた。袁術の旗。金色の傘。血が飛んだ。陣形が、少しずつ崩《くず》れていく。寄せる波のように、背後から圧力《あつりよく》が来ていた。麾下の兵は、すぐ後ろにいる。さらに、騎馬隊も突っこんできているのだ。赤兎が、遮ろうとした四、五人の兵を蹴倒《けたお》した。陣は緩《ゆる》やかな斜面《しやめん》に組まれていて、袁術はこちらを見降ろすような恰好になっている。そちらに、方天戟《ほうてんげき》をむけた。動くなよ。呟《つぶや》くように言った。動かずに、そこで待っていろよ。進む。前衛はとうに破り、四段目までいま破ろうとしている。あと四段。傘が、大きく動いた。袁術《えんじゅつ》。はっきりと見えた。立ちあがり、顔を強張《こわば》らせている。陣が動く。いや、崩れはじめる。踏ん張れ。呂布《りょふ》は、敵を叱咤《しった》するような気持で、戟《げき》を使った。あと二段。そこまで破れば、陣が崩れても、逃げる袁術に追いつける。首を飛ばしてやれる。

しかし、一度崩れた陣形が、立ち直ることはなかった。正面の二万の歩兵だけでなく、両翼からも歩兵が攻めあげてきているのだ。呂布は、舌打ちをした。戟を突き出したまま斜面を駈けあがり、袁術を追おうとした。五十騎ほどが遮ってくる。叫び声をあげ、呂布はそのうちの三十騎ほどを突き落とし、払い落とした。二十騎が逃げる。すでに、袁術の姿はなかった。

斜面の上まで駈けあがる。駈け去っていく、数千の騎馬隊が見えた。袁術とその旗本《はたもと》だろう。すでに遠い。間には、敗走する歩兵、騎兵が数万いた。

背後に、麾下《きか》は揃《そろ》っていた。高順《こうじゅん》が駈けてくる。

「追撃に移ります、殿」

「いいだろう。州の境まで、討《う》てるだけ討て。この原野の緑を、赤く染めてやれ」

高順が駈け出していく。騎馬隊八千が追撃に移ったが、呂布は麾下を動かさなかった。もう戦ではない。ただの人殺しだ。『呂』の旗を立てたまま、丘の頂《いただき》から追撃を見守っただけだ。

土煙《つちけむり》も、やがて遠くなった。

袁術は、陣を飾っていたほとんどのものを、捨てて逃走していた。錦《にしき》の旗など、面白いものは下邳《かひ》に持ち帰らせた。たわけた夢のかけらである。

「袁術は討ち洩《も》らしましたが、二度と立ちあがれないほどの打撃を与えたと思います。七路のうち、二路にははじめから戦意がなく、すぐに降伏《こうふく》しました。武器などの捕《ほ》獲《かく》は厖大《ぼうだい》な数にのぼります。馬も、およそ二千頭ほどは、手に入れました」

「もうよい」

下邳に戻っても、呂布は高順の報告を最後まで聞かなかった。

あんな男に勝って、自慢になるか。そう思っただけである。

4

出兵の準備は整《ととの》っていた。

袁術《えんじゅつ》が呂布《りょふ》を攻めて、完膚《かんぷ》なきまでに打ち破られたのは六月だった。その時から曹操《そうそう》は出兵を考え、ひと月前から準備させた。

淯水《いくすい》での大敗は、息子と甥《おい》が討《う》たれ、自分があと少しで討たれるところだった、ということだった。それで、曹操は自ら心に大敗と銘記《めいき》したのだ。

実際は、それほど兵を失ったわけではない。すぐにも出兵できる余裕《よゆう》はあったが、民政を整えるいい機会でもあったのだ。

息子が討たれたのは、自分が馬を奪《うば》ったからだ、という消し難い思いはあった。曹昂《そうこう》は天下を狙《ねら》う器《うつわ》ではなかった、と何度も言い聞かせても、息子の馬に乗った自分を、しばしば夢に見た。

それは、誰《だれ》にも喋《しゃべ》れない。自らの恥すらも語ってきた夏侯惇《かこうとん》にも、言えなかった。張繡《ちょうしゅう》の躰《からだ》を八ツ裂きにするしかないのか。しばしばそう思った。父を殺されて、徐《じょ》州を強引に攻めた時の失敗を、そういう時は思い出すようにした。

屯田《とんでん》が、思いのほかうまくいっている。兵屯だけでなく、民屯も増えてきていて、曹操軍の兵糧《ひょうろう》は潤沢《じゅんたく》だった。

それでも、曹操は九月まで出兵をためらっていた。

「なにを気にされているのです、丞相《じょうしょう》?」

夏侯惇は、出兵したがっていた。ここで袁術を完全に潰《つぶ》してしまえば、背後の脅《きょう》威《い》がひとつ消える。ついでに荆《けい》州に攻めこみ、劉表《りゅうひょう》と張繍を討てば、後方をあまり気にせずに袁紹《えんしょう》と対峙《たいじ》できる。

「袁術を潰すと、孫策《そんさく》が大きくなります。孫策と袁紹が結んだら、そちらの方が厄《やっ》介《かい》だと考えておられるのですか？」

そんなことは、袁術が消えてみなければわかりはしない。潰せる者は、潰せる時にそうしておいた方がいい。

曹操が気にしているのは、呂布のことだった。いまは、一応和睦《いちおうわぼく》した関係になっている。その呂布が、さらに力をつければ、これは厄介《やっかい》だった。いつ、呂布を消すか。呂布は、同盟を嫌う男だ。しかし、いま総力で攻めれば、多分劉表と結ぶだろう。先に劉表を叩《たた》けば、その間に呂布が力をつける。その暇も与えないほど速やかに、劉表を討てるのか。

「袁紹と公孫瓚《こうそんさん》が、本格的に闘いはじめました。袁紹軍の半数以上は、北に当たっています。袁術と劉表を潰す、いい機会だと思うのですが」

「それは、私も考えている」

「まさか、呂布があれほどの勝ちを収《おさ》める、とは思ってもいませんでした。それも丞相《じようしよう》に味方しておりますぞ」

袁術《えんじゆつ》は、総力を挙げて徐《じよ》州を奪《と》ろうとしたのだろう。しかし、戦闘の様子を聞くと、激戦というわけではなかった。呂布《りよふ》が、軽く打ち破ってしまった、という感じなのだ。

あの、騎馬隊だった。黒ずくめの、一頭のけもののような騎馬隊。思い出すと、抑《おさ》えようとしても、恐怖が湧《わ》いてくる。

呂布自身が先頭を駈《か》け、あの騎馬隊で袁術軍を二つに割《わ》ったのだという。まともに呂布とは闘えぬ。曹操《そうそう》は、そう思っていた。兗《えん》州の奪回《だつかい》では、最後はうまく兵糧《ひようろう》で攻めた。しかし、いまの徐州には、その手は通用しないだろう。

呂布を殺したくない、という思いも、曹操にはあった。自分の騎馬隊を呂布に任《まか》せれば、袁紹など敵ではない。

あの劉備《りゆうび》さえ、自分に援助を求めてきた。いまは、曹操軍の客将と言っていい。そういうかたちで、呂布もとりこめないのか。

袁術との戦《いくさ》のあと、徐州はみな呂布に靡《なび》いているという。陳宮《ちんきゆう》がいるので、民政も安定しはじめていた。もう少し領地に力がつけば、呂布は間違いなく外に兵を出すはずだ。呂布のことだから、どこに兵をむけるのかは、皆目《かいもく》読めない。

　五錮《ごこ》の者の報告では、呂布は一万に増えた騎馬隊の調練《ちょうれん》に明け暮れているという。民政に関しては、着実に整っていた。呂布が有力な豪族《ごうぞく》のほとんどをまとめて斬《き》り、そのあとを陳宮が丁寧《ていねい》に手当てをして、いまは豪族が幅《はば》を利《き》かすということはなくなっている。そこさえうまくやれば、領地には力がつく。徐州は、十万以上の兵を養《やしな》える土地になるだろう。

「呂布を、どう思う、夏侯惇《かこうとん》？」

「とんでもない男ではあります。しかし、ああいう男には、弱いところもあるものです」

「弱いところか。どこだ？」

「機敏《きびん》に兵を動かします。用兵《ようへい》の巧みさでは、群を抜いているでありましょう。しかも、兵は精強《せいきょう》このうえなく、まともな戦で勝てる者はあるまいと思えます」

「兗州を奪回する時、私は最後は兵糧で勝負した。まともにぶつかって、勝てるとは思えなかったからだ。しかし、いまの呂布とは、兵糧では闘えまい。陳宮が、下邳城《かひじょう》をはじめ、州内の城に相当の兵糧を蓄《たくわ》えているそうだ」

「陳珪《ちんけい》、陳登《ちんとう》父子《おやこ》がおります。呂布のような男は、最後まであの二人を疑いますまい。まさしく、そういうところが呂布の弱点です」

「内応《ないおう》で崩《くず》す。それを狙《ねら》うにしても、あの軍では隙《すき》がないな。隙がなければ、内応したい者がいても、できぬものだ」

「そこでございましょう。私も考えてみますが、丞相《じょうしょう》もお考えください」

「どこかに、呂布《りよふ》を押しこんで囲む。それも考えてみたが、兵糧があるので籠《こも》られても困る」

野戦《やせん》で、まず破るのが先だった。それがどれほど難しいかは、袁術《えんじゅつ》の大敗が証明している。

「呂布は、天下を狙《ねら》っているのだろうか。夏侯惇《かこうとん》？」

「陳宮《ちんきゅう》がおりますのでな。呂布は、恬淡《てんたん》とした男ですが、戦にだけはこだわりを持っております」

「黒ずくめのあの騎馬隊の姿が、私には忘れられぬ。思い出しただけでも、躰《からだ》がふるえる。おまえにだから、言えることだが」

「私もです、丞相」

「まあ、呂布はいまのところ敵ではない。この機に、袁術を討っておくべきかな。そのまま東に兵をむけ、張繍《ちょうしゅう》と劉表《りゅうひょう》もできることなら討ちたい」

言って、曹操《そうそう》は鄒氏《すうし》の白い裸体を生々しく思い浮かべた。あれほどの愉悦《ゆえつ》を、女体は男に与《あた》えるものなのか。許都《きょと》に戻ってから、十数人の女を曹操は抱いてみたが、どれもそれほど変りはせず、鄒氏との交合ほどの快感は得られなかった。肌の白い女。曹操はいま、女を集める係の者に、そう命じている。五錮《ごこ》の者に探らせたところでは、鄒氏は張済《ちょうせい》の妻ではなく、甥《おい》の張繍の女と言った方がよかった。張繍が鄒氏を奪うために張済を殺したことも、充分に考えられた。ただ、そこにあるのは、張繍の意志だけではなかっただろう。鄒氏もまた、ただ荒々しいだけの張済を捨て、張繍を選んだのではないか。

抱く前に斬《き》ることだ。曹操はそう思った。どれほどの愉悦であろうと、自分を失うほどのものなら、この世から消してしまうべきなのだ。覇業《はぎょう》に、愉悦などは必要ではない。

「二日後に出動するぞ、夏侯惇。袁術は皇帝と称《しょう》している。帝《みかど》を推戴《すいたい》する私には、討つべき大義名分はある」

「承知いたしました」

「軍勢は十万。敵は袁術だけでなく、劉表や張繍も同じである。それを忘れぬようう」

「この戦、袁術はまず敵ではありません」

「できれば、どちらかは潰《つぶ》したい」

「袁術《えんじゅつ》は、間違いなく」

「どうかな」

「とにかく、諸将に出動を伝えます」

曹操《そうそう》は頷《うなず》き、側室のひとりを呼んだ。頭を揉《も》ませるためである。特に、耳の上を指さきで強く押すと、どこからか痛みが抜けていくという感じになる。

大敗した袁術は、兵力十万というところだろう。孫策《そんさく》が絶縁状を送ったという情報もあるから、南からの兵糧も途絶えているはずだ。そういう苦しさの中で、袁術は果してまともにぶつかってくるか。城に籠《こも》るという戦法を採れば、潰すには潰せても、時がかかりすぎる。荆州《けいしゅう》に入り、張繡《ちょうしゅう》と劉表《りゅうひょう》を討つ余裕がなくなる。

張繡を討つ方法は、なにかありそうな気がした。むしろ、劉表の方が、目立たないが難敵である。他国へ攻め入ることを考えず、ただ守りだけに心を砕いているからだ。

しかし、曹操の眼《め》は、実は呂布《りょふ》にむいていた。大きくなりすぎると、厄介《やっかい》である。しかし、呂布とまともにやり合って、勝てるのか。袁術との戦を見ると、呂布の騎馬隊はいっそうその精強《せいきょう》さを増しているとしか思えなかった。

もう一度呂布に負けると、立ち直れないかもしれないという気が、曹操はしていた。戦場では、呂布は一直線に自分の首だけを狙って来るだろう。呂布との勝負は、ほかの戦での勝負とは違い、首が飛ぶかどうかだと思わざるを得なかった。

二日後に、曹操は十万を率いて許都《きょと》を出発した。

まずは、寿春《じゅしゅん》である。

十万を、二段に分けた。第一段は、夏侯惇《かこうとん》である。第二段は、曹操自らが指揮をした。

寿春に百里（約四十キロ）ほどのところで、袁術の本隊が逃亡して淮水《わいすい》を渡った、という知らせが入った。本隊はもとより、蓄えられていた財宝なども、すべて運んで逃げたという。

翌日には、袁術軍の前衛とぶつかった。総大将が逃げている軍である。夏侯惇がちょっと押すと、総崩《そうくず》れになり、寿春へ逃げこんだ。曹操は速やかに兵を進め、寿春を包囲した。城内の敵はおよそ三万。しっかりと門を閉ざして、出てこようとしない。

袁術のいない寿春を、いくら囲んでもそれほど意味はなかった。ただ、寿春が破壊されたとなれば、袁術の力はさらに弱まる。速やかに落とせば、淮水を渡って袁術を追撃することも、不可能ではない。

しかし、城は強固だった。ひと月ほど囲み、しばしば隙を狙っての攻略を試みたが、うまくいかなかった。十万がひと月滞陣《たいじん》すると、兵糧の補給《ほきゅう》に問題が出てくる。攻城の失敗は、大抵そこである。

「自分で、罠《わな》に嵌《はま》ったようなものかな」

曹操《そうそう》は苦笑した。攻囲をはじめてしまった以上、落とさなければ負けだという考えもできる。

ここは力で押すしかない、とひと月を過ぎると曹操は考えはじめた。すでに兵糧が不足しはじめている。城中の敵も、同じようなものだろう。

「夏侯惇《かこうとん》、城壁にむかって石と土を積み、兵が駈《か》け登れるようにする。それを、一日でやるのだ」

「矢による犠牲が出ます」

「楯《たて》を連《つ》らねよ。敵の矢は尽きかけているはず。力で押して、敵が押し返してこないようなら、勝ちだ」

「わかりました」

「私が、先頭で土を運ぼう。兵たちには、それを見せてやる。それで意気があがる」

「丞相《じょうしょう》が、そこまでやられることは」

「いや、いくら敵が参りかけているとはいえ、力押しをするかぎりは、必ず決めたいし、犠《ぎ》牲《せい》も少なくしたい。そのためには、味方の兵の意気があがることだ」

翌日、土を運びはじめた。その中のひとりが曹操自身だと知って、兵たちの意気はいやがうえにもあがった。すでに、気だけで城内の敵を圧倒しはじめている。

曹操はわざとらしい芝居をする、と言う人間も出てくるだろう。それは、気にならなかった。ほんとうに勝ちたくて、自分は土を運んでいるのだ、と曹操は思った。

兵が駈け登るための道が、すぐにできあがった。問題は、そこでの敵の防御《ぼうぎょ》だが、矢を放つ者がいたぐらいで、抵抗らしい抵抗はなかった。三万がそこから侵入して城内を制圧し、曹操は全軍を率《ひき》いて開かれた門から入った。

捕えた袁術《えんじゅつ》の部将は広場に引き出し、首を刎《は》ねて晒《さら》した。袁術が建てた宮殿や、朝廷を連想《れんそう》させる建物などは、すべて取り壊した。

すぐに兵をまとめ、許都《きょと》にむかった。しかし、帰《き》還《かん》はしなかった。途中で兵糧の補給《ほきゅう》を受け、そのまま荊《けい》州に攻めこんだ。

張繡《ちょうしゅう》の軍が、方々《ほうぼう》に散って、予《よ》州を侵《おか》しては略奪《りゃくだつ》をなす、という状態だったのである。宛《えん》県の曹洪《そうこう》だけでは押さえきれず、孤立した恰好《かっこう》になっていた。

曹操《そうそう》は本営を舞陰《ぶいん》に置き、夏侯淵《かこうえん》、曹仁《そうじん》、于禁《うきん》らに一万数千の兵を与え、各地の張繡《ちょうしゅう》軍を撃破させた。まとまっているところを、撃ち破る。すると敵は散り、またまとまる。そのくり返しだった。曹操と夏侯惇《かこうとん》は、本営で劉表《りゅうひょう》の援兵に備《そな》えた。

劉表は、三、四万の軍に出動の準備をさせていたようだが、ついに出てこなかった。

残された方法は、張繡の本営である穣城《じょうじょう》を囲むことだけだった。それは張繡の思う壺《つぼ》で、その時こそ劉表も兵を出して曹操の背後を衝《つ》こうとしてくるはずだ。張繡の思う壺に嵌《はま》ってやるのは、まだ早かった。それに、寒い季節になってくる。張繡軍を叩くだけ叩くと、曹操は許都《きょと》に帰還した。春まで、兵を休ませようと思った。

夏侯淵、郭嘉《かくか》、于禁の三将に荀攸《じゅんゆう》を加え、曹操は連日会議を開いた。呂布《りょふ》とどう闘うか。会議は、すべてその一点だけだった。

呂布とのぶつかり合いは、それほど遠くない、という予感が曹操にはあった。いや、あまり遠くにしてはならないのだ。呂布の声望は高く、時をかければ、それだけ大きくなるのは眼《め》に見えていた。

ただ、呂布との闘い方が決まっても、それに合わせた兵の調練をしなければならない。三将のもとに、それぞれ二万。六万を、呂布戦の主力とした。

今度は、呂布には負けられない。呂布に負けるようだと、覇業《はぎょう》もそこで頓挫《とんざ》する。

「天下には、人が多いな、荀攸。私など、まだ豆粒のような存在だ、という気さえしてくる」

「それは、大事な思いでございます、丞相《じょうしょう》。しかしまた、われに並ぶ者なし、という気概《きがい》ももう一方ではお持ちになるべきです」

荀攸を会議に加えたのは、呂布との負け戦《まいくさ》を知らないからだった。呂布と聞くと、まず恐怖がこみあげる。それは曹操自身の恐怖感で充分だった。

「夏が過ぎてからかな、呂布との戦は」

呂布にも弱点はあるはずだ。夏侯惇はそう言っていた。一番強い部分が、また最大の弱点になることもある。

曹操が、戦で学んできたことだった。

5

河北《かほく》は、豊かな土地だった。人も多い。

その中でも、冀州《きしゅう》は最も豊かだった。そこに拠《よ》ったのは、間違いではなかった。

いずれ董卓《とうたく》を凌《しの》ぐ勢力をと思ったのだが、その董卓はあっさり呂布《りょふ》に殺された。

天下は袁紹《えんしょう》のものだ、と人はこぞって言う。袁紹自身も、そう思っていた。青州《せい》を平定し、并州《へい》を併《あわ》せ、河水《かすい》(黄河《こうが》)から北で残るのは、幽州《ゆう》一州となっている。

その幽州も、ほぼ攻略の目処《めど》はついてきた。河北四州を統一した時が、天下に号令を下す時だ、と袁紹は思っている。

無理な戦《いくさ》は、避けてきた。

幽州の公孫瓚《こうそんさん》も、その気になって全軍で攻めれば、もっと早く潰《つぶ》せたはずだった。ただそれをやると、こちらも手負《てお》いになるのは見えていた。じっくりと、躰《からだ》から少しずつ血を抜くように、公孫瓚を締《し》めあげてきた。もう少しである。

董卓が呂布に殺された時、天下は自分のものになるはずだった。ほかに人はいなかったのだ。曹操《そうそう》と袁術《えんじゅつ》が自分を支持すれば、この国がこれほど乱れることはなかった。特に、袁術は弟である。西園《せいえん》八校尉《こうい》（近衛《このえ》師団長）のころから、なにくれとなく面倒を看《み》てきた。それがはじめ荆州《けい》南陽《なんよう》郡に拠り、やがて寿春《じゅしゅん》に移り、自分を妾《めかけ》の子と蔑《さげす》み、あろうことか皇帝とまで称《しょう》しはじめた。

同じ西園八校尉だった曹操が自分を支持しなくても、袁術が兄弟二人で袁家《えん》の王朝を作ろうと考えれば、やはりこの国はたやすく統一できたのだ。袁家一門の力は全土に及んでいて、わずか五千で出発した曹操など、部将のひとりにすぎなかったはずだ。

曹操をこれだけ大きくしたのも、やはり自分と袁術が対立したからだと思えた。袁術のことを考えると、はらわたが煮える。洛陽《らくよう》にいたころの袁術は、どちらかというと大人《おとな》しく、自分の背に隠れているようなところがあった。洛陽を出て、袁術が南へむかった時は、それでいいと思った。南と北からこの国を統一していけたはずなのだ。

洛陽を出てからの袁術の心に、なにが起きたのかはわからない。ことあるごとに、妾の子と自分を蔑み、兵までむけてきた。

その袁術も、呂布ごときに打ち破られ、曹操に攻められて逃げ惑《まど》ったという。

曹操が力をのばし、自分と対立するようになったのは、青州黄巾《こうきん》軍を兗《えん》州の戦で降《くだ》してからだ、と袁紹《えんしょう》は思っていた。まだ、曹操《そうそう》と本格的なぶつかり合いはやっていない。お互いに避けていて、河水《かすい》を境にその領分を守っている。

ただ、手は打っていた。荊州《けい》の劉表《りゅうひょう》とは同盟していて、はじめは袁術《えんじゅつ》を、いまは曹操を南から牽制《けんせい》させている。長安《ちょうあん》を中心に散らばった群雄《ぐんゆう》の中からも、張済《ちょうせい》を選び出し、曹操の背後で動き回らせた。張済があまり使いものにならないので、甥《おい》の張繍《ちょうしゅう》に殺させた。いまは張繍が、ほぼ袁紹が思い描いた通りの動きをしている。

張済を長安から引き離したのも、張繍に殺させたのも、すべて鄒氏《すうし》の仕事だった。後宮で、幼いころから媚術《びじゅつ》を教えこまれた女を、袁紹は洛陽《らくよう》から連れ出してきていたのである。

間者《かんじゃ》としての訓練を施《ほどこ》したのは、田豊《でんほう》である。まるで宦官《かんがん》のようなやり方が、袁紹は嫌いだった。それでも、確かに田豊が言った通りの効果はあがっている。鄒氏の両親と弟は、鄴《ぎょう》にいた。天下を平定したのちは、弟を高官に取り立てるという約束があるが、それは反故《ほご》にしようと袁紹は思っていた。

間者は、こういう乱世では必要だった。金でかなりの人数を雇《やと》っている。ただ、袁紹は、そういう人種に、どうしても嫌悪感を覚えてしまうのだった。卑《いや》しいと思ってしまうのだ。宦官が嫌だったが、その感情と似ているのかもしれない。

兵数は、二十五万に達《たつ》していた。領内から無理な徴兵《ちょうへい》はしていない。袁紹という名を慕《した》って、それだけの兵が集まっていると言ってもよかった。幽《ゆう》州を併せれば、三十二、三万にはなり、徴兵を厳《きび》しくすれば、四十万は軽く超える。

幽州攻めは、だから大事だった。公孫瓚《こうそんさん》だけ潰《つぶ》せばいい。時をかけてもいい。幽州をほぼ無傷で手に入れれば、曹操も自分と競《きそ》うのを諦《あきら》めるかもしれない。

長安には手をのばしていたし、遠く涼《りょう》州の情勢《じょうせい》にも眼を配《くば》っている。益《えき》州は広いが、漢中《かんちゅう》さえ扼《やく》すれば、それほどの難敵とも思えない。いずれ、長安の群雄の誰《だれ》かに、漢中を攻めさせることは考えていた。漢中には五斗《ごと》米道《べいどう》がはびこっていて、一応《おう》袁紹は使者《ししゃ》などを出していたが、認める気はなかった。宗教も、嫌いである。

公孫瓚に時間をかけているが、同時にほかの地方への工作もしている。幽州が落ちると同時に、この国の大部分が自分に靡《なび》いてくるはずだった。

袁《えん》家の王室を作る以上、漢《かん》王室は無用だった。いま、曹操が帝《みかど》を擁《よう》して勝手放題をやっているが、すでに帝がいないに等しいことは、この国の誰もが知っている。

公孫瓚には、十万の軍勢で文醜《ぶんしゅう》が当たっていた。公孫瓚軍には騎兵が多く、それを押さえるのは、騎馬戦に長じた文醜が適任だった。公孫瓚は、冀《き》州との境界にある易城《えきじょう》を本拠《ほんきょ》としているが、ここ数年で、次第に孤立を深めていた。

ただ、北方の異民族との関係が深く、軍馬の調達《ちょうたつ》はうまくいっているようだった。青州《せい》や幷州《へい》には、息子たちを配してある。文官たちはそれに異を唱《とな》えたが、袁紹《えんしょう》は耳を貸さなかった。最後は、血の結束である。

「易城《えきじょう》は、いつ攻められますか、殿？」

月に一度の会議には、文官も含めると四十名ほどが出てくる。半年ほど前から、田豊《でんほう》と沮授《そじゅ》が、易城攻めを主張していた。まだ早い、と袁紹は思っていたが、言いたいことは言わせた。

「曹操《そうそう》が力をつけています」

その曹操は、危うく張繡《ちょうしゅう》に討《う》たれそうになったばかりだった。張繡も自分が動かしているではないか、と袁紹は言われるたびに思った。それに、曹操軍は連戦である。兵は疲労し尽《つく》しているはずだ。

「江東《こうとう》の孫策《そんさく》と結ぶ方法はないのか、沮授？」

「いまのところ、孫策はどことも結ぶ気はないようです。袁術《えんじゅつ》の力が弱くなったので、それほどの脅威《きょうい》もないのでしょう」

「曹操と結んだりはするまいな。ともに袁術を敵としている」

「それも、調べたかぎりではありません」

孫策と結ぶことには、無理があった。袁紹の長い同盟者である荊《けい》州の劉表《りゅうひょう》を、父の仇《あだ》としているからだ。孫策が大きくなれば、荊州を攻めることも考えられる。劉表との同盟はそれとして、孫策とはまた別の結び方をするというのも、不可能ではないはずだ、と袁紹は思っていた。そういう仕事が、文官の任ではないかという気持がある。劉表の手前があるなら、袁紹には内密という恰好《かっこう》にして、田豊か沮授が秘《ひそ》かに誼《よしみ》を通じてもいいのだ。

それも試みてはいる、と田豊は言ったが、袁紹は不満だった。小覇王などと呼ばれているが、孫策はまだ二十《はたち》歳をいくつか過ぎた若造《わかぞう》なのだ。

袁紹には、ひとつ考えなければならないことがあった。

并《へい》州黒山《こくざん》の張燕《ちょうえん》である。賊徒《ぞくと》を領内に飼《か》っている、という恰好だった。何度か討《とう》伐《ばつ》しようとしたが、果していない。并州は山深い土地であり、討伐軍を出すたびに、山中に逃げられるのだ。

帰順させようともしてみたが、度重《たびかさ》なる討伐で、恨《うら》みが深いものになっていた。

張燕の扱い方は間違えた、と袁紹は思っていた。はじめから、討伐ではなく帰順させる方法を探るべきだった。黒山に対して割《さ》いている兵は二万で、それは無駄に近いものなのだ。

いまは、討伐しか方法がなかった。平地におびき出して討て、と二万を指揮している部将には命じてあるが、張燕《ちょうえん》もたやすく挑発には乗ってこないようだ。

これも、時をかけるしかなかった。

全国の情勢を見るかぎり、あと十年でこの国を統一できるだろう、と袁紹《えんしょう》は思っていた。つまり自分は、袁《えん》家の王朝の始祖となるのだ。

幽《ゆう》州を降《お》ろしたあと、厄介《やっかい》なのは曹操《そうそう》だろうが、兵力には大きな差が出てくる。宦官《かんがん》の家系に生まれ育った者に、たとえ兵力が劣《おと》ったとしても、自分が負けるとは袁紹は考えていなかった。

「兵の調練《ちょうれん》は、うまくいっています。騎馬隊も二万にまで増やしています」

顔良《がんりょう》がやってきて、報告をする。顔良は、会議ではほとんど発言することはないが、時々袁紹の居室を訪れては、そういう報告を入れてきた。調練は、顔良に任せれば間違いはない、と袁紹は思っていた。

ただ、顔良の濁声《だみごえ》には、やはり馴染《なじ》めなかった。どうしても、董卓《とうたく》を思い出す。董卓は死んだが、それでも顔良の声は不快だった。別に董卓を思い出さなくても、耳に快い声ではないのだ、と最近は思っている。

自分の声の不快さに、顔良はまったく気づいていないようだった。袁紹も、不快だと口に出して言ったことはない。

秋の終りに、黒山《こくざん》の賊徒《ぞくと》が動きはじめた。収穫の略奪《りゃくだつ》が目的であることは、眼《め》に見えていた。三千、四千の集団が、六つほど動いている。賊も、冬の仕度《したく》をしなければならないということだろう。頭目《とうもく》の張燕が、どの集団を率《ひき》いているかは、はっきりしなかった。

兵を鍛《きた》えるいい機会だ、と袁紹は思った。以前は西園《せいえん》八校尉《こうい》で、練兵はほとんど日課のようなものだったと言っていい。冀《き》州に拠るようになってから、そちらの方は顔良に任《まか》せることが多くなった。

だから、自分を鍛え直すことになるのかもしれない。

袁紹の一日は、文官の民政についての報告を聞くことからはじまる。次には処罰《しょばつ》などをし、それぞれの部将からの報告も個別に受ける。そうやって、領地のことを把握《はあく》した。余った時間は、箏曲《そうきょく》を聴いて過すことが多かった。妾《めかけ》は二十名余いるが、女体に溺《おぼ》れることはない。宴《うたげ》も、好きではなかった。

箏曲を聴きながら、天下のことを考えることはある。なぜ、人は争ってばかりいるのか。この争いの中で、自分はどうしていればいいのか。河北《かほく》四州を領《りょう》したら、次には全国の統一である。潰《つぶ》すべきなのは誰か。臣従させるべきなのは誰か。

いまの領地を、そのまま全国に拡《ひろ》げたとしても、やることは同じだった。民政をなし、軍の掌握《しょうあく》をする。自分は王になるのだから、丞相《じょうしょう》（首相）をつとめるものが、いまの自分の仕事をすることになるのかもしれない。

できるかぎり、流す血を少なくしながら、この国を統一していく。そのためには謀略《ぼうりゃく》はためらわずに行う。人の血は、国の血だと思っていた。血を失うのは、国が力を失うことなのだ。

戦を嫌う武人、と人に言われていることは知っている。それでいい、と袁紹は思っていた。戦とは、国の血を失う行為なのだ。だから、公孫瓚《こうそんさん》とも、血で血を洗う戦はやらない。徐々に締めあげていって、最後に殺す人数は、できるだけ少なくすればいいのだ。

箏の巧みな者は、妾の中に六人、ほかに箏だけを弾《ひ》くものが四人いた。箏も、ものによって微妙に音が違う。人と箏にも相性があり、誰にどの箏を弾かせるかと、考えるのも愉《たの》しみのひとつだった。

「顔良《がんりょう》、わしが騎馬隊五千を率いて、賊徒の討伐に出よう。ほかに、一万の兵をつけた部将が三人。わが兵の実戦も、時には見ておきたい」

「それは、よろしゅうございます。やがて、殿が直々《じきじき》に北へむかわなければならない時がくるでありましょうし」

「死に兵の用意はあるのか？」

「はい、流浪《るろう》の農民を二千ほど。一応《いちおう》は、兵として整《ととの》っていると思います」

袁紹は、戦では囮《おとり》を使うことが多かった。そうすることで、全体の犠牲《ぎせい》を少なくできる。特に、耕地《こうち》を捨てた農民は、生かしておいても仕方がないというところがある。

「よし、死に兵に、年貢《ねんぐ》の兵糧《ひょうろう》を守らせているというかたちを作れ。土の山を築《きず》き、表面にだけ兵糧の袋を置くのだ。それを、逆茂木《さかもぎ》で囲え」

「なるほど。それで賊徒は集まって攻めて参りますな」

「二千の死に兵の、千五百が討たれた段階で、まず騎兵が攻める。それから歩兵で囲み、矢で射殺せ」

半分以上の守兵を殺せば、兵糧はすぐ手が届くところにある、と思う。その段階で退《ひ》くことなど、無理な話なのだ。そこを囲んで討つ。難しい戦ではなかった。うまくすれば、張燕《ちょうえん》を捕えられるかもしれない。そうすれば、積年《せきねん》の病弊《びょうへい》をひとつ除《のぞ》くことができる。

ただ、それほど張燕も甘くはないだろう。ここまで、生き延《の》びてきている男なのだ。それならそれでいい。国がひとつになった時、賊徒の生きる場所はなくなる。

袁紹《えんしょう》には、国全体が見えていた。誰もが、幽《ゆう》州をいつ併《あわ》せるかということを考えている。

その時、幽州を併せ、河北《かほく》四州を制《せい》してしまえば、自分の力は絶対なのだ。

その時、曹操《そうそう》はあえて自分に敵対しようとするだろうか。あの男ならば、するかもしれない。その時は、潰《つぶ》すしかなかった。

曹操との戦が、多分一番血が流れるはずだった。それも、生みの苦しみ。新しい国になるためには、それぐらいの苦しみは必要と言える。

二日で出動の準備が整った。

さらに、五日待った。死に兵二千が守っている兵糧を、賊徒も襲う準備をしなければならないだろう。賊徒が、一カ所に集結《しゅうけつ》しつつある、という斥候《せっこう》の報告が入ってきた。

出動である。

久々に、『袁』の旗が掲げられた。

袁紹は、左右を旗本《はたもと》に守られ、五千の騎馬隊を率いて駈《か》けはじめた。

大きな戦には、なろうはずもない。せいぜい、賊徒の一万も殺すぐらいのことだろう。それでも、原野を駈ける袁紹の胸では、血が快《こころよ》く騒いでいた。

追撃はわれにあり

1

小沛《しょうはい》の城には、一万の軍勢がいた。半分は、曹操から借りた兵である。

兵が多い間に、劉備《りゅうび》は城の防備を強化した。城壁を高くし、楼塔《ろうとう》をいくつも建て、堀も二重にした。曹操の兵を使うことができたので、民を労働に駈《か》り出すことはなかった。

武器も、整《ととの》えた。無論《むろん》、兵の調練《ちょうれん》も怠《おこた》らなかった。

その間に、袁術《えんじゅつ》が皇帝を僭称《せんしょう》しはじめた。曹操は、荊《けい》州に侵入し、さらに州境から許都《きょと》を窺《うかが》う張繍《ちょうしゅう》を攻め、予想外の大敗を喫《きっ》した。その大敗を雪《そそ》ぐべく、秋になると再び荊州に張繍を攻めた。

劉備が唸《うな》ったのは、袁術と呂布《りょふ》の戦《いくさ》だった。呂布の兵力は、袁術の三分の一に過ぎなかった。しかし激戦にすらならず、呂布《りょふ》はたやすく袁術《えんじゅつ》を破り、完膚《かんぷ》なきまでにその軍を叩《たた》いた。

劉備《りゅうび》は袁術と、手合わせをしたことが、一度あった。正しい陣形を組んで攻め寄せるという戦だから、小勢を動き回らせて攪乱《かくらん》することはできた。しかしそれは攪乱だけで、破るためにはまともにぶつからなければならない。それは無理だ、と劉備は思っていた。ところが呂布は、大軍に正面から突っこみ、押しまくって袁術を敗退させたのだ。

騎馬隊の、恐るべき力を見せつけた戦だった。

呂布に徐《じょ》州を譲《ゆず》った時、いずれ破綻《はたん》すると劉備は読んでいた。戦では勝っても、民政の方から崩《くず》れていくはずだった。しかし、陳宮《ちんきゅう》という能吏《のうり》がいた。それは、劉備にとっては計算外のことだった。しかも戦における呂布の鮮《あざ》やかすぎる勝利は、その声望《せいぼう》を高め、いまも下邳《かひ》には人が集まり続けている。

「殿が言われることはごもっともですが、呂布が強くなればなるほど、曹操《そうそう》はそれを潰《つぶ》さずにはいられないでしょう。なにも、われらに不利に動いているばかりとは言えません」

劉備が、戦略について話し合うのは、大抵糜竺《びじく》とだった。関羽《かんう》、張飛《ちょうひ》、趙雲《ちょううん》は、やはり戦の人である。どこを捜《さが》してもこれほどの武将は見つからないが、その力の半分も使いこなしていない、と劉備は思っていた。

「孫乾《そんけん》殿の手腕《しゆわん》があって、沛《はい》県の民政は実にうまく回っています。軍には、三人の将軍がいますし。兵数が少ないことなど、いま嘆いてはなりません、殿」

「呂布が曹操に勝つというのも、あり得るのではあるまいか、糜竺」

「確かに、戦でございますからな」

「呂布が下邳に流れてきた時は、ただの流浪《るろう》の軍であった。いまの呂布を見ていると、乱世では力がすべてだとも思える」

「殿は、それを最後の手段になさろうと考えておいでです。勝負はまだ先のこと。あまり焦《あせ》られぬことです」

「わかっている。しかし、豪勇無比《ごうゆうむひ》の将軍が三名もいるのに、その力さえ使う機会がない。あの三人には、悪いことをしていると思う」

「関羽殿も張飛殿も、殿の義弟でございましょう。趙雲殿は、流浪の末、やはり殿を主《あるじ》と仰《あお》ごうと決めたお方。不遇《ふぐう》をともにできなくて、なんの主従でありますのか。なんの義兄弟でありますのか」

「私が不遇を嘆くのは、あの三人がそう思ってくれるからこそだ」

「ならば三人は、家臣冥利《みょうり》に尽《つ》きるというものです」

年が明けたころから、曹操《そうそう》の呂布《りょふ》に対する態度が、微妙《びみょう》に変化してきている。許都《きょと》に来て、帝《みかど》に挨拶《あいさつ》するように、という申し入れもあったようだ。呂布は官位を貰《もら》っているから、当然と言ってしまえば当然だが、曹操が挨拶に来いと言っているとしか、誰《だれ》も取らない。

陳宮《ちんきゅう》が、うまく捌《さば》いているようだ。そういうことだけでなく、徐《じょ》州の民政に関して陳宮には隙《すき》がなく、そちらから呂布が崩《くず》れていくとは思えなかった。

呂布を挑発《ちょうはつ》せよ、という命令にも似た書簡《しょかん》が曹操から届いたのは、三月ごろだった。

劉備《りゅうび》は、よく沛《はい》県の中を歩き回った。民と接するためである。それを曹操はよく知っていて、歩き回る範囲《はんい》を下邳《かひ》に近づけろと言ってきたのだ。

歩き回る時は、いつも関羽《かんう》と張飛《ちょうひ》が一緒だった。民は、劉備を慕《した》っている。そういう顔を、民には見せ続けてきた。

「どうやら、曹操殿は本気で呂布との戦を考えはじめられたようだな」

「それならそれで、よいではありませんか、兄上」

「そうです。小兄貴の言う通りです。呂布は、大兄貴から徐州を奪ったのですから」

「わざと、奪わせた。それは、おまえたちも知っているだろう。徐州の民政が、呂布でうまくいくとは思えなかったからだ。しかし、意外《いがい》にうまく運んでしまった」

「曹操と呂布の間に挟《はさ》まれていたら、いつまでもわれらは大きくなれませんぞ、兄上。むしろ、流浪の軍でいた方がいいぐらいです」

「五千の兵だ、関羽。二千そこそこで、賊徒《ぞくと》を相手にしていたころとは違う」

「それも、わかって言っています。闘うなら、やはり曹操ではなく、呂布でしょう」

劉備も、そう思っていた。

むこうから農民の一団がやってきて、三人に道をあけた。劉備にむかっては、親しげに挨拶をする。ただ、張飛はこわがられていた。賊《ぞく》を五人ばかり、農民の前で殴《なぐ》り殺したことがあるからだ。

劉備軍は、張飛がいるからこわい。そう思われていた。五人の賊を打ち殺せと命じたのは、劉備である。

「呂布軍の支配地にも、時々出かけていくことにしようか。民政はうまく運んでいるといっても、税の取り立ては厳《きび》しい。農民たちが黙しているのは、恐怖からだ」

「施米《せまい》のようなことを、少しやってみましょう。それを呂布《りよふ》軍の兵が咎《とが》めたら、打ち払えばいい」

「そこまでやるのは、時機を見てだ。下手《へた》をすると、われらだけで呂布軍と闘わなければならなくなる」

「袁術《えんじゆつ》軍を破った呂布の戦、見事なものでした。援兵《えんぺい》の要請《ようせい》が来ると思っていたのに、それも来ませんでした」

思い出したように、関羽《かんう》が言う。

関羽も張飛《ちようひ》も、ああいう戦をしたがっているだろう。ただ、いまは周囲がみんな強すぎる。

流浪の軍であったころは、この二人は思うさまに暴れられた。この二人がいるだけで、算《さん》を乱して逃げはじめた賊徒《ぞくと》さえいたのだ。いまは、しばらく耐《た》える時だ。そう思っても、二人にはずっと耐え続けさせてきたという思いが募《つの》る。

「曹操《そうそう》には、勝算《しようさん》はあるのでしょうか、大兄貴？」

「多分な。曹操殿とは、そういう人だ。果敢《かかん》だが、あらゆることを考え尽《つく》してもおられる。われらも、うっかり乗れば、それこそ前衛《ぜんえい》で潰《つぶ》されるための軍になってしまう」

「去年、張繡《ちょうしゅう》にひどい負け方をしたばかりですぞ、大兄貴」

「それが、曹操という人なのだ、張飛。周到《しゅうとう》なようでいて、どこか抜けることがある。それを、私は妙な大きさと感じてしまう」

「許都《きょと》へ落ちのびて曹操に会ったあと、いつかあの男を殺すと大兄貴は言われた」

「まことか、張飛？」

「ああ、大兄貴は、泣きながらそう言われたのだ、小兄貴。曹操に頼らなければならなかったのが、大兄貴はそれほどくやしかったのだ」

「曹操殿だけではないぞ、二人とも。漢《かん》王室を潰そうとする者は、みんな殺していかねばならぬ。われらは、そのための軍なのだ」

沛《はい》県だけを回るのに、それほどの時はかからなかった。

劉備は、曹操と呂布の戦の行方《ゆくえ》を考えながら、馬を進めた。

曹操軍も、やはり袁術と同じく十五万というところか。呂布は、あの時と較《くら》べると、一万は増えている。騎馬隊も一万騎になり、呂布自身が調練を重ねたという。

兵数、兵の精強《せいきょう》さ。そういうものの勝負なのか。それとも、乱世で生き残ろうという執念《しゅうねん》の勝負なのか。このまま呂布が大きくなれば、やはり曹操と敵対《てきたい》することになるだろう。十万の兵を呂布が擁《よう》したら、曹操にも袁紹にも、勝目はないかもしれない。

やはり、いまだ。そう考えて、曹操《そうそう》は賭《か》けに出たのだろうか。果敢である。自分にできない賭けを何度かやり、それに勝って曹操はいま巨人として立っている、と劉備《りゅうび》は思った。その強さは、どこから来るのか。天下を取りたいという、野心だけなのか。

負けを、ものともしない。それだけでも、驚嘆《きょうたん》に値《あたい》した。戦につぐ戦。あの小柄な躰《からだ》のどこに、それほどの気力がひそんでいるのか。

「冷えてきたな、張飛《ちょうひ》」

「寒いのですか、大兄貴?」

「いささかかな。おまえの鼻は動かぬか?」

「え、鼻?」

「この先に、村がある。酒の匂《にお》いでもしないかと思ってな」

「これはめずらしい。兄上が酒を御所望《ごしょもう》ですか。張飛、先に駈《か》けて、酒のある家を捜しておけ。おまえなら、確かに鼻で嗅《か》ぎ当《あ》てられる」

「鼻とは、そういうことか。任《まか》せておいてくれ、小兄貴」

張飛が、駈け去っていった。

村へ入ると、張飛が一軒の家の門から、手招《てまね》きをしていた。

「酒と、それからわずかですが豚の肉があるそうです」

「そうか。銭はきちんと払うのだ」

「わかっています。大兄貴の顔は潰《つぶ》せません。先に銭を出して頼みました」

「ありがたいな。雪にでもなりそうな空模様《そらもよう》だ」

主人が出てきて、挨拶をした。質素《しっそ》だが、貧しい家とも見えなかった。

通された部屋で、火を囲んだ。すぐに酒と煮た豚の肉が出された。

「久しぶりだな」

杯《はい》を口に運び、ひと息で飲み干《ほ》し、劉備は眼《め》を閉じた。

「こうして、兄弟三人だけで、ゆっくりと酒を飲むのは、何年ぶりだろうか」

「はじめて会った時は、張飛には髭《ひげ》も生えていませんでした。それが、この虎髭《とらひげ》です」

張飛も、もう三十を過ぎた。思い返すと、信じられない時の速さだった。

「二人とも、妻帯した方がよいかな。馴染《なじ》みの女はいるのであろう。小沛《しょうはい》か、それとも下邳《かひ》にいるのか？」

「馴染みの女などと、そんな。俺《おれ》も小兄貴も、そこで出会った女で、間に合わせているのです、大兄貴」

「ほんとうに、そうか？」

関羽《かんう》の方を見て言うと、慌《あわ》てて首を横に振った。

「おまえたちの妻となる女は、私にとっては妹だ。必ず会わせるのだぞ」

「わかっています、大兄貴。それより酒を」

張飛《ちょうひ》が、強引《ごういん》にまぜ返す。劉備は、笑い声をあげた。束《つか》の間《ま》。そう思う。笑いながら酒を酌《く》み交《か》わしていられる時が、これからもそうあるとは思えない。

「おお、兄上。雪になってきたようです」

白い花びらが舞っている。そう見えた。

しばらく、三人で黙って外を眺めていた。

2

胡桃《くるみ》が、見ていた。

見ているだけで、厩《うまや》へ入ってくることはできないのだ。一度、入ろうとした。赤《せき》兎《と》の気に、弾《はじ》き飛ばされた。蹴《け》られるまでもなく、足を踏《ふ》み入れた瞬間に動けなくなり、ようやく這《は》い出すと、尻尾《しっぽ》を股《また》に挟《はさ》んで庭の中を駈《か》け回った。

それ以来、呂布《りょふ》が厩にいる時は、胡桃は遠くから見ているだけである。

思った通り、大きな犬に育った。李姫《りき》になついているが、呂布もこわがらない。ほかの人間には敵意《てきい》を示して、唸《うな》り声をあげたりするのに、滅多《めった》に会わない呂布を見かけると、尻尾を振って駈け寄ってくる。

「赤兎、あの犬は、おまえがこわいらしい。おまえの放つ気が、わかるのだ。駄犬《だけん》ならば、のこのこおまえのそばまで来て、蹴飛ばされるだけだろう」

赤兎に語りかける。赤兎は、わずかに耳を動かすだけだ。

「ただこわがられる。俺《おれ》にもわかる。俺が、そうだからだ」

豚の毛で毎日磨《みが》いているので、赤兎の毛並《けなみ》はきれいである。首筋に触《ふ》れても、すぐに毀《こわ》れてしまうような気がして、はっとするほどだ。赤い毛並は、増々深みを帯びてきている。

いまだに、どんな馬よりも、速く長く駈けることができる。呂布がなにをしたがっているか。その意志の読み方も、ずっと速くなった。ほとんど、同じ心を持っているのではないか、と思うほどだった。

それでも、赤兎は老《お》いていた。赤兎と呂布だけは、それを知っている。

死ねば、赤兎《せきと》も土に還《かえ》る。それはそれで、戦場を駈け回るより楽なことなのかもしれない、とも思う。母は、土に還った。瑤《よう》も、土に還った。長い間自分とともに闘ってきた、麾下《きか》の兵の多くも、すでに土に還っている。

土に還る時は、みんなひとりなのだ。

「胡桃《くるみ》は、まだ若いのだ。ただおまえの気に圧倒《あっとう》されている。そのうち厩に入ってきて、おまえの脚を咬《か》もうなどと考えるかもしれん。それも、若さだな」

呂布《りょふ》が笑うと、赤兎はまた耳を動かした。

胡桃を呼ぶ、李姫《りき》の声が庭から聞えている。

胡桃は、厩にちょっと心を残す仕草《しぐさ》を見せながら、駈け去っていった。不意に、厩の中が静かになったような気がした。赤兎の眼《め》が、じっと呂布を見ている。

「俺は、いい友を持った」

赤兎の首が、ちょっと動いた。呂布は、豚の毛で赤兎の首を擦《こす》りはじめた。

「幸福なのだ、おまえのような友を持てた俺は。友など持てぬまま、死んでいくやつはいくらでもいる」

赤兎と語り合っている時は、心はいつも穏《おだ》やかだった。いまは、そうだ。瑤が死ぬ時は、どうしていいかわからず、悲しみをただ赤兎にぶっつけた。淋《さび》しさに耐《た》えられない時は、いつも赤兎がいると思った。

「殿、お帰りでしたか」

胡郎《ころう》が、息を切らせて厩へ駈けこんできた。呂布の館《やかた》の、従者《じゅうしゃ》が住む一室で、胡郎は暮していた。麾下の兵は営舎《えいしゃ》で、胡郎もそこで暮したがったが、許していない。役所に出かける時は、朝から夜まで戻れないことがある。赤兎の相手に、胡郎は必要なのだ。

「陳宮様《ちんきゅう》が、御客人を伴《ともな》ってこられました」

「ほう、誰《だれ》だ?」

「小沛《しょうはい》の、劉備《りゅうび》様とおっしゃるお方です」

「なに、劉備だと」

呂布は、赤兎の首を二、三度叩《たた》いて、厩を出た。

劉備は、客殿には通らず、庭にいた。李姫と陳宮の三人で、立ち話をしている。

胡桃が、劉備から贈られた犬であったことを、呂布は思い出した。

「めずらしいな、劉備殿」

「久《ひさ》しく、お目にかかっておりませんでしたので」

「犬も、大きくなった」

「まこと、歳月は速いものです」

「小沛《しようはい》を攻めたのが、ついこの間だったような気がする」

「呂布《りよふ》殿が、戟《げき》を射当《いあ》てられたのも」

呂布は、耳の大きなこの男が、もともと嫌いではなかった。茫洋《ぼうよう》としていて、摑《つか》みどころがない。そういうところが、自分にはまったくない、と呂布は思っている。不貞不貞《ふてぶて》しさが時々見えて、かっとすることがあるが、それも自分にはないものだった。

「小沛に軍をむけた時、わが騎馬隊を見事に二つに割《わ》って見せてくれた。あの時先頭にいた張飛《ちようひ》は？」

「張飛も関羽《かんう》も、小沛です。毎日、練兵に精を出しております」

「その練兵で、あの騎馬隊を育てあげたのか。あれほどたやすく、二つに割られるとは、想像もしていなかった」

「たやすくなどと。われらも、生き延《の》びなければなりません。ただ必死に駈けた、ということですよ。それに、呂布殿の麾下《きか》は、かなり遠くでありましたし」

胡桃《くるみ》が、足にまとわりついてきた。呂布の後ろに控《ひか》えるように立っていた李姫《りき》が、叱《しか》る声をあげた。

「呂布殿は、犬がお嫌いでしたか？」

「いや。胡桃はいい犬だ」

「それはよかった。嫌いなものを贈《おく》ってしまったのでは、贈物の意味がない」

「ところで劉備《りゅうび》殿、俺になにか？」

「ちょっと話がしてみたい。そう思ったのですよ。海西《かいせい》のあたりに、よく海を見に行くのです。そのついでに寄らせていただきました」

劉備は、十名ほどの供《とも》でやってきているようだった。関羽や張飛や趙雲《ちょううん》という部将は連れていない。ただの従者《じゅうしゃ》だけで、それは害意《がいい》のないことをこちらに伝えようとしている、というようにも見えた。

「酒の用意をさせよう。入られよ」

頷《うなず》き、劉備は肩を並べて館《やかた》に入ってきた。客殿では、並んだ席に劉備を座らせた。すぐに酒肴《しゅこう》が運ばれてくる。

二人だけで話がしたいという気配《けはい》を劉備が示していたので、陳宮《ちんきゅう》は客殿に入れなかった。黙って最初の一杯を干《ほ》し、呂布は劉備の杯《はい》に酒を注《つ》いだ。

「話とは？」

「先年の、袁術《えんじゅつ》との戦は、見事な勝利でございましたな」

「袁術《えんじゅつ》が弱かったというだけのことだ。もう少し強ければ、俺は袁術の首を取れたと思っている。弱いので、早々に逃げた」

「なるほど。追撃《ついげき》しても追いつかないほど、早々に逃げてしまったということですな」

劉備《りゅうび》は、じっと呂布《りよふ》を見つめている。その眼差《まなざ》しに、呂布は軽い苛立《いらだ》ちに似たものを感じた。酒を勧《すす》める。劉備は、ほほえんでそれを受けた。

「袁術は、皇帝と称《しよう》しておりました」

「馬鹿な男だ。それで、徐《じよ》州で心を寄せていた人間からも、見放された」

「皇帝と称したがために」

「そうだ。逆臣《ぎやくしん》ということでな。こういう時にだけ、逆臣という言葉が生きて、大《たい》義名分《めいぶん》というやつが顔を出す。おかしなものだ」

「呂布殿は、袁術を逆臣と思われたのですか。それで、討《う》たなければならないと」

「徐州に攻めてくる。それに腹を立てただけだ。袁術であろうと曹操《そうそう》であろうと、徐州に攻めこんでくれば、これを討つ。それだけのことだ。逆臣などという言葉に、惑《まど》わされようとは思わんな」

「それでは、袁術は逆臣ではないと？」

「逆臣と言えば、いまの世ではみんなが逆臣であろう。漢《かん》王室などないも同然で、帝《みかど》を擁《よう》している曹操ですら、ただ自分のために利用しているだけだ」

　実際に、呂布はそう思っていた。ただちょっと目立ってしまった者や、負けた者が、逆臣と言われるだけだ。

　逆臣の董卓《とうたく》を討った、とよく言われる。確かに、勅命《ちょくめい》によって討つと董卓には言ったが、それは王允《おういん》が詔書《しょうしょ》を持っていたからだ。そんなものがなくても、董卓は殺した。

「呂布殿は、自分も逆臣だと思われているのですか？」

「曹操や袁術や袁紹《えんしょう》が逆臣である、という程度には、俺も逆臣だろう。しかし、そんなことはどうでもいいな。忠臣と呼ばれるやつらはいるのか。そいつらは、どこでなにをしている？」

「漢《かん》王室の復興《ふっこう》を願っておりましょう」

「願っただけで、なにができるのだ、劉備殿。俺は五原《ごげん》の田舎者《いなかもの》だ。そんな俺にも、王室などない方がいいとわかる。あれば誰かに利用される。そういうものにしか過ぎないではないか」

「国の秩序は、帝を中心にして定まってくるのですよ。そういう中心が、国というものには必要なのです。国は、ただ国だというだけでは存在できない。秩序《ちつじょ》というものが必要で、しかもそれが時と場合によって変るものでは駄目《だめ》なのです。永久不変の秩序。それが、帝を中心に置くということなのです。帝が力を持つわけではない。しかし、秩序の中心として、いつも民の心の拠《よ》りどころになるということなのです」

劉備《りゆうび》は、膝《ひざ》を乗り出していた。この男は、こういう喋《しやべ》り方をすることもあるのだ、と呂布《りよふ》は思った。

帝の臣になれ、と劉備は勧めにきたのか。それは、いまは曹操《そうそう》の臣になれということと同じではないのか。

「国に、帝はいらぬな、やはり。俺は、そう思う。もし必要なら、最後に勝ち残った者が、帝になればいい」

「それでは、また国が乱れる。覇者《はしや》は、永久に覇者ではないのです」

「帝というからには、劉備殿は俺を曹操の臣下にしようと思っているのか？」

「まさか。曹操殿も、帝の臣です。私が言っているのは、覇者が帝の最高の臣になればいいということです。ただ、覇者は覇者であり、決して秩序の中心ではなく、民の心の拠りどころでもない。覇者であろうと、国の秩序の中心である帝には、決して触れることは許されない。乱世をまとめて、そういう国を作っていく覇者が、いまこそ必要なのです」

「難しい話だな。陳宮《ちんきゅう》は、国は民だという。俺にも、それはわかる。しかし、漢王室四百年の間に、帝は民になにをした。苦しめただけではないのか？」

「この国に、帝がどうあるべきかという考えがなかったからです。しかし、四百年続いた血なのです。それが五百年になれば、高貴で冒《おか》し難いものになり、千年続けば神聖なものになる。帝の血を、そうやって純粋なものにしていく、いまは絶好の機会なのですよ」

純粋な血。つまりそれは、帝を人ではない別なものにしていくということなのか。

劉備という男が、苦しい闘いをしている理由が、ぼんやりとだが呂布にはわかるような気がした。手柄は、いくつも立てたはずだ。それでも、いつまでも流浪《るろう》の軍であり続け、やっと手に入れた徐《じょ》州の地も、あっさりと呂布に譲《ゆず》った。譲られたのだということが、いまははっきりわかる。

誰とも同盟せず、ことさら兵を増やそうともせず、ただ黙々と闘い続けた。それは、心に描《えが》き続けた帝の存在のための闘いだった、ということになるのか。

呂布は、自分を見つめる劉備の眼《め》から、視線をそらした。

「馬がいて、戟《げき》がある。鎧《よろい》を着て、敵と打ち合う。それが戦のすべてだ、と俺は思っている。そこで、俺は生きている。だから、戦をするのだ、劉備《りゅうび》殿。それではいかんと言うのだろうが、俺には陳宮《ちんきゅう》がいる。戦の意味は、陳宮が考えてくれる。国は民。その考えが、すべてのものに貫《つらぬ》かれていれば、俺はそれでいい」

「しかし、呂布《りょふ》殿」

「もうよせ、劉備殿。俺はただの軍人なのだ。ひとりであろうと、数千、数万の兵を率《ひき》いていようと、軍人である俺は、変らない」

「戦には、志《こころざし》というものがいるのだ、呂布殿。志のない戦に、なんの意味がある」

「つまり、その志を、陳宮が考えてくれる、と俺は言っているのだ。軍人は、兵を精強《せいきょう》にし、その場の戦をどう闘うかだけを、考えていればいい」

熱い心がある。それは、呂布にも伝わってきた。俺の血が熱くなるのは、戦に出る時だけだとも、呂布は思った。

「飲め、劉備殿」

「呂布殿、私は」

「もうやめよう。そういう志の話なら、曹操《そうそう》にすればいいだろう。帝を擁しているのは、やつではないか」

劉備がうつむき、しばらくじっとしていた。再び顔をあげた劉備の眼から、強い光は消えていた。柔和《にゅうわ》な、徳の将軍と呼ばれる顔が、そこにあった。

しばらく、生まれた土地の話などを、お互いにした。漢《かん》王室に連《つ》らなる者だというが、かつて織っていた筵《むしろ》のことなどを、柔和な表情のまま語った。

嫌いな男ではない。しかし、それだけだった。

劉備が去ると、陳宮が客殿に駈けこんできた。

「曹操の使者だったのですか、劉備は？」

「いや、俺に志とやらを説《と》きに来ただけだ。おかしな男だ。志は、俺の代りにおまえが持っている、と伝えておいた」

「ほかには？」

「とりたてて言うほどのことは、なにもなかった」

「劉備が説いた志というのは？」

「帝を国の中心に据《す》えた国を作ろう、というようなことだった。帝の話なら、帝を擁している曹操に聞いて貰《もら》えと言った」

「曹操の意を受けていたのでしょうか？」

「わからん。俺には、どうでもいい話だった。もういいぞ、陳宮。俺は、しばらく李姫《りき》と過したい」

「わかりました」

「北から、八百頭の馬を買い入れる話は、どうなった？」

「まだ、返事が参っておりません」

「急げ。俺は、騎馬隊をもっと増やしたい」

頭を下げ、陳宮《ちんきゆう》が出ていった。

騎馬隊を、一万五千に増やす。馬も、徐《じよ》州産の駄馬《だば》ではなく、できれば匈奴《きようど》の馬を揃《そろ》えたい。いま考えているのは、それだけだった。

庭に出ると、気配《けはい》を察《さつ》したのか、胡桃《くるみ》が飛んできた。李姫もやってくる。広大な庭だった。春になると、方々《ほうぼう》で花が咲く。それは種類を変えながら、秋の終りまで続く。

李姫は花が好きだった。その香りや、眼に映る色が好きなのだという。瑶《よう》も、花が好きだった。だから長安《ちようあん》の館《やかた》には、花壇をいくつも作らせた。瑶は喜んだが、ほんとうに好きなのは、野辺の名もない花だということも、呂布《りよふ》は知っていた。

歳月とは、こわいものだった。

瑶のことが忘れられるわけがない、と思っていたのに、時々、思い出しもしない自分を発見して、驚くことがある。死ぬとはそういうことでもあるのか、とよく考えた。瑶の眼差し、声、触れた肌の感じ。思い出そうとすれば、いまでも鮮《あざ》やかに蘇《よみが》える。しかし、あまり思い出そうとはしなくなっていた。

代りに、李姫の若い躰《からだ》に溺《おぼ》れた。若いから美しい、とは思わなかった。瑶と抱き合っている時の、満ち足りた思いもなかった。眼を閉じて水の中に入っていくように、ただ溺れた。そうしていると、やがて不思議な浮游感《ふゆうかん》に包《つつ》まれるのだ。

それで、面倒なことはしばらく忘れていられた。

自分が包まれている感覚がなんなのか、ということについて、呂布は深くは考えなかった。これも女。そう思うだけである。

「劉備《りゅうび》様は、徳の将軍と呼ばれている方だそうですが、ほんとうにお優しい方なのですね。入ってくるなり、胡桃を抱きしめておいででした」

「俺など、非道の将軍かな」

「殿は、当代一の勇将と呼ばれております。私は、殿も優しい方だと思うのですが」

柔和さの裏に隠された、劉備のもうひとつの顔。呂布は、それを見たと思っていた。不快な顔ではない。それでも、劉備《りゅうび》がなぜ自分にその顔を見せたのか、呂布《りょふ》には理解できなかった。

「胡桃《くるみ》は、誰にでもなつくのか？」

「あまり、吠《ほ》えなくなりました。館《やかた》に、人の出入りが多いからでございましょう。でも、兵がいきなり入ってきたりすると、吠えるのですよ。徳の将軍が贈ってくださった犬ですから、鎧《よろい》や戟《げき》などは嫌いなのかもしれません」

「俺は、吠えられたことはない」

「それは、殿が御主人様だということを、ちゃんと知っているからですわ」

「そんなものか、犬は」

「賢《かしこ》いところもあるのですよ。殿の赤兎《せきと》ほどではないにしても」

美しい女なのだろうか。胡桃と戯《たわむ》れる李姫《りき》の姿を見て、呂布は思った。美しい、と人に言われたことはある。徐《じょ》州一の美女を陳宮《ちんきゅう》が捜したのだ、という話も聞いた。

しかし呂布は、その容姿《ようし》に心を揺《ゆ》さぶられたことはない。

「寝室へ行くぞ、李姫」

呂布が言うと、さらに戯れようとする胡桃を制《せい》し、李姫は先に立って歩きはじめた。

3

小沛《しょうはい》へ戻ると、劉備はすぐに曹操《そうそう》に書簡《しょかん》を送った。朝廷に臣従《しんじゅう》するというかたちで、曹操の命令を聞くように呂布を説得《せっとく》したが、失敗したという内容である。

竹簡《ちくかん》に筆を走らせている時に、麋竺《びじく》が劉備の居室に飛びこんできた。

「下邳《かひ》へ行かれ、呂布に会われたというのは、まことでございますか。曹操に疑われます」

「まあ、待て、麋竺」

劉備は竹簡を認《したた》め終えるまで麋竺を待たせ、読んで聞かせた。

「なるほど。それならば、余計《よけい》なことをしたと曹操は思うだけかもしれません」

「下邳にも、曹操の間者《かんじゃ》はいるだろう。私と呂布が会ったことは、すぐに曹操の耳に入る。こうやって手を打っておけば、いくらか曹操の疑心を薄めることにはなるだろう」

「それでも、やはり危険なことでした。曹操に疑われることもありますが、呂布が殿を捕《と》えて殺そうと思ったとしても、不思議はなかったのですよ」

「呂布《りょふ》は、そういうことはするまい、と私はほぼ確信していた。義理の仲とはいえ、二人も親を殺した男だと誰《だれ》もが思うが、言われているような男ではないのだ」

「絶対にない、とは言いきれないことです」

糜竺《びじく》の眼《め》は、まだ劉備《りゅうび》を責《せ》め続けている。劉備は、卓を挟んでむかい合う恰好《かっこう》で、糜竺を座らせた。卓上に、地図を拡《ひろ》げる。

「曹操《そうそう》が、呂布討伐《とうばつ》に動く前に、私はちょっとした賭《か》けをしたかった」

「そんな、つまらぬことを。呂布と会うことに、どれほど意味があるというのです。呂布に贈《おく》った犬の頭を撫《な》でてきた、と従者《じゅうしゃ》たちは申しておりましたぞ」

「呂布とも、会った」

「だから、そんなことに意味が」

「呂布と連合できないか、その可能性にちょっと賭けてみたのだ」

「連合？」

小刻みに動いていた、糜竺の膝《ひざ》の動きが止まった。

「私はこのところ、毎日この地図を見ていた。いいか、糜竺、いま袁術《えんじゅつ》は動けん。そして荊州《けい》には張繍《ちょうしゅう》という男がやってきて、曹操と敵対しはじめた。私が呂布と結び、なおかつ張繍とも結べば、荊州の劉表《りゅうひょう》も出てくる。それで、曹操に勝てる。そう思わぬか、麋竺？」

「確かに、許都《きよと》は両面から敵を受けることになります。しかし、呂布は勝利者としては危険すぎます。まだ曹操の方がましだと考えて、一旦《いったん》は許都へ落ちたのではありませんか」

「だから、勝利で呂布を誘いはしなかった」

「では、どういう話を？」

「漢《かん》王室を復興《ふっこう》したい、という思いを呂布にぶっつけてみた。呂布にはなにかがある。私には、そう思えてならんのだ」

「結果は、駄目だったのですね？」

「呂布は、真剣に話は聞いてくれたと思う。ただ、あの男は根っからの軍人なのだ。戦《いくさ》は自分がやり、その意味は陳宮《ちんきゅう》が考えてくれると言った。私は、感心した。あの男と、もっと早く会っていれば、と思った。意味は別の人間が考える。そう割《わ》り切れれば、いっそすがすがしい。軍人は、そうであるべきなのではなかろうか、と私は思った。そして、あの男を説得《せっとく》するのを諦《あきら》めた」

「そうでしたか」

糜竺《びじく》が、指さきで地図をなぞった。徐州《じょ》のあたりだった。

「漢王室《かん》を復興《ふっこう》したいというわれらの思いは、人の心を揺り動かすものではなくなっているのだろうか、糜竺？」

「少なくとも、曹操《そうそう》の心を動かすことはありますまい。いまの帝《みかど》の扱《あつか》い方を見ていれば。われらの志《こころざし》を、呂布《りょふ》に語ろうとされた殿のお気持は、痛いほどわかります」

「われらが、心に秘《ひ》めていればいいことだな。そして、われらの手で、漢王室を復興すればいいのだ」

「軍人は戦をやるだけだ、と呂布は言ったのですか」

「その呂布が、丁原《ていげん》を殺し、董卓《とうたく》を殺したのがなぜなのか、私にはわからなかった。しかし、人は変る。いま呂布はそう思っている、としか言いようがないな」

「ちょっと賭《か》けてみたくなった、と殿が言われた意味が、私にもようやくわかりました。もっと早く呂布に会っていれば、と思われたことも含《ふく》めてです」

「陳宮《ちんきゅう》に、われらの志を語ろうという気にはならなかった。語っていい人間だと、陳宮のことは思えなかったのだ」

「関羽《かんう》、張飛《ちょうひ》、趙雲《ちょううん》の三将も、殿が呂布に会いにいかれたことを知って、心配しております。実は、私は彼らにここへ押しやられたようなものなのです。私が、彼らには説明しておきます」

「あの三人にも、呂布と似たところはあるのだ、麋竺」

「わかっております」

「とにかく、私はまた考えさせられることになった。特に、軍人のありようについてだ」

「曹操には、早く書簡《しょかん》を届けられた方がよろしいでしょう。疑心に駈《か》られて、またなにか言ってくるでしょうが」

「その答も出ている」

「曹操とぶつかって、呂布は勝てますか？」

「どうであろう。曹操は袁術《えんじゅつ》とは違う。そこを、しっかり考えるかどうかであろう」

「戦のきっかけは、われらが作ることになりましょうな」

「たやすいことだ。わずか五百でいい。呂布の領地を侵《おか》せば、必ず小沛《しょうはい》を攻めてくる。なぜなら、呂布は軍人だからだ」

劉備《りゅうび》は、従者《じゅうしゃ》を呼んで、至急《しきゅう》書簡を許都《きょと》に届けるように命じた。

「李姫《りき》という、呂布の妾《めかけ》にも会ってきた」

「噂通りの、美形でございましたか？」

「あれほどの女、そうは見つかるまい。しかし、呂布《りよふ》は溺《おぼ》れてはいない。少なくとも、李姫《りき》の言葉で惑《まど》わされるということは、まずあるまいな」

「やっと、安心いたしました。殿が冷静でおられるということがわかって」

麋竺《びじく》の膝が、また小刻みに動きはじめていた。

曹操《そうそう》からの使者として、程昱《ていいく》が小沛《しようはい》にやってきたのは、それからしばらくしてからだった。

書簡《しよかん》でなにか言ってくるだけでなく、明らかに曹操は劉備《りゆうび》の様子を探《さぐ》らせようとしていた。

程昱は老齢で、皺《しわ》の間に眼が隠れてしまったような男だった。ただ、明晰《めいせき》さは失っていない。最初の挨拶《あいさつ》で、それがわかった。小沛の防備の強化も、すでに見抜いていた。

「小沛に劉備様を戻すのは、いずれ呂布を討《う》つためだ、と丞相《じようしよう》は耳打ちされていたはずですが」

客殿でむかい合うと、前置きもなく程昱が言った。そばにいるのは、麋竺と関羽《かんう》の二人である。皺の間の眼が、時々きらりと光った。

「およそ、強い敵とまともにぶつかるのは、馬鹿げたことと申せましょう。しかし、ぶつからねばならぬ時もあります。それは、あらゆる方法が断たれた時です」

「呂布を朝廷に臣従《しんじゅう》させるというのも、試みるべきひとつの方法だった、と劉備様は言われるのですな？」

「その通り。呂布は、数倍の袁術《えんじゅつ》の大軍を、たやすく騎馬で打ち破り、二度と立ちあがれぬほどに叩《たた》いてしまえる男です。まさに、当代の豪傑《ごうけつ》と申せましょう」

「虎《とら》は、囲いに入れてから殺せ、と言われるのですな、劉備様は」

「囲いに入れたものを、わざわざ殺すこともないでしょう」

「虎は飼い馴《な》らせぬ、と丞相は考えておられます」

「まこと、呂布と話をしてみて、私もそう思いました。朝廷に臣従というかたちをとれば、呂布も受け入れやすかろう、と私は考えたのですが」

程昱は、表情も変えず、じっと劉備を見つめていた。さすがに曹操で、こちらが測《はか》りにくいと思ってしまうような者を、使者に立てている。

「次に、私はなにをなすべきであろうな、程昱殿？」

「さて、いずれ呂布を討つためには、少しずつ和議《わぎ》を崩《くず》していくという方法ですかな」

「できませんな、それは」

「なぜでございましょう、劉備《りゅうび》様？」

「ここに、わが軍の虎と申してもよい男がおります。御存知《ごぞんじ》ですかな？」

「当然。勇将として世に名の高い、関羽《かんう》殿。丞相《じょうしょう》も、いつも言っておられます。劉備様が羨《うらやま》しいと。関羽殿、張飛《ちょうひ》殿を従《したが》えておられるからです。お二人の名は、しばしば丞相の口にのぼります」

「この関羽が沛《はい》県の主だったとして、鼠《ねずみ》が駈《か》け回っては逃げるように、沛県を荒らされたら、どうするでありましょうか」

「鼠の巣を、叩きます」

すかさず、関羽が言った。

程昱《ていいく》は眼を閉じたようだが、皺に隠れてよく見えなかった。皺としみが覆《おお》った手の甲《こう》が、二、三度、別の動物のように動いた。

「軍人の発想《はっそう》とは、そういうものです。そして、呂布《りょふ》は軍人の中の軍人。駈《か》け引きもなにもありません」

「呂布を戦場に引っ張り出すのは、たやすいことだ、と劉備様は言われるのですね」

「明日にでも、この小沛《しょうはい》に軍をむけさせられます」

「わかりました」

皺の中で、また程昱の眼が光った。

「劉備様が、直接呂布に会いに行かれた理由も、わかるような気がいたします」

「戦場の駈け引きは別として、陰謀《いんぼう》にも似た駈け引きは、まず真の軍人には通じますまい。うっかりそんなことをして、攻《せ》められるのはまたこの私なのです。私とて、無駄《むだ》に命を捨てたくはありません」

「夏に入ってからですかな、丞相が呂布に兵をむけられるのは」

「そのころ、呂布に小沛を攻めさせましょう。できれば、ここを支《ささ》えきって、曹操《そうそう》殿の御到着を待ちます。ただし、たかが五、六万の徐《じょ》州軍を討つのだ、とは思わないことです。呂布ほどに手強《てごわ》い相手は、いまこの国にはおりますまい」

「丞相も、呂布戦については、心を砕《くだ》いておられます。全兵力を傾注《けいちゅう》できる状況を、まず作ろうとされるでしょう」

まず、荊《けい》州の劉表《りゅうひょう》と張繡《ちょうしゅう》を叩き、間違っても呂布と対峙《たいじ》している時に、許都《きょと》を衝《つ》かれたり、挟撃《きょうげき》を受けたりすることは避《さ》けようと考えているのだろう。呂布戦の前に、荊州で戦がある。それに自分が駈り出されることはなさそうだ、と劉備は思った。

「劉備《りゅうび》様は、朝廷への忠義心の篤《あつ》いお方ですな。漢《かん》王室に連《つ》らなるお方というだけでなく。決して主を持とうとはされぬのも、帝の臣という思いがおありだからでしょう」

「忠義以外に、取柄《とりえ》のない男なのですよ、私は」

さらになにかを探《さぐ》ってでもいこうとするように、程昱《ていいく》は執拗《しつよう》に王室と朝廷の話題を続けた。受け答えの半分を、劉備は糜竺《びじく》に任せた。漢王室に対する忠義心は当然である、ということを、劉備も糜竺も隠さなかった。それについては、曹操《そうそう》も責《せ》めることはできないはずだ。

「夏と申しましたな、程昱は」

三人だけになると、関羽《かんう》が口を開いた。

「もう一度、荆州《けいしゅう》にいる張繡《ちょうしゅう》を攻めるつもりなのでしょうが、その戦は速戦では片付かぬと私は見ています」

「どういう戦になる、と思われます、関羽殿は？」

「穣城《じょうじょう》の攻囲でしょう。荆州で起きることに、劉表《りゅうひょう》が黙っているとは思えません。というより、この二人は同盟しているわけで、すると劉表の同盟者も、立場上なにか動きを見せないわけにはいかなくなります」

「袁紹《えんしょう》が、動くか」

「あるいは、動くふりをするか」

「いずれにしても、曹操《そうそう》は許都《きよと》に帰らざるを得ません」

状況のすべてを、曹操は把握《はあく》しているはずだ。それでも、あえて荊州を攻《せ》めるのは、それなりの勝算があるからなのか。

小沛《しょうはい》は、まだ寒さの中にあった。

劉備の兵五千と、曹操から借りた兵が五千。自分の兵を増やす機会ではあるが、それは自重しようと劉備は思った。

4

穣城の攻囲は、ひと月に及《およ》んだ。

六万の軍である。夏侯淵《かこうえん》、郭嘉《かくか》、于禁《うきん》の軍は伴《ともな》っていない。この三人は、許都を守るという名目で残したが、実は城外の原野で、調練《ちょうれん》に調練を重ねている。

できれば張繡を討《う》っておきたかったが、二度ほどぶつかり合うと、もう城に籠《こも》って出てこなくなった。城の守りは堅《かた》い。力押しをすれば犠牲《ぎせい》が大きくなるし、奇策《きさく》を用いようとすると、必ず劉表《りゅうひょう》の軍が背後で動き回った。つまりは、じっと囲んで、城内の兵糧《ひょうろう》が尽《つ》きるのを待つしかないのである。

張繍《ちょうしゅう》は、なかなか腰の据《すわ》った戦《いくさ》ぶりをした。袁紹《えんしょう》も、厄介《やっかい》な男を送りこんできたものだ、と曹操《そうそう》は思った。それほど戦の経験も積んでいない若造なのに、ひと月囲んでも、揺《ゆ》らぐ気配《けはい》は見せない。城と外部との通信は遮断《しゃだん》しているが、なにかあれば劉表の軍が助けると、信じて疑っていないようだった。

鄒氏《すうし》も、城内である。夜ごと、張繍があの躰《からだ》を貪《むさぼ》っていると考えると、歳甲斐《としがい》もなく腹が立ってくる。

ああいう妖婦《ようふ》は、捕えたら顔も見ずに首を刎《は》ねさせてしまうべきだ、と曹操は思った。

見きわめておかなければならないのは、袁紹の動きだった。曹操が許都《きょと》をあけている間に、幽《ゆう》州の公孫瓚《こうそんさん》を攻めるという気配はなかった。幽州は、文醜《ぶんしゅう》が率《ひき》いる軍が、じわじわと攻め続けていた。すでに公孫瓚の力は、易《えき》の北、数都に及《およ》んでいるだけである。

劉表との同盟に考慮《こうりょ》して、こちらが荆《けい》州にいる間は、鄴《ぎょう》を動かないのだろう。動くとすれば、許都を衝《つ》く構《かま》えを見せるぐらいだ。

「ほう、張衛《ちょうえい》が漢中《かんちゅう》から攻めて出たか」

五錮《ごこ》の者が、益州《えき》の情勢《せ》の報告に来た。劉璋《りゅうしょう》は、しばしば漢中に兵を出していたが、ことごとく山中で打ち破られ、敗走していた。それでも懲《こ》りずに漢中を攻め続けるのは、益州の中に、これといった敵がいないからだ。漢中さえ制《せい》してしまえば、益州は山に囲まれたひとつの国になる。逆に、漢中に五斗米道《ごとべいどう》がいれば、いつ長安《ちょうあん》や中原《ちゅうげん》の軍を引き入れるかわからない、という不安があるのだろう。

しかし今度は、攻めこんだら、巴西郡《はせい》の北まで攻め返されたのだという。

「張衛の軍はほとんど歩兵で、平地では騎馬を持つ劉璋とは闘えません。しかし巴西郡の山には、兵を散開《さんかい》させた様子です。漢中と同じように、山全体を砦《とりで》となす気なのでしょう」

「いつまでも、攻められてばかりはいない、ということか」

「劉璋を少しずつ攻めていく、という戦略に変ったようです。武器が、充実してきています。兵も増えました。兵糧は、もともと信者が供出《きょうしゅつ》したもので豊かです」

「南鄭《なんてい》とは、どういうところなのだ？」

「山に囲まれた、小さな平地です。教祖の張魯《ちょうろ》は、南鄭の南にある山に住んでいます。その山には、義舎《ぎしゃ》と呼ばれる信徒たちの家が数多く並び、軒に米や肉をぶらさげ、旅人は腹が満ちるだけは食ってもよいことになっております。法と刑罰《けいばつ》も定められていますが、鞭打《むちう》ちなどではなく、犯した罪に応じて、道路の修理や義舎の建設などの使役《しえき》に従事《じゅうじ》するのです」

「兵は？」

「信徒の中から選ばれます。兵であることは名誉で、罪人などは採用されません」

人の信仰心を、十二分に利用している。黄巾《こうきん》軍もそうだった、と曹操《そうそう》は思った。しかし黄巾軍には、漢中《かんちゅう》のように拠《よ》って立つ地がなかった。全国に拡《ひろ》がりすぎ、まとまった力を出せなかったのだ。

「益州《えきしゅう》は、豊かと聞くがな？」

「広大でございます。山に囲まれた平地はどこまでも続き、地平線に陽《ひ》が没します。大きな戦もなく、民は疲弊《ひへい》から免《まぬが》れています」

涼州《りょうしゅう》も広いが、荒地ばかりだという話だった。いずれ、自分の足で、益州にも涼州にも立つ。しかし、いまはまだ、中原《ちゅうげん》が見えているだけだった。

曹操は、ただ城を囲んでいることに、退屈《たいくつ》していた。無駄な時だ、とも思った。

袁紹《えんしょう》は、やはり愚図《ぐず》な男だ。愚図なくせに、謀略《ぼうりゃく》だけは周到《しゅうとう》だった。たとえば張繍《ちょうしゅう》をうまく使う。そのため、曹操はかなりの犠牲《ぎせい》を払わざるを得なかった。漢中の張魯《ちょうろ》にも、なにか働きかけをしている。長安《ちょうあん》の、董卓《とうたく》の遺臣の三将軍のうち、張済《ちょうせい》は荆州《けい》に出てきたが、死んで張繍が継《つ》いだ。李傕《りかく》と郭汜《かくし》は、ともに部下に殺されたが、その背後にも袁紹の気配《けはい》はある。

軍議は、毎日開いた。

曹操はあまり喋《しゃべ》らず、部将たちの意見を聞いていた。荆州で加わってきた軍もいるので、四十名ほどの軍議になる。ほとんどの部将が、城内の兵糧が尽きるのを待つ作戦だ、と思いこんでいるようだった。

別働隊を組織し、背後で動き回る劉表《りゅうひょう》の軍を討とうと主張する者もいた。

曹操は、動かなかった。自分の幕舎《ばくしゃ》に、夏侯惇《かこうとん》、曹洪《そうこう》、曹仁《そうじん》らを呼び、別の作戦を話し合った。曹操には、はじめからこの戦のありようは見えていた。事実、想定した通りに進んでいる。ただ、袁紹の動きが遅いだけだ。

六万いた軍勢が、四万に減っていた。この戦ば、撤退《てったい》戦だと曹操は思っている。撤退しながら、どれだけ敵を討てるかだ。だから、ほんとうの戦はまだはじまっていない。

伝令《でんれい》が飛びこんできたのは、軍議の席だった。

「確かか？」

曹操《そうそう》は立ちあがって言った。二人目、三人目の伝令も飛びこんできた。許都《きよと》を守る、荀彧《じゅんいく》からの伝令もいた。

袁紹《えんしょう》が、許都攻撃を決め、兵を集結させているというのだ。

「速《すみ》やかに、撤退する。明日を待てぬ。陽《ひ》が落ちたら、すぐに撤退を開始せよ」

部将たちが立ちあがった。

「整然とやれ。騒ぐな」

夏侯惇《かこうとん》が、たしなめるように言った。

「篝《かがり》などは、そのままにする。明日の朝まで気づかれなければ、無傷《むきず》で許都へ戻れる」

緊張が漲《みなぎ》った。

曹操は、これを待っていた。張繍《ちょうしゅう》も、劉表《りゅうひょう》も、待っていたはずだ。ただ、曹操が待っていたということを、二人は知らない。大部分の部将たちも知らない。

陽が落ちた。歩兵から撤退させ、曹操は許褚《きよちょ》が率いる五百ほどの旗本《はたもと》とともに移動した。退路《たいろ》も、決めてある。殿軍《でんぐん》は、夏侯惇である。

丘と丘の間の道のところで、曹操は旗本を止めた。

不意に、丘の両側から軍勢が出てきて、下の道を撤退中の歩兵に襲いかかった。

つまり、罠《わな》に嵌《は》められたのだ。袁紹と張繡と劉表の三人で仕掛けた罠。撤退中の歩兵は、闘うことをせず、ただ駈《か》けた。丘の伏兵は、一万ほどだった。松明《たいまつ》で、周囲は明るくなっている。あわよくば、ここで曹操を討とうとしたのだろう。

罠は、そこまでだった。伏兵が丘を駈け降りた時、次の伏兵が丘の上に現われた。

曹操が、山中に伏せておいた兵である。およそ五千。丘の上から敵に攻めかかる。

曹洪《そうこう》、曹仁《そうじん》の騎馬隊も襲いかかる。それほど時もかけず、敵の一万を殲滅《せんめつ》した。

「よし、行くぞ、許褚」

敵の屍体《したい》を踏み越えるようにして、曹操は丘の間の道を駈け抜けた。平地に出ると、すでに歩兵は陣を組んでいた。騎馬隊が駈け抜けてくる。夏侯惇の殿軍も何事もなく駈け抜けた。穣城《じょうじょう》の張繡が、ようやく追いついてくる。丘の間の道に転がった屍体は、すべて曹操軍の兵だと思ったのだろう。攻撃は鋭く、勢いがあった。

曹操は、陣を崩《くず》さなかった。陣形を組んだまま、攻撃の合間を見て後退《こうたい》した。夜明けまでに、十里（約四キロ）ほど後退できただけである。ただ陣形を組んでいるので、張繡も徹底的な攻撃はできない。攻め寄せると、とにかく弓で射た。

夜が明けた。

兵の損耗《そんもう》は、わずかなものだった。陣形のまま、さらに退《さ》がる。夏侯惇だけが、三千騎を率いて敵を攪乱《かくらん》しては戻ってくることをくり返した。五里、十里と退がった。劉表《りゅうひょう》の軍も加わったのか、敵は四万ほどである。さすがに押され、何度か陣形が崩《くず》れかかった。そのたびに、夏侯惇《かこうとん》の騎馬隊が突っこんでくる。敵は、『曹』の旗をはっきり眼にしているので、遮二無二《しやにむに》中央から突っこんできた。

山の麓《ふもと》。曹操《そうそう》は片手をあげた。陣形が、次第に二つに割れていく。『曹』の旗が近づいてくるのだ。張繍《ちようしゆう》は、勝ったと思っただろう。

曹操は、馬首をめぐらし、駈けはじめた。敵が追いすがってくる。陣形を、二つに分断したという恰好《かっこう》だった。駈け続けた。

不意に、山から喊声《かんせい》があがり、二万近い軍勢が駈け降りてきた。それも、曹操が伏せていた軍勢である。毎日、千、二千と山中に移動させたのだ。そこに味方がいることを、ほとんどの部将は知らない。

二つに割られた陣形も、またひとつになっていた。山からの軍勢とで、完全に挟撃《きようげき》のかたちになった。張繍、劉表の軍は、すでに算《さん》を乱《みだ》していた。追い撃ちに討つ気でいたから、陣形もなにもないのだ。

「張繍を捕えろ。一兵でも多く、殺せ」

曹操は、山の斜面《しやめん》に駈け登った。

三百騎ほど、まとまった一隊がいる。散らずに、強引に突っ切って戻ろうとしている。多分、張繡の旗本《はたもと》だろう。張繡も、あの一隊の中にいる。

夏侯惇の騎馬隊が、追いつきかかっていた。討てる。そう思ったが、夏侯惇が落馬した。それで、追いつきかけていた騎馬隊の動きが止まりかけた。

夏侯惇は跳ね起き、再び馬に乗った。その顔に、矢が突き立っているのが見えた。

「伝令」

言うと、四騎が前に出てきた。

「曹洪《そうこう》と曹仁《そうじん》に、穣城《じょうじょう》まで追い撃ちを続けろと伝えろ。それから、夏侯惇は引き揚げさせろ」

四騎が駈け去っていく。

しばらく待って、夏侯惇の騎馬隊がようやく引き揚げてきた。夏侯惇の左眼には、矢が突き立ったままだった。死ぬほどの傷ではないが、左眼は潰《つぶ》れるだろう。

追撃の部隊も、夕刻には戻ってきた。

張繡は、穣城に駈けこみ、門を閉ざしたようだ。城に入れなかった兵のかなりの部分を、討ち取っていた。

「なかなかやるが、やはり若造《わかぞう》だな」

曹操《そうそう》は吐《は》き捨てるように言った。

曹洪《そうこう》が兵をまとめている。

「撤退するぞ。許都《きよと》まで駈けよ。負け戦だと思え。遅れると、今度はこちらが追撃《ついげき》を食うぞ。ここは、まだ敵地だ」

許褚《きよちよ》を横にして、曹操も駈けはじめた。

難しい戦ではなかった。ただ、時を食いすぎた。これも、愚図《ぐず》の袁紹《えんしよう》のせいだ。もともと兵を出す気はなく、集結させただけに違いないのだ。それならば、ひと月ほどでやればいいのだ。

二カ月かかっていた。いまは、もう五月である。

曹操は、次の戦のことを考えはじめていた。

海鳴りの日

1

兵糧倉《ひょうろうぐら》が、二つ荒らされた。

それほどの兵糧が入っていたわけではない。まだ収穫前なのだ。

しかし呂布《りょふ》は、自領が荒らされたということが、我慢《がまん》できなかった。陳宮《ちんきゅう》は様子を見ようと言ったが、倉ではない別のものが荒らされたのだ、と呂布は思った。

「賊徒《ぞくと》は、五百ほどだったというのだな？」

守兵を訊問《じんもん》した。二つの倉には、それぞれ百名の守兵が置いてあった。追い散らされ、処罰《しょばつ》を恐れたのか、四十名ほどがそのまま逃亡していた。

「その五百は、小沛《しょうはい》の方へむかった。間違いないな」

「はい」

「ほかに気づいたことは？」

訊問《じんもん》を受けている兵は、ふるえていた。

「戻ってきた者の処罰《しょばつ》はせぬ。ただ、なにが起きたかは、しっかり知っていたい」

「小沛《しょうはい》の城の、将軍がひとりいたような気がします」

「誰《だれ》だ？」

「張飛《ちょうひ》将軍だったのではないかと」

「わかった。退《さ》がっていいぞ」

二十名ほどを訊問したが、張飛という名が六名の口から出た。

「挑発《ちょうはつ》でございますぞ、殿？」

「だから？」

「乗せようと思って、挑発しているのです。すぐに乗ってしまうのは、得策ではありません。まずは無視して、どういう意味がある挑発か、見きわめなければなりません」

「俺《おれ》を怒らせるために決まっているだろう、陳宮《ちんきゅう》。怒らせて、小沛を攻めさ《せ》せる。当然、劉備《りゅうび》は俺の敵ではない。曹操《そうそう》の援兵《えんぺい》が来ることになる。あるいは、曹操自身がな」

「そして、戦《いくさ》ですか」

「早いか遅いか、というだけのことだ。いずれ、俺は曹操と闘わなければならないはずだろう」

「徐《じょ》州は、もっと力がつけられます。あと二年あれば」

「乱世が終ってしまうぞ。俺の二年は、曹操の二年でも、袁紹《えんしょう》の二年でもある。力をつけるのは、俺だけではないのだ」

「そうですね。言われる通りです。私は、殿ほど胆《きも》が据《すわ》っていないようです。戦というと、すぐに同盟相手のことなどを考えてしまいます」

「俺は同盟などに頼りたくない。それに、同盟相手もおるまい」

劉備は、今年のはじめ、同盟を求めてきたのではないか、と呂布《りょふ》はふと思った。漢《かん》王室のために闘うと呂布が言えば、同盟を申しこむ気だったのではなかったか。

呂布は、誰のために闘いたいとも思っていなかった。自分のために闘うだけだ。自分が軍人だから、闘うだけだ。

「出兵の準備だ、陳宮。騎馬一万。歩兵五千。それだけでよい」

「騎馬の方が、歩兵より多いとは」

「五千の歩兵は、よく駈《か》ける者だけを集めた隊とする。高順《こうじゅん》と張遼《ちょうりょう》を連れていく」

「明日の朝には、進発《しんぱつ》できます。輜重《しちょう》が遅れますので、当座の兵糧だけは兵たちに持たせます」

「曹操《そうそう》が、俺に喧嘩《けんか》を売るか。袁術《えんじゅつ》軍よりは、いくらか骨があるであろうな。曹操軍は、連戦を重ねている」

呂布《りょふ》は、すぐにでも飛び出したかった。いつかは、そういう部隊を作ろうと思っている。伝令《でんれい》が駈《か》けこんできたら、瞬時《しゅんじ》に出動できるような部隊だ。二千ほどの騎馬でいい。

「明日の朝だ、陳宮《ちんきゅう》。陽《ひ》の出とともに進発するぞ。それから、高順《こうじゅん》と張遼《ちょうりょう》を呼んでくれ」

役所と館《やかた》を往復《おうふく》することが多かった。でなければ、城外の調練《ちょうれん》に立ち合う。

高順と張遼がやってきた。

「戦だ。騎馬隊を全軍出動させる。袁術よりは手強《てごわ》いと思え。ただ、緒戦は調練のようなものだ。進発は明日の早朝」

「やはり、小沛《しょうはい》ですか？」

「いや、小沛の背後の、許都《きょと》だ。はじめから、そう思っていろ」

「とりあえずは、迎え撃つのですね」

笑いながら、高順が言った。

「許都が相手なら、俺は小沛まで攻めこまれているということになるからな」

二人の部将が退出した。

呂布は少し考えてから、従者に陳珪《ちんけい》を呼びに行かせた。役所の中にいたらしく、陳珪はすぐにやってきた。

「曹操が挑発してきた。戦になるぞ」

「仕方ありますまいな」

「おまえも倅《せがれ》も、どちらかというと、曹操と組んだ方がいいという意見だったが、むこうにはその気はまったくないらしい」

「殿は、組む気がおありなのですか？」

「いや、ない」

「私のような老いぼれは、戦では役に立ちません。倅を、どこかで使っていただけませぬか？」

「考えておく。倅には、出動の準備をして待つように伝えろ」

「いつ、出動されますか？」

「明日早朝。俺はそうだが、陳登《ちんとう》は俺が出てこいと言った時でいい」

「そのように、申し伝えます」

陳珪《ちんけい》も、退出していった。

誰かと、まだ話がしていたい、と呂布《りょふ》は思った。自分で、戸惑《とまど》ってしまうような感情だった。こういう時は、大抵赤兎《たいていせきと》とだけ語り合っていればよかったものだ。

「帰るぞ」

従者《じゅうしゃ》に言った。このところ、陳宮《ちんきゅう》が新しい法律を作ったので、牧《ぼく》である呂布もやらなければならないことが多くなっていた。

「歩く。輿《こし》など用意するなよ」

館《やかた》から役所までの往復は、輿を使ってくれと陳宮に言われていた。軍人の乗物ではないと呂布は言ったが、陳宮は諦《あきら》めなかった。役割りは軍人だけでなく、すべてのことに牧の承認が必要になるのだ、と陳宮は説明した。その説明の煩雑《はんざつ》さに、根《こん》負《ま》けしたようなところがある。この三月ばかり、館との往復に呂布は輿を使っていた。

輿の中は狭《せま》い。風が躰《からだ》を打ってくることもない。陳宮のために、呂布はその苦痛を耐《た》えてきた。陳宮は、徐《じょ》州のために、考えられることのすべてをやってきた。妻《さい》帯《たい》をするどころか、女の気配《けはい》さえそばにはない。

陳宮は呂布に賭《か》けているが、それは自分のためであり、陳宮自身もそう言っていた。

自分に、一州を治めるだけの力がないことを、呂布はよくわかっていた。陳宮がいたので、徐州の統治はうまくいっているのだ。陳宮は、すべてを犠牲《ぎせい》にして、徐州の統治《とうち》に打ちこんできた。

輿車《こしぐるま》を無視して歩くと、従者たちが慌《あわ》てて駈《か》けてきた。こんなに従者は必要ではないが、州の牧となると、これぐらいは当たり前だ、と陳宮は言い張った。陳宮がなにを言っても、呂布はあまり腹を立てなかった。仕事がどうのというのではなく、陳宮という男が嫌いではないのだ。

速足《はやあし》で歩くと、すぐに館に着いた。

庭の方に回る。胡桃《くるみ》が太い声で吠《ほ》えながら駈け寄ってきた。警戒《けいかい》している時の吠《ほ》え方とは、まるで違う。全身で、喜びを表現していた。

胡桃の吠え声を聞きつけて、李姫《りき》も出てきた。

「太鼓が聞えましたが、戦なのですか？」

「敵がいる。だから戦だ」

「殿も、御出陣なさるのですか？」

「俺には、ほかに能がない」

李姫《りき》に叱《しか》られ、大人《おとな》しく寄り添うように座った胡桃《くるみ》の頭に、呂布《りよふ》は手を置いた。

「殿、御出陣ですか？」

厩《うまや》の方から、胡郎《ころう》が駈けてきて叫んだ。

「明早朝。麾下《きか》は、館の前に結集《けっしゅう》する。鞍《くら》を磨いておけ、胡郎。それから、赤兎《せきと》のそばにいてやってくれ」

「わかりました」

胡郎が駈け戻っていく。

「血を鎮《しず》めたい。寝室へ来い、李姫」

自分でも戸惑《とまど》うほどの欲求《よっきゅう》だった。やはり、曹操《そうそう》は難敵なのだ。劉備《りゅうび》もついている。袁術《えんじゅつ》の大軍を前にした時など、調練《ちょうれん》にむかう時ほどの昂《たか》ぶりしかなかった。

寝室で、呂布はすぐに李姫の着物を剝《は》ぎ取り、裸にして寝台のそばに立たせた。寝台に腰を降ろし、呂布はしばらく李姫の躰《からだ》を見つめていた。李姫は、じっと呂布に眼《め》をむけている。

抱き寄せ、持ちあげて膝《ひざ》の上に李姫の躰を移した。李姫が眼を閉じる。開いた唇から吐《は》き出される息が、呂布の顔にかかった。

知っている女体は、瑶《よう》と李姫のものの二つだけだった。それでも、呂布には充分すぎた。李姫が叫び声をあげはじめる。片腕で李姫の躰を抱き、膝の上に乗せたかたちで、呂布はいつまでも交わり続けた。白い李姫の躰が、ほのかに赤らんでくる。全身だった。顔から乳房から腹まで、薄赤く、輝いているように見える。何度か、李姫は気を失ったようだった。そのたびに、呂布は唇を合わせ、唾《つば》を飲ませた。

瑶とは、こんな交わり方はしなかった。ずっと穏《おだ》やかで、眠りに落ちていくような感じがいつまでも続いたものだ。李姫との交わりに穏やかさはなかったが、鋭い快感はあった。これが、李姫という女だ。当たり前のことを思い、呂布はさらに鋭い快感を得ようと、李姫の躰を揺《ゆ》さぶるように動かした。悲鳴に似た叫びをあげ、李姫の全身から力が抜けた。また、唾を飲ませる。

やめてくれとは、李姫は一度も言わなかった。このままでは、李姫は死ぬ。呂布の方がそう思った。

寝台に横たわらせた李姫の躰は、死んだもののように動かなかった。ただ、胸は激しく脈《みゃく》打っている。長い時間、呂布は李姫の躰を見つめていた。

「血は鎮まったのですか、殿？」

しばらくして薄く眼を開き、囁《ささや》くように李姫が言った。

「ああ」

「よかった。殿のお役に立てたのですね、私も」

頷《うなず》き、呂布《りよふ》は立ちあがった。

外はもう夜である。

厩《うまや》へ行くと、鞍《くら》のそばで胡郎《ころう》が眠っていた。呂布は、しばらく赤兎《せきと》の首を抱いていた。戦だぞ。言葉に出さなくても、赤兎はすでにわかっている。ともに、闘おう。首を抱く手に、その思いをこめた。

それから呂布は、胡床（折り畳みの椅子）に腰を降ろし、黒い柄《え》の方天戟《ほうてんげき》を磨《みが》きはじめた。戦の前には、いつもそうした。黒い鎧《よろい》、黒い兜《かぶと》。鞍も手綱《たづな》も黒である。

磨き終えた方天戟を抱いて、呂布は束《つか》の間《ま》眠った。馬蹄《ばてい》の響き。館の前に麾下《きか》の兵が集結《しゅうけつ》してきたようだ。

胡郎が、赤兎に鞍を載《の》せる。そして、門のところまで引き出していく。

厩を出ると、李姫《りき》が立っていた。

手に、赤い布を持っている。瑶《よう》が巻《ま》いた赤い布。首から血を流しているので、もう新しい血は出ない。瑶はそう言ったものだ。

「どうした？」

「お見送りに」

「その、赤い布のことを言っているのだ」

「殿のお首に、と思って用意しておりました。亡くなられた奥方様が、戦の前にいつも巻かれたとか。麾下の兵の方が、懐《なつか》しそうにそう言われました」

「それでおまえが、俺の首に血の布を巻こうというのか」

胸のところで布を握りしめたまま、李姫はうつむいた。

「出過ぎたことをいたしました。私のような女が、亡くなられた奥方様の真似《まね》をしようなどと。お許しくださいませ」

「なぜ、そんな気になった？」

「これを巻くと、戦場で死なれることはない、と奥方様はおっしゃっていたそうです。祈りはこめましたが、私のような女がしていいことではございませんでした」

「いや、巻いて貰《もら》おう、李姫に」

弾《はじ》かれたように、李姫が顔をあげた。

「よろしいのですか？」

「巻いてくれ」

李姫の眼から流れ落ちる涙を、篝《かがり》の明りが照らし出した。

「死んだ妻も、ありったけの祈りをこめてくれていた」

李姫《りき》の眼。まだ涙を流し続けている。呂布《りよふ》が頷《うなず》くと、ゆっくりと手がのびてきた。李姫の指さきが、かすかに呂布の顔に触れた。

館《やかた》の門前に、三百五十騎の麾下《きか》は揃《そろ》っていた。『呂』の旗が、闇《やみ》の中に浮かびあがっている。

呂布は、赤兎《せきと》に跨《またが》った。

「行くぞ」

一頭になった黒いけものが、闇《やみ》の中をゆっくりと動きはじめた。

2

斥候《せっこう》の報告が、次々に入ってきた。

劉備《りゅうび》は、幕僚《ばくりょう》たちを前に、考えこんでいた。

堅《かた》く門を閉じ、城を守る。誰《だれ》もが、考えることだった。部将たちも、曹操《そうそう》の増援《ぞうえん》がやってくるまで、なんとか城を支《ささ》えようということだけを考えているようだった。

「騎馬、一万。歩兵は五千に過ぎません」

報告する斥候の声が、肚《はら》の底に響いた。

「騎馬隊の大将は、高順《こうじゅん》と張遼《ちょうりょう》。ともに五千騎ずつ率い、二手に分かれています。その中央を、四百ほどの『呂』の旗が進んできております」

奥歯を嚙《か》みしめた。

呂布が攻めてくるのに、自分は城に籠《こも》ってふるえているだけなのか。そう思った。それで、武人と言えるのか。

「劉備様、御心配はいりません。この城の防備は、強化に強化を重ねております。呂布の騎馬隊がいかに精強《せいきょう》であろうと、濠《ほり》と城壁を跳《と》び越えることなどできません」

曹操の軍の部将だった。五千の兵は、この男が指揮している。

劉備は、立ちあがった。関羽《かんう》と張飛《ちょうひ》が見あげてくる。

「防備は万全だ。城を守られよ」

言っていた。

「私は、城を出る」

「なんと。この期《ご》に及んで、逃亡しようというのですか、劉備殿は」

劉備は、剣の柄《つか》に手をかけた。逃亡などという言葉は、いまここにはない。斬《き》り殺す。そう思った時、張飛《ちょうひ》がその部将を殴り倒していた。

「われらは、城外に陣を敷く。呂布《りょふ》の騎馬隊を、正面から迎え撃つ。攻められて、城でふるえているのは、男ではない」

床に尻《しり》をつき、まだ立ちあがれないでいる曹操《そうそう》の部将を見降《みお》ろし、劉備《りゅうび》はそう言った。

「そんな。相手は呂布ですぞ。しかも、一万の騎馬隊で来ている」

「呂布の騎馬隊の手並みを、見てやろうではないか。呂布ほどの男が、騎馬全軍を率《ひき》いてきたのだ。迎え撃たなくては、この劉備の男が廃《すた》る」

「なにを、馬鹿なことを」

「かつて曹操殿が、酸棗《さんそう》で言われたことを思い出した。負けたが、闘って負けたのだと。闘わずして負けた者とは、訣別《けつべつ》すると」

「無謀《むぼう》だ。わが軍は出動できませんぞ、劉備様」

「誰も、出動してくれと頼んではおらん。城を守っていろ。呂布は、われら劉備軍だけで迎え撃つ。関羽《かんう》、出動するぞ」

関羽が、叫び声をあげた。

出動の準備は、すぐに整った。

千二百の騎馬と、四千弱の歩兵。城門を出た。歩兵を二段に構《かま》え、騎馬は三隊に分けた。関羽、張飛、趙雲《ちょううん》が、それぞれ四百騎ずつを指揮する。旗本《はたもと》は五十騎あまり。鎧《よろい》に身を固めた麋竺《びじく》も、そこに加わっている。

「私は、間違っているのだろうな、麋竺」

「負けても、劉備軍はさすがだ。それを天下に示せます。兵も、誇りを持てます」

「闘う以上、勝つつもりでやる。鉦《かね》を打つまで、決して退《さ》がらぬこと。それを、全軍に徹底《てってい》させよ」

「躰《からだ》が、ふるえますな、殿」

「おまえの膝《ひざ》は、いつもふるえているではないか、麋竺」

麋竺が、強張《こわば》った笑みを浮かべた。

斥候《せっこう》が、駈《か》け戻ってきた。十里（約四キロ）。二隊に分かれた騎馬が、整然と進軍してきている。劉備は、息を呑《の》んだ。斥候の後ろに、すでにもう土煙《つちけむり》が見えているのだ。

そこへ、来ている。

当たり前だった。呂布の騎馬隊なのだ。

「怯《ひる》むな」

全軍に響く声を、劉備《りゅうび》はあげた。

斥候の報告に、呂布《りょふ》は頷《うなず》いた。

さすがは、劉備だった。わずか五千で、陣を組んで自分を待ち構えている。散るか、劉備。呂布は、赤兎《せきと》の上で呟《つぶや》いた。見事な花だ。それは認めよう。そして、散らせるのが、この呂布奉先《ほうせん》だ。乱世の花。俺が散らせるのも、宿運《しゅくうん》というやつではないか。

軍勢は、滞《とどこお》ることなく進み続けた。二里（約八百メートル）。高順《こうじゅん》と張遼《ちょうりょう》が、同時に声をあげた。軍勢が停止した。

劉備の陣形を見て、呂布は唸《うな》り声をあげた。

勝つ気でいる。果敢《かかん》に城を飛び出し、ただ散ろうとしているのではない。前段の歩兵をぶつからせ、こちらが割《わ》れたところに騎馬が突っこんでくる。陣全体がひと振りの剣のようなもので、その切先《きっさき》はしっかりと自分ののどにむいている、と呂布は感じた。

「高順に当たらせろ。歩兵五千も使ってよい」

伝令が駈けていく。

高順の軍が、一里ほど前へ出た。敵は五千。高順も、歩兵を使う気はなさそうだ。あくまでも、同数で勝負しようというのだろう。

原野に翻《ひるが》える『劉』の旗を、呂布は見つめていた。あの旗に、劉備はいかなる思いをこめているのか。なにを拠《よ》りどころにして、闘おうとしているのか。

高順の軍が、動きはじめた。両側に一千騎ずつ回し、正面は三千で突っ切ろうという構えだった。動きは、悪くない。

矢合わせなどはなく、いきなり騎馬が駈けはじめた。両側の一千。四百騎ほどが迎え撃って出てきた。指揮しているのは、関羽《かんう》と張飛《ちょうひ》のようだ。正面の三千。敵の歩兵が、二つに割れた。二カ所から、突っこんでくる。そして正面に残った四百騎が、槍《やり》のようになって高順の本隊に突っこんだ。先頭は、趙雲《ちょううん》だった。どこにも、逡巡《しゅんじゅん》はなかった。趙雲の槍が五、六人を突き落とすのが見えた時、すでに趙雲は高順の本隊を突っ切っていた。反転も、絵に描いたように見事だった。前方に三千弱の歩兵。背後に四百の騎馬。高順の本隊が乱れはじめる。

両側の一千は、関羽と張飛の騎馬隊にいいように引き回されている。

張遼を出さなければならないか、と思った瞬間、趙雲がまた高順の本隊に背後から突っこんだ。造作もなく、本隊は二つに断ち割られた。敵の騎馬隊がひとつになった時、前面の歩兵も退《ひ》いた。もとの陣形に戻っている。鮮《あざ》やかなものだった。高順《こうじゅん》の軍も、さすがに陣形を整《ととの》え直していた。それでも、二度趙雲《ちょううん》に突っ切られたのだ。普通の騎馬隊なら、崩《くず》れて潰走《かいそう》していただろう。

さすがに、劉備《りゅうび》軍は強かった。兵のひとりひとりが調練《ちょうれん》を積んでいるというだけでなく、それを指揮する部将が傑出《けっしゅつ》していた。三人とも、兵の持つ力以上のものを、引き出している。

両軍は、睨《にら》み合いに入っていた。

「歩兵の五千を使え、と高順に伝えろ」

伝令が、復唱《ふくしょう》して駈け去っていく。すぐに、歩兵が動きはじめた。

よほど騎馬隊の圧力に脅威《きょうい》を感じたのか、高順は無謀《むぼう》な攻めはしなかった。歩兵に陣形を組んで進ませ、両側に騎兵を配して掩護《えんご》するというかたちで、じりじりと押している。

張飛《ちょうひ》の騎馬隊が、いきなり歩兵の正面に突っこんできた。先頭は張飛である。四百騎ほどだが、歩兵の動きが止まった。両翼の騎馬隊が掩護に出る。張飛を押し包んだと思った時、関羽《かんう》と趙雲が突っこみ、三隊が一緒になって包囲を抜け出していた。

両軍とも、素速くもとの陣形に戻っている。

「心憎《こころにく》いほどに、やるではないか」

高順が、またじりじりと押しはじめた。しかし、押しきれない。これ以上押すと、城門を背にすることになる。城内には五千。劉備の軍は、城内の兵をうまく利用していた。城内の兵が出てくれば挟撃《きようげき》、というかたちがしばらく続く。

高順は、決して負けていない。闘い方も悪くない。しかし、劉備の騎馬隊の動きがよすぎるのだ。

「俺《おれ》を、燃えさせるではないか、劉備」

呟《つぶや》き、呂布《りよふ》は方天戟《ほうてんげき》を横に構えた。

高順の軍がまた騎馬隊に襲われ、攪乱《かくらん》されかかった。騎馬隊が、なんとかそれを防いだ。小沛《しようはい》の城の城壁から、どよめきがあがっている。閉じていた門が、開かれた。城内の兵が出てくるつもりなのか。それとも、劉備にもう戻れと伝えているのか。

横に構えた方天戟を、呂布は胸の高さにまで持ちあげた。

黒いけものが、ゆっくりと動きはじめた。

風としか思えなかった。『呂』の旗。歩兵の一部が削《けず》り取られたと思った時は、もう土煙しか残っていなかった。

呂布《りょふ》自らが出てきた。やはり違う。その速さ。その迫力。関羽《かんう》の隊がここぞとばかりに追いかけたが、その時呂布の隊は、回りこむようにして反転《はんてん》していた。土煙の中から、いきなり呂布の隊が現われた。歩兵が断《た》ち割《わ》られる。横からも騎馬が来ていた。張飛《ちょうひ》と趙雲《ちょううん》が、それにむかう。劉備《りゅうび》の本陣と呂布の間に、遮《さえぎ》るものがなにもなくなった。

呂布。正面にいる。黒ずくめの具足に、黒い方天戟《ほうてんげき》。束《つか》の間《ま》見つめ合い、呂布はゆっくりと近づいてきた。劉備は耐《た》えていた。全身に汗が噴《ふ》き出してきたが、呂布の圧力に耐えて踏み留《とど》まった。旗本《はたもと》は、わずか五十騎である。しかし、ここで劉備が逃げれば、全軍が崩《くず》れる。

関羽の隊が、ようやく横から突っこんできた。断ち割られた歩兵も、態勢を立て直して呂布の背後を襲《おそ》う。駈けた。黒いけものが駈けた。そう思った時、棹立《さおだ》ちになった馬から劉備は落ちていた。

「兄上」

関羽に抱き起こされた。呂布の騎馬隊が、まともに突っこんできたのだということを、劉備はようやく理解した。騎馬隊にぶつかられた、という感じではなかった。竜巻《たつまき》にでも巻きこまれたような気がした。

「落馬してよかった。でなければ、戟《げき》を食らっていたところでした」

荒い息を吐《は》いている関羽に、馬に押しあげられた。周囲は歩兵が固《かた》め、その外側に三隊の騎馬がいる。

呂布は、二里ほど離れたところで、こちらを見ていた。高順《こうじゅん》の騎馬隊も、その背後に集結《しゅうけつ》している。反対側には、張遼《ちょうりょう》の騎馬隊と五千の歩兵である。

「私の旗を掲げよ、関羽」

「兄上、それは」

「心配するな。これでは勝負にならん。城へ戻る。歩兵から、隊伍《たいご》を乱さず、粛然《しゅくぜん》と戻るのだ」

「それは、危険です。私が、張飛や趙雲とともに殿軍《でんぐん》をつとめますので、その間に兄上はお戻りください」

「それはならん。おまえたちが死ぬ。ならば私も生きてはおれぬ。張飛と三人で、そう誓《ちか》い合ったではないか。死ぬのなら、それもいい。ただ、ともに死のう。呂布が攻め寄せてくるかどうか、これは賭《か》けだ」

「しかし」

「ここは、そうやって肚《はら》を据《す》えるところだ。そうすると、私が決めた。おまえたちも、それに従ってくれ」

「わかりました」

関羽《かんう》が、指示を出しはじめた。

張飛《ちょうひ》と趙雲《ちょううん》が、馬を寄せてきた。劉備《りゅうび》は、呂布《りょふ》を見つめていた。土煙はもう風で吹き払われ、『呂』の字の旗が眼《め》に痛いほど鮮やかだった。

また、会おう。劉備は、心の中でそう語りかけた。呂布が、返事をしたような気がした。

馬首を城にむけ、ゆっくりと進んだ。

「胸を張れ。堂々としていろ」

関羽が声をあげる。城壁から、歓声《かんせい》があがっていた。最後の一騎が入城したところで、城門が閉じられた。

小沛《しょうはい》の城から二十里（約八キロ）ほど離れたところに、呂布は陣を構えた。城を囲んだところで、意味はなかった。数日のうちに、許都《きょと》から増援《ぞうえん》が来るだろう。次の戦は、その時になるはずだ。

胸のすくような、撤収《てっしゅう》の仕方だった。

果敢《かかん》に闘い、整然と撤収する軍を、呂布は攻めようとは思わなかった。自分が決して攻めないということを、劉備はよく知っていた、とも思った。

本営とした幕舎《ばくしゃ》に、高順《こうじゅん》、張遼《ちょうりょう》をはじめとする部将たちを集めた。

「城を抜くのは、手間がかかる。小沛には、かなりの兵糧《ひょうろう》も蓄《たくわ》えられているはずだからな。すぐに、許都から増援が来るだろう。野戦《やせん》でその増援を叩《たた》き潰《つぶ》し、その勢いで城を抜こう。増援が来た時は、城の守兵も出てくるはずだ」

「こちらの、下邳《かひ》からの増援はどういたしますか？」

「必要ないぞ、高順。増援を曹操《そうそう》自らが率《ひき》いてくれば別だが」

「相当に、手強《てごわ》い敵でありました」

高順がそう言うからには、よほどの脅威《きょうい》を感じたのだろう。

しかし、劉備は今日のような戦は、もうできない。劉備軍だけで闘ったから、あれほどの動きができたのだ。

増援は、多分、三万を超える規模《きぼ》だろう。そうなれば、五千しか率いていない劉備は、一部将として、増援軍の大将の指揮下に入るしかなくなる。つまり、劉備《りゅうび》軍であって、劉備軍でなくなるのだ。

「曹操《そうそう》自らが、すぐに全軍を率いてこちらへむかう、ということも考えておいた方がいいのではないでしょうか」

「それは、ない」

「しかし」

「俺がないと言っているのだ」

発言した部将は、それで黙りこんだ。

曹操は、いま袁紹《えんしょう》を見ている。袁紹もまた、曹操を見ている。曹操が全軍で徐州《じょ》にむかえば、袁紹も主力を北の公孫瓚《こうそんさん》にむけられる。その逆もある。お互いに出兵の度合いを測《はか》り合っているのだ。

そこまで見えない者に、説明しようという気が呂布《りょふ》にはなかった。

「趙雲《ちょううん》も、なかなかの男だな。あれほどやるとは、俺も考えていなかった。関羽《かんう》、張飛《ちょうひ》と並ぶだろう。劉備が、一万の騎馬隊を擁《よう》していたら、これは面倒《めんどう》だ」

「なにがなんでも、いま倒しておいた方がいい相手だ、と私は思います」

張遼《ちょうりょう》が言った。

「今日、俺が劉備を見逃したのが不服か、張遼？」

「いえ。あの潔《いさぎよ》さを、殿は討とうとは思われますまい。それは、わかりました。私が言っているのは、増援が来た時の話です。ぜひ、私を劉備に当てていただきたいのです」

「出すぎるな、張遼」

若い張遼を、高順がたしなめた。

「私の軍が劉備を破れなかったから、言っているわけではない。対劉備のことは、殿にお任《まか》せした方がいいという気がする」

「そうですか。高順殿が言われるのなら」

呂布は、高順を第一の将軍にしたかった。しかし、なぜか陳宮《ちんきゅう》と馬が合わない。あの陳宮が、感情的になったりすることもあるのだ。だから、陳宮とは相性のいい張遼と二人並べて、第一の将軍にしている。不思議なことに、高順と張遼は合うのである。

人と人の関係を考えることなど、柄《がら》ではないと呂布は思っていた。しかし、呂布以外に、それを考えて実行できる人間もいない。ひとつの州とはいえ、頂点に立つとそんなものだった。

「ここで、曹操軍の増援《ぞうえん》を待って、迎え撃つ。増援の陣容《じんよう》がわかった時点で、配置《はいち》は俺が決める。城の見張りは怠《おこた》るな。夜襲《やしゅう》などを考えるかもしれん」

城は、囲まず監視《かんし》するだけでいい。とにかく、陣を組みやすいようにしておくことだ。

下邳《かひ》から、包囲すれば、それを解く時、城内から反撃を食う可能性もあった。


下邳から、輜重が到着しはじめていた。

兵糧で負けることだけは避けたい。陳宮《ちんきゅう》はそう考えているのだろう。一万五千には、充分過ぎるほどの兵糧だった。

3

夏侯惇《かこうとん》の率《ひき》いる三万の増援部隊が、小沛《しょうはい》の西に到着した。

劉備《りゅうび》は、五千で城を出て、その軍に合流した。曹操《そうそう》から、そういう命令が届いていたからだ。要請《ようせい》という名目の書簡《しょかん》だったが、命令としか感じられなかった。

夏侯惇は、左眼《ひだりめ》に布を当てていた。その布を、赤い紐《ひも》で押さえて頭の後ろで縛《しば》っている。張繍《ちょうしゅう》討伐戦で流れ矢を受け、その矢を引き抜くと目玉まで飛び出したという。親から貰《もら》ったものを捨てられるかと、その目玉を食ってしまったという噂《うわさ》が流れていた。

温厚《おんこう》な夏侯惇には、あまり似合《にあ》わない噂である。

「傷は癒《い》えましたが、まだ生々しいので、こうやって隠しております」

夏侯惇の口調《くちょう》は丁寧《ていねい》である。扱いも同格だった。しかし、いざ戦《いくさ》となれば、夏侯惇の指揮下に入らざるを得ない。劉備は、せいぜい軍議で意見が言える程度だろう、と判断した。

「劉備様は、城を出て呂布《りょふ》にたちむかわれたとか」

「さすがに呂布の騎馬隊。袁術《えんじゅつ》の大軍を一蹴《いっしゅう》したというのも、ぶつかってみてよくわかりました」

「いや、劉備様の軍も、果敢《かかん》に闘われたとか。丞相《じょうしょう》のお耳にも入っておりますぞ」

丞相というのは昔の役職で、三公（司徒《しと》、司空《しくう》、大尉《たいい》。漢《かん》王朝の最高職）を併《あわ》せたものだった。曹操は司空だが、勝手に自分を丞相と呼ばせている。

「夏侯惇殿は、この陣形で曹操殿を待たれるおつもりですか？」

「一応は、堅陣のつもりです」

八つの方陣で、それは四つにも二つにもなれる。攻める陣形ではなく、守りの陣形だった。曹操を待つにはいいだろう。呂布も一緒に待ってくれればだ。

「どんな堅陣であろうと、呂布は必ず攻めてくると思います」

「その時は、闘えばいい。聞くところ、呂布《りょふ》の兵力はこちらの半数以下だとか」

「一万は騎馬隊です。しかも、きわめて精強《せいきょう》な」

「しかし、こちらから攻めたりすれば、呂布はすぐに下邳《かひ》から増援を呼ぶでしょう。徐《じょ》州軍、およそ六、七万。全軍が来たら、いまの兵力では抗《こう》しようもない。やはり、丞相の本隊が到着するまで、軽率《けいそつ》に動けません」

夏侯惇《かこうとん》の言うことは、正論だった。これも、相手が呂布でなければである。

「それで、曹操《そうそう》殿の兵力は？」

「およそ、十四万。われらと併《あわ》せると、十七万を超《こ》えます」

夏侯惇が待とうという気になるのが、当然の大軍だった。ついに、曹操は全力を挙《あ》げて呂布を討《う》とうという気になった。

「十七万」

「各地の守兵も、半数は許都《きょと》に集め、動かし得る兵力のすべてです」

「わかりました。私は、持場《もちば》をしっかりと守ることにいたします」

「劉備《りゅうび》様には、本営で全体の指揮を私とともに執《と》っていただいてもよろしいのですが」

「いや、私の兵がおります。私はそれを指揮した方がよいでしょう」

夏侯惇は、それ以上勧《すす》めなかった。

自分の幕舎《ばくしや》に戻ると、応累《おうるい》が糜竺《びじく》と二人で待っていた。

「十七万の大軍だそうだな、曹操は」

「袁紹《えんしよう》の動きを見定めたというところでしょう。袁紹も、曹操の動きを見ながら、少しずつ北へ兵力を集め、いまは主力は北にむかっています。お互いに、相手の主力が留守の間に、気になる敵を叩《たた》こうというのでしょう」

袁紹の敵といえば、公孫瓚《こうそんさん》だった。

劉備を、ただの義勇兵から、自分の客将として世間に出してくれたのが、公孫瓚だった。恩義はある。それは返した、とも思っている。

袁紹が全力を挙げてくるとなると、公孫瓚も苦しいだろう。北平《ほくへい》郡の太守《たいしゆ》から、幽《ゆう》州全域を制《せい》したころが盛りだった。それから何年にもわたって、袁紹にじわじわと締《し》めつけられている。

気持に、むらのある男だった。目先の戦のことばかりを考えて、その先が見えないというところもある。大将としては、欠けているものが多すぎた。何度も誘《さそ》われたが、結局劉備は組まなかった。

それでも、公孫瓚に滅びてもらいたいとは思わなかった。強大な袁紹の勢力を相手にするなら、幽《ゆう》州に堅城《けんじょう》を三つ築《きず》き、攻められれば籠《こも》るという方法しかない。三つ城があれば、ひとつが攻められても、残りの二つは動ける。三つあることが最低の条件だと劉備《りゅうび》は思っていたが、すでに易城《えきじょう》ひとつという状態らしい。それでは、攻囲を受けた時に、外で動き回る兵がいないことになる。

「大軍ですが、核になる軍はずっと少ないと思います」

「ほう、なぜだ、応累《おうるい》？」

「おかしな動きがあるんですよ」

小肥《こぶと》りの応累が、細い眼をいっそう細くした。

「夏侯淵《かこうえん》、郭嘉《かくか》、于禁《うきん》ですね。この三人は、春の荊《けい》州遠征にも従軍《じゅうぐん》していません。許都《きょと》を守っていたのは荀彧《じゅんいく》で、この三人はそれぞれ一万ほどを率《ひき》いて、原野でなにか特別な調練《ちょうれん》をくり返していたようなんです。毎日、それればかりをやっていた、という気配ですね」

「特別な調練か」

「うまく探《さぐ》れませんでした。五千が調練をする間、残りの五千が円陣を敷《し》いて、絶対に人が入りこめないようにしているのです」

「やはり、なにか特殊なことだな」

「それから、曹操《そうそう》は材木を集めています。歩兵には、戟《げき》や槍《やり》の代りに、それを担《かつ》がせて出動する気のようです」

「馬止めの柵《さく》だな、それは」

劉備が、虎牢関《ころうかん》で呂布《りよふ》の軍にむかった時、考え出した戦法だった。馬さえ使えなくすれば、呂布軍の戦闘力は半減する。

呂布の騎馬隊をどうやって制するか、曹操が考えるのは当然と言っていい。それが馬止めの柵というのは、曹操としては平凡すぎるという気もした。なにか、もっと唖然《あぜん》とするようなことを、考え出す男だ。

「もう進発《しんぱつ》の準備は整《ととの》っているのだな、曹操は？」

「腰を据《す》えてやるつもりのようです。兵糧《ひようろう》もかなり集めたようですし」

それでも、十七万の兵糧となると、半端《はんぱ》なものではなかった。劉備が、野放図《のほうず》に兵数だけ増やしていかなかったのも、ひとつには兵糧の問題があったからだ。

「呂布は、二、三日のうちに攻めてくるな」

曹操軍の進発の情報は、呂布もすでに摑《つか》んでいるだろう。とりあえず、夏侯惇《かこうとん》の軍だけでも潰《つぶ》しておく。そう考えるはずだ。それで、下邳《かひ》へ戻らず、原野に駐屯《ちゆうとん》したままに違いなかった。

呂布《りよふ》の攻撃があったのは、夏侯惇《かこうとん》が到着してから二日目の朝だった。騎馬が五百で、正面から攻めてきた。次には左右に五百ずつ現われ、背後にも五百現われた。最後には、実に二十カ所が攻められたのである。夏侯惇は、八つの方陣を、素速く二つにまとめた。

それを待っていたように、『呂』の旗が正面に現われた。

黒い、巨《おお》きな一頭のけもの。二十カ所からもの攻めは、どこがどう弱いか見きわめるためだったのだ、と劉備《りゆうび》が思った時、黒いけものはすでに駈《か》けはじめていた。実に、二つの方陣を、矢が貫くように駈け抜けたのである。なにが起きたのか、わからなかった兵も、かなりいたに違いない。

矢が突き抜けたあとには、すでに二千ほどの騎馬隊が駈けこんでいた。方陣が、内側から崩《くず》れている。さすがに夏侯惇の本陣はしっかりしていて、五千ほどでまとまり、混乱を避《さ》けて移動していた。そこへ、歩兵が打ちかかる。本陣が、釘付《くぎづ》けだった。

敵の騎馬は、縦横《じゆうおう》に駈け回っている。劉備は、麾下《きか》の全軍を、本陣の方にむけて動かした。小さくかたまり、針鼠《はりねずみ》のように戟《げき》を突き出し、千二百の騎馬を三隊に分けて、敵の騎馬を防がせた。

本陣に打ちかかっている、歩兵の背後に達した。騎馬と歩兵で、一斉《いっせい》に突っこんでいく。敵の歩兵が崩れた。劉備の軍は、夏侯惇の本陣と一体になった。騎馬を外に配し、歩兵を中心に集める。

「夏侯惇殿、鉦《かね》を打たれよ。後退して、本陣を中心にして、陣形を立て直すしかない」

「劉備様、ここで怯《ひる》んではなりません。幸い、ここに一万がまとまっている。これで、乱戦《らんせん》の真中に突っこんでいく。陣形を立て直すにしても、前に出て、攻めながらやるのです」

夏侯惇が、太鼓を打たせはじめた。潰《つぶ》され、敗走しかかった兵が、本陣の方へ駈けてくる。それを収容《しゅうよう》しながら、前へ出た。一万五千ほどになった時、前方に騎馬隊が現われた。五千。乱戦の中で、どうやってひとつにまとまったのか。張遼《ちょうりょう》だった。張遼は、五千を槍《やり》の穂先のようにして、一斉に突っこんできた。

「大兄貴、これは退《さ》がらなければ駄目《だめ》だ。張遼の後ろに、呂布がいる」

確かに、土煙《つちけむり》の中に、『呂』の旗が見え隠れしていた。張遼が崩す。そこに呂布が突っこむ。ならば、呂布の狙《ねら》いは本陣だろう。

「関羽《かんう》、張飛《ちょうひ》。おまえたちの騎馬隊で、夏侯惇殿をお守りしろ。城に逃げるしかない」

「なんで、夏侯惇《かこうとん》などを」

「総大将だぞ。総大将の首を取られれば、完全な負けだ。急げ」

「わかりました、兄上。趙雲《ちょううん》、兄上を頼むぞ」

言って、関羽《かんう》が駈け去っていく。

趙雲の騎馬が、劉備《りゅうび》の旗本《はたもと》を囲むようにして、一斉《いっせい》に駈けはじめた。呂布《りょふ》が突っこんできている。趙雲が狙《ねら》ったのは、その黒いけものの横腹だった。崩せる。劉備は瞬間、そう思った。しかし、やわらかいものにでもぶつかったように、黒いけものの横腹はのびた。おまけに、巻きこむように先頭が迂回《うかい》してくる。

趙雲は、慌《あわ》てたようには見えなかった。自分が先頭になり、巻きこんできた敵の一点を突破し、騎馬隊を通した。

呂布は、またひとつのけものになり、逃げる本陣に突っこんでいった。

騎馬が入り乱れる。土煙が舞う。

本陣はどこを移動しているのか、劉備は眼をこらした。いる。城にむかって、ひたすら駈けている。関羽の旗も張飛《ちょうひ》の旗も、しっかりと本陣を挟《はさ》みこむようにしている。

城の東門は開いていた。守兵は五千。駈けろ。叫びかけ、劉備は声を呑《の》みこんだ。

が立った。

黒いけもの。戦場を迂回するようにして、疾駆《しっく》している。速い。劉備の全身に、粟《あわ》が立った。

「趙雲、間に合わぬ。西門へ回れ。関羽なら、城の中を突っ切って、西門から飛び出す方法を考えられるだろう」

走っていた。懸命《けんめい》に、劉備は馬に鞭《むち》を入れた。東門に、本陣が駈けこむのが見えた。しかし、尻《しり》に食らいつくような恰好《かっこう》で、黒いけものも飛びこんでいった。城門を閉める暇などなかった。呂布軍の騎馬隊が、次々に城に駈けこんでいく。

駈けた。西門。開き、夏侯惇の一隊が駈け出してきた。二百ほどに減っている。劉備が駈けてくるのを見て算《さん》を乱《みだ》しそうになったが、味方だとすぐに気づいた。

「行かれよ。追撃は、この劉備が止める」

城の中。五千の守兵は、呂布軍と闘っているはずだ。夏侯惇が落ちのびる時があるか。関羽と張飛の軍が、ひとつになって飛び出してきた。それに、張遼《ちょうりょう》の騎馬隊が追い撃ちをかけている。

「趙雲、側面を衝《つ》くぞ。敵を乱したら、すぐに落ちる。ひたすら、西へむかえ」

「私は、殿から離れません」

駈けながら、趙雲が叫んだ。張遼の騎馬隊。横からの攻撃には脆《もろ》く、すぐに崩れた。張遼《ちょうりょう》が態勢を立て直す前に、劉備《りゅうび》は西へむかって駈けていた。

城塔《じょうとう》に、『呂』の旗を掲げた。

戦は、すでに終っている。城内には、降兵《こうへい》と、呂布《りょふ》の軍しかいない。追撃に出た張遼も、夕刻には戻ってきた。

呂布は、やるべきことをやってしまうと、役所に使われている館《やかた》の一室で、ひとりになった。勝ったが、まだ緒戦だ。ほんとうの戦は、これからだった。

袁術《えんじゅつ》の軍より、曹操《そうそう》軍はずっと統制《とうせい》がとれていた。個々の部将の兵が調練をしているというだけでなく、全体としての調練を重ねているのだろう。それに、実戦の経験を積んでいるのがよくわかる。押しこみ、騎馬で揉《も》みに揉んだが、それほど大きな犠牲《ぎせい》は出していない。夏侯惇《かこうとん》の首も、取り損《そこ》ねている。

それに、やはり劉備の軍が強かった。あの三人の部将が、三人とも、並みの男ではなかった。果敢《かかん》であり、判断もいい。城に追いこんだ時、夏侯惇の首は取ったと呂布は思った。守兵を蹴散《けち》らして、ゆっくり料理すればいいはずだった。しかし、関羽《かんう》と張飛《ちょうひ》は西門まで突っ走り、そこから夏侯惇を逃がしたのだ。

劉備に、あの三人がついていればこわい。呂布が、そういうことを考えるのはめずらしかった。とにかく、劉備軍は要注意である。あれで数万の軍勢を擁《よう》していたら、と考えざるを得なかった。

外から声がかかった。

引っ立てられてきた者がいる。見ると、糜竺《びじく》だった。

「縄は解いてやれ。文官まで縛《しば》りあげることはない」

「私は、鎧《よろい》を着て闘いましたぞ」

「子供でも、着るだけは着られる。しかし、糜竺、おまえはなぜ劉備と一緒に逃げなかったのだ？」

「呂布殿と交渉しなければならないことがありました。私の一存《いちぞん》での交渉ですが」

「ほう、なんだ？」

「小沛《しょうはい》の城内には、主《あるじ》劉備の第一夫人と第二夫人がおります。危害は加えないでいただきたい。この糜竺の首は差しあげますゆえ」

「おまえの首を貰《もら》ってどうなる。戦は戦だ。軍人で捕えた者の首は刎《は》ねるが、文官の首などいらん。それに、この俺《おれ》が敵の将軍の妻子の首まで刎ねる男だと思うのか。ましてや劉備は、正々堂々と闘った」

「ありがとうございます」

「ただし、おまえも含めて、下邳《かひ》に移すぞ」

「御随意《ごずいい》に」

「この城は、陳珪《ちんけい》と陳登《ちんとう》の父子《おやこ》に守らせる。俺の軍も下邳に引きあげて、曹操《そうそう》の本隊が到着するのを待つ」

「お見事な戦ぶりでございました。呂布《りよふ》軍は、まさに無敵でございますな」

糜竺《びじく》が笑った。

「なにがおかしい？」

「呂布様は、後悔もされておられます」

「なにを？」

「わが主君と、同盟を結ぶべきであったと。曹操様に、漢《かん》王室再興の志《こころざし》がどれほどあるのか、疑わしいものです。呂布様が、漢王室再興の志さえ持たれたら」

「よせ、糜竺」

「あまりに、惜しいと思うのです。私は、この国のために」

「糜竺」

呂布は、静かに遮《さえぎ》った。

「俺は、軍人なのだ。少年のころ一兵士となり、戦野を駈け回ってここまで来た。

志などで、生き延びることはできなかった。人には、それぞれ生き方がある。俺は軍人としてしか生きられなかったし、これからも生きられはしない」

「呂布様」

「もう言うな」

呂布は、連れていけと兵に手で示した。

それから高順《こうじゅん》と張遼《ちょうりょう》を呼び、劉備《りゅうび》の妻たちと文官を下邳に移送するように命じた。

危害を加えた者は、死罪である。

「殿、殿の麾下《きか》の者たちが、略奪《りゃくだつ》の許可を求めてきておりますが」

戸惑《とまど》ったように、高順が言った。

「本日の深更《しんこう》まで、麾下に限って許す」

「殿、それはなりません」

張遼だった。

「けものの餌《えさ》だ。それに心配しなくとも、乱暴なことはせぬ。深更まで、おまえたちが眼をつぶっているだけでいい」

さらになにか言いかけた張遼を手で制《せい》し、出ていけという仕草《しぐさ》を呂布はした。

4

敗走してくる兵を収容《しゅうよう》するために、曹操《そうそう》は三日軍を止めて待った。

劉備《りゅうび》の軍も入れると、総勢で四万はいるはずだが、敗走してきたのは二万五千ほどだった。劉備は、独自に軍をまとめていた。四千近くは戻ってきているようだ。

劉備の兵が多く戻ってきているからといって、責めるわけにはいかなかった。戦況《せんきょう》を報告してきた五錮《ごこ》の者によると、劉備の闘いぶりが一番果敢《かかん》だったのだ。夏侯惇《かこうとん》も、潔《いさぎよ》くそれを認めた。

それにしても、恐るべき騎馬隊だった。一万騎ほどで、歩兵は申し訳程度にしか連れていない。そして、夏侯惇ほどの者が、万全の陣を敷いていたのだ。

「片眼《かため》を失って、実は、これまで見えなかったものが見えるようになるのではないか、と思っておりました。これでは、失った片眼の分さえ見えておりません」

敗戦を労《ねぎら》った曹操に、夏侯惇は恥入るように言った。幕僚《ばくりょう》の会議では夏侯惇を叱《しか》りつけたが、終ってから自分の幕舎《ばくしゃ》に呼んだのである。

「私も、呂布《りょふ》の騎馬隊を相手に、どれほど闘えるか不安なのだ。青州《せい》黄巾《こうきん》軍百万を相手に闘った時と、同じような賭《か》けだ、これは。袁紹《えんしょう》は、この機に公孫瓚《こうそんさん》を潰《つぶ》すであろうし、負ければ天下は袁紹か。それとも、呂布と陳宮《ちんきゅう》のものになっていくのか」

「負けるなどと、おっしゃらないでください、丞相《じょうしょう》。これまで、何度きわどいところを擦《す》り抜けてきたか、思い出そうではありませんか」

「そうだな」

勝つつもりで来ている。しかし、ほんとうに勝てるのか、という思いはいつもつきまとっていた。ただ、運はいいという気がする。呂布と劉備が連合して徐《じょ》州に拠《よ》ったら、これはとんでもないことになっただろう。あの二人は、結びついても不思議はなかった。多分、なにかほんの些細《ささい》なことが、あの二人の結びつきを阻害《そがい》したのだ。

いや、もしかすると、自分の力を利用して、劉備は呂布を消そうとしているのではないか。曹操の知っている劉備は、考え抜いてそんなことをやる男ではなかった。ただ、本能的に、そちらに動く人間というのはいるものだ。

闘って負けた自分は、闘わずして負けた者とは訣別《けつべつ》する。酸棗《さんそう》で、対董卓《とうたく》の連合軍から離脱《りだつ》する時に、曹操が言ったことだった。劉備はその言葉を持ち出し、五千の兵で呂布《りょふ》と闘っている。互角に近い戦《いくさ》をし、城に引きあげているのだ。

曹操《そうそう》自身は、そんな言葉を思い出すこともなくなっていた。酸棗《さんそう》から、十年近い歳月を、戦に明け暮れてきた。

洛陽《らくよう》を脱出し、郷里で兵を挙《あ》げた時に持っていたものは、確実になくしている。その代りに、ここまで大きくなった。劉備《りゅうび》は、それほどのものは得ていない。しかしなにもなくしていないのではないか、という気がしてくる。

敗走してきた兵を再編するのに、多少の時をかけた。全軍で、十七万になる。五千しかいなかった義勇兵まがいの軍が、ここまで大きくなった。それを確かめたいという気分が、どこかにあった。

劉備を幕舎《ばくしゃ》に呼んで、二人だけで酒を酌《く》み交《か》わした。

「この一戦が天下を決することになる、と私は思っているのだがな、劉備殿」

「天下を、ですか?」

「私がいま徐《じょ》州を取ることには、大きな意味がある。徐州を除いた勢力で、袁紹《えんしょう》に対することになるだろうと思っていたからだ」

「それだけですか?」

「呂布に勝つ。それには、もっと大きな意味があるな」

　劉備は、かすかに頷《うなず》いただけだった。

「それにしても、おぬしのもとには素晴しい豪傑《ごうけつ》がいるものだ。関羽《かんう》と張飛《ちょうひ》。二人だけでも羨《うらやま》しいと思っていたのに、趙雲《ちょううん》という男まで加えている」

「馬上で槍《やり》を遣《つか》わせたら、右に出る者はおりません。それに忠誠無比《ちゅうせいむひ》。私は部下には恵まれておりますが、一軍の将としての力は不足しているようです。いまだ流浪《るろう》に近い状態で、なにも報《むく》いてやることができずにいます」

「報いて欲しくて、おぬしの下にいるのではない、という気がする。趙雲は知らぬが、関羽と張飛はそうだ」

　自分の麾下《きか》に入れ。それなら一州、いや二州を与えてもいい。そう出かかった言葉を呑《の》みこんで、曹操は言った。この男は、やはり自立の意志が強い。やがて雲を得れば、自分と肩を並べるところまで、飛躍してくるかもしれない。

「関羽、張飛とは、兄弟の契《ちぎ》りを結んでおります。腑甲斐《ふがい》ない兄ではございますが」

　この男は、早く殺しておいた方がいい。そう囁《ささや》きかけてくるものが、曹操の内部にはあった。いつか臣従《しんじゅう》させてやる、という思いも同時にある。

「二日後に、進発《しんぱつ》するつもりでいる。不足なものは、滞陣《たいじん》中に申しつけてくれ」

劉備《りゅうび》が、軽く頭を下げた。

「飲もう、劉備殿。私はどうも、呂布《りょふ》の影に怯《おび》えすぎているようだ。十七万の大軍を擁《よう》していて、なにを恐れると思いたい」

徐州《じょ》で仕《し》掛《か》けてあることが、いくつかある。そのうちのひとつでもうまくいけば、夏侯惇《かこうとん》の敗北ぐらいは取り戻せる。曹操《そうそう》は、その結果が出てくるのを待っていた。

「曹操殿が、怯えているなどと口にされてはなりません。誰《だれ》も信じはしないでしょうが」

「わかっている。おぬしと二人だけだから、本心を語っている」

劉備が、柔和な表情で曹操の杯《はい》に酒を注《そそ》いだ。


夏侯淵《かこうえん》、郭嘉《かくか》、于禁《うきん》の軍は、確かに通常と違っていた。独自の輜重《しちょう》をかなり持っている。滞陣中の、その輜重に対する警備は、かなり厳《きび》しかった。

「ほかにも、丸太を運んでいる軍が、かなりあります、殿」

「あまり無理をして探るな、応累《おうるい》。なにが出てくるか、戦になればわかることだ」

「あの三人の、異様な調練《ちょうれん》ぶりが気になりまして。ほぼ半年は、同じ調練をくり返してきたと思われます」

　半年も、人に見せない調練をくり返し、しかもそれがなんだか洩《も》れていない。曹操軍の軍規《ぐんき》はかなりのものなのだろう、と劉備は思った。

　応累は、陣にいる時は、兵士の姿をしている。それが似合《にあ》わず、ちょっと滑稽《こっけい》だった。ぶらさげた剣に、足を絡《から》ませたりもするのだ。

「丸太は、馬止めでございましょうな。馬を止めてから、なにか新しい武器を使う。私はそう思っているのですが」

「武器か」

「曹操という男は、そういうことを考えそうな男です。じっくり攻める時はそうするし、奇策《きさく》を採《と》る時は、思い切った奇策を採ります。荊州《けい》で、張繡《ちょうしゅう》と劉表《りゅうひょう》の軍が、追撃《ついげき》しながら負けていったというのも、それでございましょう」

「荊州の情勢は、入っているか？」

「劉表が、煮えきらないようです。張繡は、もっと兵を貸してくれと言っているようですが」

　劉表には、孫策《そんさく》という難敵がいる。孫《そん》家にとっては、孫堅《そんけん》を殺した劉表は仇敵《きゅうてき》なのだ。特に、黄祖《こうそ》が実際に手を下したとして恨《うら》まれているはずだった。その黄祖を、劉表は孫策と対峙《たいじ》させている。一見、挑発《ちょうはつ》しているようにも見えるが、黄祖さえ討《う》たせてしまえば、孫策《そんさく》も軟化《なんか》すると考えているふしもある。

袁紹《えんしょう》は主力で北にむかっているし、いずれにしても荊州《けい》が大きく動くことはない。

「ちょっと進軍が遅すぎる、と殿は思われませんか？」

「十七万の兵站《へいたん》は、たやすいことではないからな」

「しかし、曹操《そうそう》には、兵糧《ひょうろう》を蓄える期間は充分にあったと思います。秋の収穫を待って、出動したのでしょうから」

「ほかになにか考えがあるにしても、われらは動けん。遊軍を志願したが、認められなかった。この戦では、私は常に曹操のそばにいることになる」

「いくらか、疑われておりますか？」

「どうであろう。気持の底までは、読みにくい相手だ。そこが、呂布《りょふ》と違う」

「そのあたりに、私は曹操の魅力を感じます。どこか、深いところがあるのです。呂布は、確かに強い。しかし、あの男の悲劇は、その強さを使いこなしてくれる主《あるじ》に出会わなかったことです」

「まさしく、そういう気がする」

「呂布を使いこなせるとしたら、殿だけでございましたな。漢《かん》王室の復興《ふっこう》という志《こころざし》を、もっと前から呂布に抱かせることができていたら、と思います。それが、呂布という男に合った志だった気がします。曹操とは、絶対に合いません」

「こういうことになったのだ。もう遅い」

「わかっておりますが、漢王室にとっては、惜《お》しんでも余《あま》りあります」

「おまえが、それを言うのか、応累《おうるい》。金だけが好きだったのではなかったかな」

「金は好きでございます。食わせてやらなければならない手下たちが、二十人もおりますので」

応累が、細い眼《め》でじっと劉備《りゅうび》を見つめてきた。

「私は、殿の家臣になりました。心の中だけのことでありますが。金だけが欲しければ、殿より金持の将軍は、いくらでもいます」

「そうだな」

「漢王室の復興を願う気持が、私にもあるのですよ、殿」

「それを感じてはいたが、言葉として聞くのははじめてだな」

「これからも、申しあげません」

細い眼は、まだ劉備を見つめていた。

大軍を前にしても、呂布は城外で兵の調練をくり返した。

曹操《そうそう》軍が、大量の丸太を運んでいる、という情報が入ったからである。丸太は、馬止めの柵《さく》のためとしか思えなかった。馬を使わせない。曹操は、作戦のすべてにそれを徹底《てってい》させてくるだろう。

柵は、除《のぞ》けばいい。弓手《きゅうしゅ》が配置されているので、騎馬で近づくのは危険すぎる。矢避《よ》けの大楯《おおだて》に隠れて、這《は》うように歩兵が近づいていけばいいのだ。敵が追い散らそうと出てきた時は、騎馬隊が掩護《えんご》する。

つまり、歩兵と騎馬が連携《れんけい》した動きが必要だった。柵さえ除いてしまえば、あとは縦横《じゅうおう》に騎馬を使える。

騎馬隊の動きは、その場その場で決める。呂布《りょふ》が指揮する通りに動けるだけの調練を、騎馬隊は積んできた。呂布が考えているのは、ただひとつのことだけである。本陣を衝《つ》く。曹操の首を取る。

この騎馬隊があるかぎり、呂布はそう思っていた。

曹操の大軍を前にして、陳宮《ちんきゅう》もようやく腰を据《す》えたようだった。とにかく、無駄のないように、小沛《しょうはい》や彭城《ほうじょう》など、下邳《かひ》の前衛《ぜんえい》となる城に兵糧を分配する。通信の態《たい》勢《せい》も整《ととの》えておく。兵糧が不足した場合、すぐに下邳から送るために、予備の輜重《しちょう》も用意しておく。蓄《たくわ》えられている武器も、厖大《ぼうだい》なものになっていた。間者《かんじゃ》も放ち、曹操軍の陣容《じんよう》を克明に調べてもいる。

呂布は、兵站《へいたん》のことなど考えずに、調練に打ちこむことができた。寝泊《ねとま》りも、城外の幕舎《ばくしゃ》で、麾下《きか》の兵とともにしている。

「小沛の陳登《ちんとう》ですが、二千ほどの自分の軍勢だけです。こちらから、あと三千ほど送った方がいいのではありませんか？」

一日に一度、陳宮は城外の幕舎にやってきて、報告やら進言やらをした。

「いまは、一兵も割《さ》けん。それに曹操は、小沛を囲むような真似《まね》はせん。俺《おれ》と、まともに勝負に来るだろう」

「とは思いますが」

「結着《けっちゃく》がつかない時は、張遼《ちょうりょう》を小沛に入れる。二万の軍だ。その時のための兵糧が、小沛にあればいいのだ」

張遼《ちょうりょう》が小沛に拠《よ》る、というところまで、呂布は考えていなかった。ただ、速戦で勝てなければ、あとは籠城《ろうじょう》して敵の兵糧が尽きるのを待つしかない。

そこまでいけば負けだ、と呂布は思っていた。ただ生き延《の》びるということにすぎない。そんな戦は、自分の戦ではなかった。

急ぎの調練だが、歩兵の動きは悪くなかった。大楯も、大量に作らせてある。とにかく、柵に近づければいいのだ。

陳宮《ちんきゅう》が放った間者《かんじや》が、曹操《そうそう》軍の陣容《じんよう》を調べてきた。追い返した夏侯惇《かこうとん》が、名誉挽回《ばんかい》のためなのか、先頭で進軍している。曹操はその後ろで、それから部将の名が十数人並んでいた。輜重《しちよう》もかなりの数だが、糧道《りようどう》は許都《きよと》から継《つ》ぐのではなく、ずっと近い兗州《えん》のどこかに拠点《きよてん》を置いて確保するつもりのようだ。

「劉備《りゆうび》がいない、これでは」

「はい、劉備とその麾下《きか》は、曹操の旗本《はたもと》と一緒になっております。曹操と劉備は、馬を並べて進軍している恰好《かつこう》で」

「なるほど」

曹操は、劉備を使う気はない、と呂布《りよふ》は思った。自分の力だけで、この戦を勝ってみせようという気なのだ。

「歩兵が担いでいる丸太の分量は、相当なものに達します」

二重、三重の柵を作る気なのか、と呂布は思った。それも、前衛《ぜんえい》にだけではないのかもしれない。しかし、陣の中にも柵を作るというのは、味方の退路《たいろ》を断《た》つことにもなる。

「騎馬は、およそ二万五千。一万と一万五千の二隊に分かれております」

実戦になれば、それはもっと分かれるはずだ。五千を一隊として、五隊。これが機動性を持って動けば、やはり手強《てごわ》い。

ひとりになると、呂布は幕舎で地図に見入った。丘や小川まで記した、徐《じょ》州の克明な地図である。曹操は、どこを戦場に選ぼうとするのか。小沛《しょうはい》、彭城《ほうじょう》、下邳《かひ》という順で、こちらの拠点は続いている。

自分が大軍を擁《よう》していたら、彭城と下邳の間に布陣する、と呂布は思った。大軍が生かせる、平坦な地形だ。そしてそこなら、呂布も闘いやすい。騎馬隊を、どうにでも駈《か》け回らせることができる。

袁術《えんじゅつ》が攻めこんできた時は、いくつにも分かれて進軍してきた。曹操軍には、別働《べつどう》隊と呼べるようなものは、まったくいない。

曹操軍が、小沛を素通りし、彭城を囲んだという知らせが入った。彭城の防備《ぼうび》は甘く、守兵も少ない。翌々日には、彭城が抜かれたという知らせだった。

下邳と彭城の間。思った通り、そこに布陣だろう。だから小沛を素通りし、彭城は抜いた。奇策《きさく》を採ろうとはしていない。正面から、堂々とぶつかり合おう、と伝えてきているようなものだった。

翌日には、先鋒《せんぽう》の夏侯惇が兵を展開《てんかい》させはじめた。小高い丘に、曹操の旗本は陣取っているという。本陣の位置まで、呂布《りょふ》が考えた通りだった。その分、手強《てごわ》いことも確かだった。奇策では、その本陣に達することはできない。

大軍の利を、曹操《そうそう》は充分に生かしていた。

呂布は、全軍を下邳《かひ》に集めた。六万五千での出撃である。騎馬隊は一万。

軍議は開かず、各隊の配置《はいち》の指示だけを、呂布は出した。曹操軍は、二万五千の騎馬隊を並べ、その背後で素速く柵《さく》を組んだ。二十里（約八キロ）にも及ぶ長い柵が外周で、その内側に、十里（約四キロ）の柵がある。弓手《きゅうしゅ》も配置されていた。

館《やかた》を出る時、呂布は李姫《りき》に赤い布を首に巻いてもらった。いつものように、黒ずくめの麾下《きか》が先頭である。

「外周の柵は、それほど問題はないと思います。ただ組んであるというだけで、破るのに造作はありません。内側の柵は入り組んでいて、やはり歩兵が這《は》うように近づいて、倒すしかなさそうです」

報告してきた高順《こうじゅん》に、呂布は黙って頷《うなず》いた。

すでに、始まっている。柵があれば、破るしかない。敵が遮《さえぎ》れば、蹴散《けち》らすしかない。

じわりと、呂布は赤兎《せきと》の腹を締《し》めつけた。

5

壮大な陣だった。

柵《さく》の後ろ八里（約三・二キロ）の丘の頂《いただき》が、曹操の本陣だった。本陣の背後にも、三重の柵が組まれている。

曹操は、自ら退路を断っていた。

「さすがに、いい覚悟だ」

柵から本陣までの間は、歩兵が魚鱗《ぎょりん》に配置されている。騎馬は、両翼《りょうよく》に一万ずつ、本陣の前の丘の斜面に五千だった。

呂布が指示した陣形も、できあがっていた。前衛《ぜんえい》に一万の歩兵。第二段に張遼《ちょうりょう》の五千の騎馬隊。第三段に、四万の歩兵の方陣。第四段は本陣で、五千の騎馬を鶴翼《かくよく》に拡《ひろ》げた。

曹操の本陣までは、遠かった。魚鱗を何枚突き破れば、本陣に達するのか。騎馬で突き破り、歩兵で崩《くず》す。その方法しか呂布には見えなかった。

「高順」

呂布《りよふ》が呼ぶと、すぐに高順《こうじゆん》は馬を寄せてきた。

「やれ」

高順が、大声を出した。太鼓。前段の一万の歩兵が、大楯《おおだて》で矢を防ぎながら、ゆっくりと進みはじめた。柵に取りつくまでに三百、一里（約四百メートル）ほど柵を取りのけるのに百ほどの兵が、矢で倒れた。外周の柵にいた弓手《きゆうしゆ》は、歩兵が取りついた段階で、内側の柵にまで退《さ》がっていた。

内側の柵は迷路のように作られ、人が通り抜けられるほどの隙間《すきま》が、何十カ所か開けてあるようだ。後退した弓手は、柵に吸いこまれるように、内側に消えた。

前段の歩兵が、また進む。すぐには除《のぞ》けなかった。張遼《ちようりよう》は、いつでも突っこめる態勢で待っているが、柵の内側からは、矢だけでなく、槍《やり》まで突き出してくるのだ。

四万の歩兵を前に出した。

長い縄をつけた鉤《かぎ》を、柵にとりついた兵がかける。それを後方から引っ張る。柵が倒れ、引き摺《ず》られる。それでも、まだ柵はある。

次々に、そうやって柵を除いていった。呂布はまだ、本陣から動いていない。じっと、曹操《そうそう》の本陣の方に眼《め》をやっていた。

「殿、あれを」

高順が指さした。最後の柵に、鉤がかけられようとしていた。すでに、歩兵は二千ほど倒されている。それでも、一カ所が開いた。そこから、張遼が縦隊で突っこんでいった。

柵が、さらに除かれた。

呂布は、軽く片手を動かした。本陣の騎馬が、ゆっくりと進みはじめる。あとは、人間の柵を突き破っていけばいいだけだ。

張遼は、縦列の騎馬隊を、鞭《むち》のように使っていた。敵にぶつかっては、反転する。それが、鞭のように見えるのだ。

「高順、行け。敵は大軍だ。味方が先に参るだろう。しかし、休ませるな」

「見ていてください」

高順が、五千を率《ひき》いて駈《か》けていく。呂布のまわりは、三百五十の麾下《きか》だけになった。

黒きけもの。呂布は、まだ押さえていた。

高順が加わったことで、騎馬隊の破壊力は倍加《ばいか》した。二枚、三枚と魚鱗が剝《は》がれていく。それでも、曹操は動いていない。曹操も、自分を見ている、と呂布は思った。呂布《りよふ》が駈け出した時、曹操《そうそう》の騎馬隊も動くだろう。

呂布は、方天戟《ほうてんげき》を横に構《かま》えた。それを胸の高さにあげた時、赤兎《せきと》は駈け出していた。

騎馬が剝がした魚鱗の場所を、歩兵が確保していく。それがよく見えた。

敵の騎馬隊。一斉《いっせい》に動きはじめた。間違いなく、自分だけを狙《ねら》っている、と呂布は思った。高順《こうじゅん》の騎馬隊が反転し、敵の騎馬隊とぶつかった。押し合っている。張遼《ちょうりょう》の騎馬隊も、魚鱗を剝がす余裕《よゆう》はなくなっていた。

呂布は雄叫《おたけ》びをあげ、方天戟をふりかざした。赤兎が、駈ける。黒きけものが駈ける。魚鱗を、三枚ほどひと息で突き破った。弧を描くように、反転する。敵の騎馬隊の側面に出た。赤兎が、頭を下げて猛然《もうぜん》と突っ走りはじめた。はじめの五、六頭は、赤兎が弾《はじ》き飛ばした。方天戟。俺《おれ》の躰《からだ》の一部だ、と呂布は思った。首が、四つ五つと飛んでいく。首のない屍体《したい》が馬から落ちる前に、赤兎はその脇《わき》を駈け抜けていた。麾下《きか》の兵。ついてくる。二列の縦隊だった。それぞれが、片側の敵だけを相手にする。それで、馬の速さを緩《ゆる》めなくても済《す》む。駈け抜けた。

張遼の騎馬隊が、押しはじめていた。右翼から出てきた敵。高順との押し合いだった。側面に回り、再び呂布は方天戟をふりかざして駈けた。敵が崩《くず》れていく。そこを、高順の騎馬隊が押す。

敵の騎馬隊を、押しのけた恰好《かっこう》だった。魚鱗の中に食いこんだかたちで、歩兵を前面に出し、呂布は両側に張遼と高順の騎馬隊を集結させた。

丘の頂の本陣。まだ遠い。しかし、曹操の姿は、はっきりと見えた。

曹操は、明らかに緊張の極限《きょくげん》に達していた。

劉備《りゅうび》が声をかけても、なにも聞えないようで、騎馬の闘いを食い入るように見つめていた。

馬止めの柵に、呂布の騎馬隊が突っこんでくることはなかった。大楯《おおだて》で矢を防いだ歩兵が、亀《かめ》の群れのように進んできて、まず外側の柵を引き倒した。内側の柵はだいぶ手間がかかっていたし、矢でかなり倒したが、それでもやはり、縄をかけて引き倒された。

そこまで、呂布の騎馬隊は一兵も失っていなかった。

柵の隙間《すきま》から駈けこんできたのは、張遼の騎馬隊だった。さすがに、動きがよかった。土煙《つちけむり》とともに突っこんでくると、魚鱗を二枚ほど剝がし、土煙の中に消えていく。柵の隙間が大きくなり、高順の騎馬隊も攻撃に加わると、魚鱗は見る間に引き剝がされるようになった。その時、曹操《そうそう》は騎馬隊の攻撃を命じ、両翼から挟《はさ》みこむようなかたちで、二万の騎馬隊が動きはじめた。押し気味で、張遼《ちょうりょう》も高順《こうじゅん》も支えるので精一杯という感じだった。引き剝がした魚鱗の位置は、歩兵が確保するという作戦だろうが、本陣からはその歩兵も魚鱗が包みこみそうな勢いに見えた。

その時、『呂』の旗を立てた、黒いけものが動きはじめたのだった。曹操の緊張が極限に達したのは、多分そのころからだ。

呂布《りょふ》の黒いけものは、正面の魚鱗に突っこみ、周囲を蹴散《けち》らしながら騎馬隊の側面に出ると、ほとんど原野を駈けるのと同じ速さで、その中を駈け抜けた。両翼の騎馬隊の中を同じように駈け抜けると、呂布は本陣の正面に戻ってきた。黒ずくめの、わずか数百騎の軍団。その与える威圧《いあつ》感が、展開した歩兵の中に小波《さざなみ》のように拡《ひろ》がり、本陣にまではっきりと伝わってきた。

「曹操殿」

何度か声をかけると、曹操はようやく劉備《りゅうび》の方へ顔をむけた。緊張のためか、蒼《あお》ざめた表情だった。

「騎馬隊の半数は、前面に回した方がいいと思います。残りの半分が、側面から攻める。それで、敵の疲れを待ち、同時に、歩兵を孤立させる。いかがでしょうか？」

「策としては、それが最上だろう。だが、勝てぬ」

「味方の騎馬は、敵に倍します。まず、疲れさせるのです」

「勝てぬ、それでは。勝てるものか。あの呂布の騎馬隊を見てみろ。まるで、魔神としか思えぬ。あの騎馬隊に、誰《だれ》が騎馬隊で勝てるものか」

「疲れさせるのです、まず。次々に、攻撃をくり返すのです」

劉備がそう言った時、呂布の騎馬隊が一斉に駈け出していた。劉備も、もう喋《しゃべ》る余裕《よゆう》はなくなった。正面からぶつかってきた敵の衝撃《しょうげき》は、陣全体を揺《ゆ》り動かした。両翼に退《さ》がっていた騎馬隊が、再び突っこむ。土煙が、本陣まで流れてきた。騎馬のぶつかり合いは、ほとんど見えなかった。地鳴りが、不気味に響いてくるだけだ。

静かになった。

呂布の騎馬隊は、内側の柵《さく》際のところまで退がっていた。土煙の中に、黒いけものの姿がぼんやりと見えた。

「曹操殿、こういうぶつかり合いは、敵に休息を与えることになります」

曹操は、返事をしなかった。緊張はしているが、自分を失っているようには見えない。ただ劉備を無視しているだけだ。劉備は、口を噤《つぐ》んだ。曹操の隣に胡床《こしょう》をあてがわれ、副将という位置にいるが、それだけの話だった。劉備《りゆうび》軍も、後衛《こうえい》に回されている。

これは、曹操《そうそう》の戦《いくさ》なのだ、と劉備は思った。曹操と呂布《りよふ》の闘いとして、自分はただ見ていればいい。

呂布の歩兵は、二つの方陣《ほうじん》を作って、こちらの魚鱗とむかい合う恰好《かつこう》で、固着《こちやく》していた。魚鱗の陣は、攻撃というより守りだが、この場合はそれでいいだろう。本陣は、歩兵と五千の騎馬が守る。堅実な作戦だった。ただ、どこか曹操らしくない。

土煙が、消えた。点々と散らばっているのは、味方の屍体《したい》がほとんどだと思えた。戦場を、一瞬の静寂《せいじやく》が包んでいる。

呂布の方天戟《ほうてんげき》。振りあげられた。雄叫《おたけ》びが、本陣まではっきりと聞えた。黒いけもの。駈けはじめる。二つの方陣の間を通って、真直《まつす》ぐに魚鱗に、いや本陣にむかってくる。敵も味方も、騎馬隊は駈け出していた。土煙が戦場を覆《おお》う。地鳴りが、本陣にまで伝わってくる。また、呂布は柵際まで戻った。ほとんど、損害は受けていないように見えた。戦場に散らばる、味方の屍体が増えているだけだ。

呂布の戦のやり方だった。最初の馬止めの柵こそ、自分の戦をやろうという曹操の意志が見えたが、その柵が破られると、呂布の闘い方に持ちこまれていた。大軍を生かしているので、まだ余裕はあるが、呂布の攻撃がこれ以上くり返されると、どうなるかはわからなかった。

曹操らしくない。何度も、劉備はそう思った。敵のやり方に乗って、戦をするような男ではないはずだ。

夏侯淵《かこうえん》、郭嘉《かくか》、于禁《うきん》の、極秘の調練《ちょうれん》とはなんだったのだ、と劉備はふと思った。調練をした気配は、いまのところなにも見えない。

「馬だ」

曹操が言った。許褚《きょちょ》が、曹操の馬を曳《ひ》いてきた。劉備も、関羽《かんう》が曳いてきた馬に乗った。その姿は、呂布からよく見えているはずだ。

「夏侯淵」

曹操の声は、緊張で固《かた》かった。

「郭嘉、于禁もいいな。はじめるぞ」

曹操が片手をあげると、前にいた五千の騎馬隊が、小さくかたまりはじめた。

呂布は、本陣の動きを見ていた。

曹操が、乗馬した。間違いはない。劉備もそこにいる。

魚鱗の陣をとっていた歩兵が、二手に分かれ、方陣に組み直しはじめた。正面が、ぽっかりと開いた。馬で勝負を決める。曹操《そうそう》は、そう決断したようだ。呂布《りよふ》も、自軍の歩兵を後方に退《さ》げた。

「両翼に一万騎ずつ。正面に五千。正面の騎馬隊は、斜面を駈《か》け降《お》りながらぶつかってきます。ただの五千と見るわけにはいきません」

高順《こうじゅん》が言った。

「歩兵に、こちらを押し包む余裕《よゆう》を与える前に、本陣まで達することができるかどうかです」

張遼《ちょうりょう》が言い、呂布は頷《うなず》いた。厳《きび》しいが、やってやれないことはない、と呂布は思った。鍛《きた》えあげた騎馬隊なのだ。馬の勝負に持ちこめたところを、逃すべきではなかった。

「正面の騎馬隊は、われらが斜面に差しかかった時に、駈け降りてくるつもりだ。俺が、麾下《きか》と真中を突っ切る。両翼からの攻めは、なんとかかわして駈け抜けるのだ」

「殿、われらが駈けはじめると同時に、両翼の騎馬隊に歩兵を当てましょう。それで、うまく斜面まで駈け抜けられるかもしれません」

両翼二万の騎馬隊は、こちらが駈け抜けてしまえば、背後から攻めてくるかたちになる。それは、いとわなかった。後ろは、どうでもいいのだ。前にいる曹操の首。届く。届いてみせる。

魚鱗の陣が払われたあとは、ずっと、斜面まで土だった。広い。どれほどの大軍の布陣だったのか、その広さを見てよくわかる。

「突っ走るぞ、赤兎《せきと》。丘の上にいる男。あのひとりだけが敵だ。そこまで、渾身《こんしん》の力で駈けあがろうぞ」

呂布は、黒い方天戟《ほうてんげき》を横に構え、ゆっくりと前へ出た。麾下の兵がついてくる。騎馬隊がついてくる。方天戟を胸の高さにあげると、赤兎は駈けはじめた。両翼の、敵の騎馬隊はまだ動いていない。

呂布は、頭上に方天戟をかざし、穂先《ほさき》を曹操にむけた。叫ぶ。赤兎が、猛然と駈けはじめた。両翼の騎馬隊。動きはじめた。しかし、駈け抜けられる。

曹操の姿が、大きくなってきた。あと一里もない。

不意に、呂布はなにかおかしなものを感じた。赤兎も、それを感じとったようだ。なんなのか。駈けながら考えた。土。地面。そこが、おかしい。はっとして、呂布は片手をあげようとした。その瞬間、地面から槍《やり》が突き出してきた。十本。百本。

いや千本。槍の原野だった。赤兎《せきと》が、棹立《さおだ》ちになる。横をむいた。麾下《きか》の兵が、騎馬隊が、自らの勢いで槍に突き刺さっている。

「鉦《かね》を打て」

呂布《りよふ》は叫んだ。鉦を打つ者も、倒れたようだ。赤兎は、横に駈けている。地面から突き出した槍は全部同じ方向で、横に駈け、跳び越えれば、なんとか避けられる。

「退《ひ》け。全軍退けっ」

力のかぎり、呂布は叫んだ。敵の歩兵が、矢を放っていた。槍に突き立てられず、かろうじて踏み留《とど》まった者も、次々に矢で射落とされていた。

槍の原野をなんとか抜け、呂布は敵の歩兵の中に躍りこんだ。蹴散《けち》らしていく。麾下の兵が、十数名後ろについていた。

「退かせろ、全軍退かせろ」

方陣を組んでいた歩兵は、敵の騎馬に追い散らされている。その騎馬の中へ、呂布は駈けこみ、方天戟《ほうてんげき》を頭上で振り回した。馬を失った高順《こうじゆん》が、槍を突き出しながら走っていた。

敵の馬。ひとりを叩《たた》き落とし、馬だけ高順の方へやった。張遼《ちようりよう》は、なんとか馬を失わなかったようだ。

「退却《たいきやく》する。俺《おれ》と高順は下邳《かひ》。張遼は、なんとか小沛《しようはい》に辿《たど》り着け」

敵の中を駈け抜けた。遮《さえぎ》ってくる者は、方天戟で叩き落とした。馬の背にしがみつくようにして、前を駈ける者。胡郎《ころう》だった。

「遅れるな、胡郎」

追い抜きざまに、呂布は叫んだ。赤兎は駈け続ける。一度ふりむき、呂布は愕然《がくぜん》とした。ついてくる麾下が、二十騎に満たないのだ。全軍でも、三百騎ほどだった。全身を駈け回る憤怒《ふんぬ》を、呂布はなんとか押さえこんだ。赤兎が、駈ける。下邳の城門。呂布を見て、扉が開いた。

「弓手《きゆうしゆ》は城壁につけ。門は開けたままにして、味方を入れるのだ。闘える者は、すべて城壁に登れ」

赤兎を飛び降りると、呂布も矢を抱えて楼塔《ろうとう》に登った。味方の騎馬が、駈けこんでくる。時々、黒ずくめの麾下も混じっていた。敵の騎馬。呂布は、楼塔から射て、一矢でひとり馬から落とした。

「矢を運んでこい」

城壁の兵にむかって叫ぶ。次第に、戻ってくる味方が増えてきた。歩兵も、戻りはじめている。陽《ひ》が落ちかけていた。城門では、篝《かがり》が燃やされはじめる。戻ってきた兵を集め、高順《こうじゅん》が迎撃の態勢を作ったようだ。

近づこうとしてくる敵は、呂布《りよふ》が射落とした。城壁からも、矢は次々に射られている。どれほどの兵が戻ったのか。

完全に陽《ひ》が落ちると、敵の姿は消えた。同士討ちを警戒《けいかい》したようだ。それを待っていたように、続々と兵が戻ってきた。

「騎馬二千、歩兵一万五千が、戻っております」

「二千」

高順の報告を聞いて、呂布は再び愕然《がくぜん》とした。麾下《きか》の兵にいたっては、六十二騎しか戻っていなかった。

「呂布様、赤兎《せきと》が」

胡郎《ころう》が、泣きながら走ってきた。

赤兎が、傷を受けていた。右胸のところから、血を流している。尻《しり》に矢も突き立っていた。この傷で、赤兎は城まで駈け通してきたのか。

矢を抜くために、少し肉を切り開いた。でなければ、鏃《やじり》がひっかかる。胸の傷は、槍によるものだった。まだ、血は流れ続けている。

「耐《た》えられるな、赤兎。耐えてくれ」

鉄を、篝の火で赤く焼かせた。赤兎の首を抱き、それを傷に押しつける。肉の焼ける匂《にお》いがしたが、赤兎は首ひとつ動かさなかった。

掌《てのひら》に掬《すく》って、水を与えた。あまり飲もうとはしなかった。

館《やかた》の厩《うまや》へ連れていくと、赤兎は力尽きたように藁《わら》に横たわった。

「済まぬ」

首を抱いた。しばらく、そうしていた。

赤兎は、眠ったようだった。死んだのではないかと思ったが、息はしていた。

「さきほどから、陳宮《ちんきゅう》様が外でお待ちです。赤兎のそばには、私がついています」

「わかった」

呂布は腰をあげた。

陳宮は、籠城《ろうじょう》のための兵の配置を説明し、それでいいかと訊《き》いてきた。陣頭に立って、指揮を執《と》ったようだ。

「済まぬ、陳宮。まんまと、曹操《そうそう》に嵌《は》められた。兵も馬も、失った」

「高順殿から聞きました。曹操らしい、勝てばそれでよいという戦ぶりです。撤退《てったい》は、恥じることではありません」

「弁解はせぬ。俺は、兵たちの前で、自決しよう」

「なにを申されます」

「これだけ兵を失った俺が、生きていられると思うか？」

「殿。この戦は、曹操《そうそう》と殿の戦です。大将のどちらかが死んだ時が、勝敗が決する時。殿は、まだ生きておられるではありませんか」

「曹操は、どうでもよい。死んだ兵のことを、俺は言っている」

「死んだ兵も、最後に勝てば、喜びます。われらには、まだ小沛《しょうはい》と下邳《かひ》の城があるのです。特に、下邳の兵糧《ひょうろう》は尽《つ》きません。曹操の大軍の方が、先に干上《ひあ》がります。戦は、まだ続いているのですよ」

呂布《りょふ》は頷《うなず》いた。確かに、まだ戦は終っていない。自分か曹操が死んだ時が、この戦の終りなのだ。そして自分には、自決する資格《しかく》はない、と呂布は思った。

「よし、陳宮《ちんきゅう》。籠城の配置は、おまえが言った通りでいい。あとは、小沛との連絡をどうするかだ」

しかし、それを思いつく前に、結果は出ていた。小沛から早馬が来て、陳珪《ちんけい》、陳《ちん》登父子《とうおやこ》が曹操に寝返っていたというのだ。張遼《ちょうりょう》は、八千ほどの兵を率《ひき》いて、下邳《かひ》にむかってくるらしい。

曹操が、張遼を襲ったという知らせはなかった。早馬の二日後、疲れ切った張遼の軍を、呂布は下邳城に収容《しゆうよう》した。城に籠《こも》る人数を多くする。それで、兵糧が尽きるのを早める。そういう作戦だろう、と呂布は見た。陳宮は笑っていた。いまの人数だと、充分に二年分の兵糧はあるというのだ。

曹操の大軍が、ゆったりと下邳城を囲んだのは、張遼が戻った翌日だった。

6

長い籠城《ろうじよう》になりそうだった。

寝返った陳珪、陳登父子には、兵糧《ひようろう》は二十日分と教えてある、と陳宮は言った。それは当然、曹操の耳に入っている。籠城二十日を過ぎたころから、曹操はなにか攻勢をかけてくるだろう。

籠城五日目に、曹操の本陣が城門の前に移動してきた。およそ四百歩。そこに天蓋《てんがい》と台が作られ、椅子《いす》がいくつか置かれている。本営としている幕舎《ばくしや》はずっと後ろだったが、曹操は毎日そこまで歩いてきて、城を眺めているつもりらしい。

「殿、あれでございますな」

陳宮が言った。台の両脇《りようわき》に、十本ほどの槍《やり》が穂先を並べていた。横木をわたして十本は固定してあり、下にわたした丸太の穴に、石突《いしづ》きが突っこんである。縄で引くと、穂先の方だけが持ちあがる仕掛けだった。それを、原野一面に埋めてあった。そして騎馬隊が駈《か》けこんだ時、一斉に縄が引かれ、穂先の方が持ちあがって地面から斜めに突き出してきたのだ。

「考えたものだ」

「卑怯《ひきょう》とも、私には思えますが」

「いや、曹操《そうそう》は、俺《おれ》の騎馬隊をどうやって潰《つぶ》すか、知恵を絞《しぼ》ったのだ。ありとあらゆることを考え、あの道具を作り、調練《ちょうれん》を重ねた。歩兵が運んできた丸太など、俺を騙《だま》すものにすぎなかった。騙された俺の方が、愚《おろ》かなのだ。あの馬止めの柵《さく》は、以前虎牢関《ころうかん》で使われた。俺が破る方法を考えることぐらい、曹操は織《お》りこみ済《ず》みだったのだろう」

「殿を怒らせようと、あそこに並べているのでしょうね」

「自分の馬鹿さ加減を、嗤《わら》うだけだ、俺は」

城外には、曹操軍が充満《じゅうまん》していた。しかし、強引に攻めてこようとはしない。こちらも、守兵三万を編成し直して、常時一万が城壁についている。攻めれば、相当の犠牲《ぎせい》を覚悟しなければならないのだ。

「曹操が、来ました」

劉備《りゆうび》も、一緒だった。何人かの幕僚《ばくりよう》と、曹操は台に昇り、椅子に腰を降ろした。

「行きましょう、殿。そのうち酒を飲んだりしはじめるに決まっています」

呂布《りよふ》は頷《うなず》いた。

城壁を降りると、そのまま馬で館《やかた》に行った。厩《うまや》に、赤兎《せきと》がいる。赤兎はもう横たわらず立っていたが、傷口の具合はよくなかった。尻《しり》の矢傷はきれいに塞《ふさ》がったが、胸の傷は腫《は》れて熱を持っている。

胡郎《ころう》が、昼も夜もそばにいた。きのうあたりから、あまり食べなくなっている。

「このままだと、傷はもっと腫れます。どうすればいいのでしょうか？」

呂布が入っていくと、胡郎が立ちあがり、泣きながら言った。呂布も、どうすればいいかわからなかった。これまで、傷ついた馬は殺し、肉を食らっていたのだ。

赤兎が呂布を見る。

助けてくれと言っているようでもあり、早く殺してくれと訴《うった》えているようでもあった。

「傷が、なぜ腫れたのだろうか？」

「毒が入ったのです。そして、躰《からだ》の中で増えているのです」

胡郎《ころう》は、まだしゃくりあげている。

「おまえはいい。しばらく休め。今夜は、俺が赤兎《せきと》についている」

「でも」

「長くなるかもしれん。この籠城《ろうじょう》と同じようにな」

「このまま、赤兎が死んでしまうことはないのでしょうか？」

「ない」

言ったが、呂布《りょふ》の背筋に、冷たいものが走った。

「私は、城内を走り回って、薬を捜《さが》しました。傷の薬をいくつも塗《ぬ》ってみたのですが、効《き》きません。でも、馬の怪我《けが》を治せる人はいるのですよ。私は、見たことがあります」

「城内にいなければ、どうにもならん」

「そうですね」

「行け」

頭を下げ、胡郎は厩を出ていった。

赤兎と二人だけになった。呂布は、藁《わら》の上に腰を降ろした。痛むのか、赤兎は時々左脚を持ちあげている。

赤兎がこのまま死ぬかもしれない。胡郎が言った言葉が蘇《よみがえ》ってくる。そんなはずはない。何度も、自分に言い聞かせた。たかが槍ぐらいで、赤兎が死ぬか。尻の傷は、きれいに治っているのだ。

うとうととした。赤兎が前脚を動かすたびに、眼《め》を開いた。夜更《よふ》けに、呂布は立ちあがり、赤兎の首を抱いた。寒くなっていたのだ。赤兎の首は、暖かかった。胸の傷のところは、もっと熱い。

長い旅だったな。赤兎に語りかけた。二人で、思うさま原野を駈けた。おまえと、俺の戦《いくさ》だった。ほかの誰《だれ》のものでもなく、おまえと俺の闘いだった。

俺は、老いはじめたのかもしれない。そして、おまえはもう老いている。それでも、若いものに負けはしなかった。どんな馬より、速く駈けた。おまえを見ると、ほかの馬はみんな道をあけた。

それでも、疲れたのか、赤兎。無理に、俺はおまえを駈けさせ続けたのか。安息の時を、おまえにやることもなかったのか。

瑶《よう》が、はじめておまえを見た日のことを、思い出す。涙を流して、おまえに触れた。触れられることを、おまえはいやがらなかった。一度だけ、俺と瑶を乗せたことを、憶《おぼ》えているか。あの時、おまえは駈けたくても、瑶が心配で駈けられず、とぼとぼと、老いぼれのように歩いたものだ。そして翌日俺を乗せた時は、それこそ稲妻《いなずま》のように原野を駈け回った。俺が、ふり落とされるのではないかと思ったほどだった。

長い旅だったのだな、やはり。そしておまえは、あの戦場からこの城まで、傷ついたまま俺を乗せて走った。つらかったのか。それでも、俺を死なせまいとしたのか。

語り続けた。赤兎《せきと》が相手なら、いくらでも語ることはあった。

いつの間にか、夜が明けていた。

胡郎《ころう》が、呂布《りよふ》の朝食を運んできた。赤兎は飼葉《かいば》をあまり食わなかった。呂布の掌《てのひら》から、水も少しだけ飲んだ。

「私が代ります。殿。李姫《りき》様が心配されております」

「いや、いい」

それだけ言い、呂布はまた藁《わら》の上に腰を降ろした。赤兎が死ぬことがあるのか。それを考えると、胸が張り裂けそうになった。

「胡郎、赤兎を見ていろ」

呂布は、大声を出した。

それから従者《じゅうしゃ》を呼び、一番強力な弓と矢を捜して持ってくるように命じた。

すでに陽《ひ》は高くなっている。呂布は、城塔《じょうとう》に登っていった。台の上には、曹操《そうそう》と劉備《りゅうび》と、幕僚《ばくりょう》数人がいた。騎馬が、二千騎ほど台の両翼《りょうよく》に展開している。親衛隊だろう。指揮をしているのは、大きな男だ。

強弓が届けられた。

「ひとりでは、引けませんが」

言う従者を、呂布は追い払った。矢も、ひときわ長く、太い。

「曹操、聞えるか」

呂布は、肚《はら》の底から声を出した。

「よく聞えるぞ。降伏するのか、呂布？」

幕僚のひとりだった。

「曹操、貴様の後ろに置いてある鎧《よろい》を、俺がいまから矢で射抜いてやる」

「そこからか。見てみたいものだ」

四百歩。呂布は、弓を引きしぼった。祈る。祈りなどなんの役にも立たないと、瑶《よう》が死んだ時に思った。しかし、祈った。矢を放つ。曹操の横にあった鎧の胸に、それは突き立っていた。

しばらく静寂の時があり、不意に敵味方からどよめきが起きた。

「曹操《そうそう》、貴様を射殺《いころ》す気になれば、俺はできた。命をひとつ貸しだ。それを返して貰《もら》いたい」

「なにが、欲しい」

親衛隊が遮《さえぎ》ったが、それを押しのけるようにして、曹操の小柄な躰《からだ》が前へ出てきた。

「劉備《りゅうび》の部将に、成玄固《せいげんこ》という者がいる。呼んでくれ」

曹操が、劉備の方をふりむいた。

矢が鎧に突き立った時から、曹操の人間が変った。劉備は、矢が当たった驚きより、そちらの方に気を取られた。ゆったりとしていた表情がひきしまり、精悍《せいかん》になり、心の中のけものがいきなり顔を出したようだった。

「劉備殿、成玄固と言っている」

「私の、輜重《しちょう》隊の指揮をしている者です。袁術《えんじゅつ》との戦の折りに、片腕を失いましたので」

「呼んでくれ」

劉備は、関羽《かんう》が控《ひか》えている方に合図した。

しばらくして、成玄固が馬で駈けてきた。

「何事です、殿？」

馬を降りた成玄固が言う。

「呂布《りょふ》が、おまえを呼んでいる」

「えっ」

「行ってくれ、成玄固。城壁のそばまで行って、話を聞くのだ」

言ったのは、曹操だった。一礼し、ためらいも見せず、成玄固は馬に飛び乗った。

城壁から百歩ほどのところに、一騎で立った。

「成玄固、おまえは馬の傷を治せるか？」

城塔《じょうとう》から、呂布が言った。馬の傷、と曹操が呟《つぶや》いた。

「傷によります。矢傷などは、治してやったことがあります」

「赤兎が、槍で傷ついた。治せるか？」

「見てみなければ、なんとも言えません。ただ、私は馬の怪我はよく治します。殺すべき馬を、殺さずに済んだこともあります。烏《う》丸《がん》の者だけが使う、毒を消す薬も、持っています。私の腕の傷も、それで治しました」

成玄固《せいげんこ》は、懸命《けんめい》に喋《しゃべ》っていた。曹操《そうそう》は、じっと二人の会話に聞き入っている。

「ひとりで、この城に入ることができるか、成玄固?」

「赤兎《せきと》の傷を、見せてくださいますか、呂布《りょふ》様?」

「見て貰《もら》いたいのだ。いま城門を開けさせる。ひとりで来てくれ」

成玄固は、馬首を巡らすと、城門の前まで駈けた。橋が降ろされ、城門が開き、成玄固が城の中に消えた。

「赤兎馬《せきとば》が傷を負った。それを治すために、鎧を射て成玄固を呼んだ。そういうことになるな、劉備《りゅうび》殿」

「確かに」

「私を射ることができたのに?」

「呂布というのは、不思議な男です」

「私の命が、赤兎馬より下ということか。両軍の前で、呂布はそれを示したのか」

「あまり、お怒りになられますな、曹操殿。呂布は、われらに測《はか》り難いなにかを持っているのでしょう」

「怒ってはおらぬ。ただ、驚いた。あんな男がいるということにな」

「あの台は、危険でございますな。まさか、四百歩の距離に矢が届くとは」

成玄固は、その日も、翌日も、城から出てこなかった。

「呂布のやつ、なにを考えているのだ。曹操を射殺せたものを」

劉備の幕舎《ばくしゃ》で、張飛《ちょうひ》が吐き捨てるように言った。関羽《かんう》も張飛も、成玄固のことを心配していたが、口には出さなかった。

曹操は、物見台など取り払い、遠い幕舎を本営とした。十七万の大軍を擁《よう》しながら、奇策《きさく》で呂布に勝った。夏侯淵《かこうえん》をはじめとする三人の部将たちの、極秘の調練《ちょうれん》というのは、あの槍の扱《あつか》いだったのだ。

関羽や張飛の感じ方と違って、卑怯《ひきょう》だとは劉備は思わなかった。そこまでしてでも、曹操は勝たなければならなかったのだ。

三日目に、呂布が城塔に出てきた。

曹操と劉備は、馬を並べて五百歩の距離のところまで行った。なんとか、声は届く。曹操の前には、楯《たて》になるように十騎ばかりが出ていた。

「成玄固に、赤兎を預《あず》けたい」

「それは、おぬしが決めることだ」

曹操が叫んだ。

「赤兎を預けると、成玄固は劉備の輜重《しちょう》隊の指揮は執《と》れん。それを気にしている」

曹操《そうそう》が、劉備《りゅうび》を見た。

「輜重隊の指揮は、ほかの者でも執れる。赤兎《せきと》は、成玄固《せいげんこ》しか預かれぬのであろう。私が許すと言ったと、成玄固に伝えてくれ」

「恩に着る、劉備。もっとも、こんな状態では返しようもないがな。それから、赤兎の世話に子供がひとりついている。一緒に通してやってくれ。曹操、これで貴様との貸し借りはなしだ」

「待ってくれ」

曹操が駈け出した。追おうとした者を、手で払うようにして後ろに退《さ》げた。劉備だけが、そばについていた。

「降伏《こうふく》してくれ、呂布《りょふ》殿」

「降伏だと。笑わせるな」

「本気だ。降伏して、私とともに天下を目指そう。呂布殿が騎馬隊を率《ひき》い、私が歩兵を率いる。これで、天下に並ぶ者ない軍団ができる。頼む。天下平定ののちは、二州の主《あるじ》となって貰《もら》う」

「なりません」

劉備は小声で言った。

「呂布が、丁原《ていげん》と董卓《とうたく》という二人の主をどうしたか、思い出してくださいい、曹操殿」

「頼む、呂布殿。私に降伏してくれ」

曹操は、劉備の言うことを聞く気はないようだった。

「私と呂布殿が一体になれば」

「やめろ、曹操。男には、守らなければならないものがあるのだ」

「なんなのだ、それは？」

「誇り」

「おぬしの、誇りとは？」

「敗れざること」

それだけ言い、呂布は姿を消した。親衛隊が、素速く曹操を包みこんだ。小柄な曹操は、馬上でうつむいていた。

しばらくして城門が開き、三頭の馬がゆっくりと出てきた。ひときわ大きな馬体の赤兎にだけ、誰も乗っていなかった。

成玄固は、曹操に挨拶《あいさつ》をし、劉備の幕舎《ばくしゃ》の前まで来た。赤兎は、喪章のように、白い布を胸に当てている。

「傷の中が、膿《う》んでおりました。切り開き、膿《うみ》を出し、傷口を縫《ぬ》い合わせました。傷は、もう大丈夫だろうと思います」

「そうか。赤兎《せきと》はもとのように走れるのか?」

「いずれは。海西《かいせい》まで、のんびり歩いていきます。馬は、動きながら傷を治《なお》した方がいいのです。海西で完全に治したら、白狼山《はくろうさん》へ行きます。馬を飼っている洪紀《こうき》の、手伝いをしようと思います。赤兎の子を、殿にお届けいたしますよ」

「呂布《りよふ》殿に、返すのではないのか?」

「いいえ、呂布様は、赤兎と別れをなさいました」

不意に、城から一緒に出てきた若者が、声を放って泣きはじめた。

「男らしい、別れでございました」

「そうか」

呂布は死ぬつもりか、と劉備《りゆうび》は思った。

「殿のもとで、戦がなにかもずいぶんと学びました。白狼山へ行ったら、烏丸《うがん》の若者を集めて、自分たちの馬は自分たちの手で守るようにしようと思います。殿のお側《そば》にいたい気持もあるのですが、男とは、こんなふうに別れるものだ、と呂布様を見ていて思いました。特に、お別れの言葉も申し述べません。ただ、殿のお側にい

いた。

られてよかった、といま思っております」

張飛《ちょうひ》が、声をあげて泣きはじめた。関羽《かんう》は、しきりに遠くを見るような眼をして

曹操《そうそう》は、幕舎にひとりでいることが多くなった。

下邳《かひ》を攻めきれない。つまり、まともに攻囲をしていればだ。兵糧は二十日で尽きると陳登《ちんとう》は言ったが、陳宮《ちんきゅう》はしっかりと、別のところに兵糧を蓄《たくわ》えていたようだ。ひと月攻囲しても、兵糧が乏《とぼ》しくなった気配はどこにもなかった。こちらの方が、兵糧は欠乏《けつぼう》してきている。

城内に、五錮《ごこ》の者を入れてあった。

陳宮、高順《こうじゅん》、張遼《ちょうりょう》は徹底抗戦《てっていこうせん》の意志が固いが、投降したがっている者も少なくない。

赤兎を外に出してから、曹操は毎日待っていたが、呂布は城塔に姿を現わさなかった。

袁紹《えんしょう》の、公孫瓚《こうそんさん》攻撃が激しくなっていた。やがて、易城《えきじょう》は落ちるだろう。袁紹の主力は、再び鄴《ぎょう》へ戻る。その前に、なんとしても下邳は落とさなければならなかった。

自分は勝っているのか。それとも負けているのか。曹操《そうそう》が考え続けていることは、それだった。かたちでは、勝っている。当たり前だ。十七万の大軍を率《ひき》いてきたのである。

しかし、どこかで、はじめから呂布《りよふ》に負けていた。そういう思いは、はじめての経験だった。たとえ負《ま》け戦《いくさ》でも、そんな思いに包まれたことはない。

呂布に投降を呼びかけてから、二十日近くが過ぎた。幕僚《ばくりよう》の進言で、川の水を引いて城に流しこんだ。それでも、城内にはそれほど大きな影響を与えなかったようだ。

そろそろ、潮時か、と曹操は思った。

ここは、かたちとして勝つしかないのである。

「はじめてみよ」

五錮《ごこ》の者を呼んで、命じた。

城内で、投降したがっている人間とは、すでに話は通じてあった。陳宮《ちんきゆう》、高順《こうじゆん》、張遼《ちようりよう》のいずれかを捕えて、城を出てくるのが投降の条件である。

「明日の朝に」

五錮の者は、そう答えて姿を消した。

翌朝、曹操は劉備《りゅうび》を連れて、城門から二里（約八百メートル）ほどのところへ行った。攻囲の構《かま》えは変っていない。ただ、城門付近に、騎馬隊の精鋭を集めてあった。

　城門が、不意に開いた。陳宮と高順が、馬に縛りつけられている。出てきたのは、騎馬が三百、歩兵が四千というところだ。

　城門は開いたままになっていて、しばらくすると、黒ずくめの騎馬隊が駈け出してきた。呂布である。こうなることを、曹操ははじめから予想していたような気がした。『呂』の旗も掲《かか》げている。

「いけません、殿。城内にお戻りください」

　馬に縛りつけられたまま、陳宮が叫びはじめた。

「城内には、まだ三万近い兵がいます。兵糧も充分にあります。曹操軍は、もう干《ひ》上《あ》がっているのですぞ」

「曹操」

　呂布の声がした。

「陳宮を、見捨てるわけにはいかん。返して貰《もら》うぞ」

　黒ずくめの騎馬隊。四十騎ほどである。駈けはじめた。見事な馬の動きで、やはり一頭のけもののように見えた。

曹操《そうそう》は、片手をあげた。三百の騎馬。四十騎を、押し包もうとする。巧みにそれをかわしながら、呂布《りょふ》は降兵たちに追いつこうとしていた。もう三百。横から衝《つ》いた。騎馬隊は方向を変えようとしたが、最初の三百がそれを遮《さえぎ》っていた。ぶつかった。血が、雨のように両軍の頭上に降りかかった。突き落とされ、首を飛ばされ、躰《からだ》ごと宙に舞いあがり、見る間に地面が屍体《したい》で埋まった。

押し包んでいた六百は、たじろいで退《ひ》きはじめた。七、八十は討《う》たれただろう。呂布の騎馬隊は、三騎しか減っていない。

「怯《ひる》むな」

新手《あらて》を出した。呂布の方天戟《ほうてんげき》が舞った。首が飛ぶ。血が降りかかる。駈けながら遣《つか》う呂布の方天戟の前で、まともに馬に乗っていられる者はいなかった。

騎馬隊は三十騎ほどに減ったが、呂布はほんとうに降兵たちに追いつきそうだった。

「弓を使え。射落とせ」

数百、数千の矢が、一斉に放たれた。六人七人と、馬から落ちていった。

「曹操」

呂布が叫んだ。方天戟が、曹操にむいていた。のどもとに突きつけられたような気がした。思わず、首が竦《すく》んだ。

もう一度、曹操、と叫び、呂布がこちらにむかって駈けてきた。躰には、数本の矢が突き立っている。それでも、ほとんどの矢を、呂布は方天戟で叩《たた》き落としていた。

来る。曹操は、本気でそう思った。呂布は決して死なない、という気がしてくる。背をむけて逃げ出そうとする気持を、曹操は必死に押さえた。

不意に、呂布の躰が宙に舞った。馬が射られて倒れたのだ。地面を転がり、立ちあがった呂布の躰に、矢が何本も吸いこまれていった。

7

海の魚。

成玄固《せいげんこ》は、いつかそれが好きになっていた。しかし、胡郎《ころう》のようにうまくは食えなかった。どうしても、骨に身が残ってしまう。

焚火《たきび》で、獲《と》った魚をあぶっていた。すでにところどころ黒く焦げ、いい匂《にお》いをあげはじめていた。

「白狼山《はくろうさん》は、冬は寒い。躰《からだ》が凍《こご》える。地も凍っている。夏の間に蓄えた秣《まぐさ》を、冬には与えるのだ」

「草も、生えないのですか？」

「生えている場所もある。時には、そこへ連れていって草を食わせる。しかし夏に蓄えた秣は、熱を持って腐ったようになり、やがて草ではないもののようになる」

「それが、馬を強くするのですね」

「不思議なことにな。北の馬がいいと言われるのは、それがあると私は思う」

赤兎《せきと》は、ほとんど回復していた。傷は残っているが、縫《ぬ》い合わせた糸も、もう抜いた。

気分によっては、赤兎は海辺を駈《か》ける。駈けはじめると、成玄固《せいげんこ》の馬でも追いつけなかった。

「洪紀《こうき》という方は？」

こんな話をするようになったのも、赤兎が回復してからだった。

「鍛冶屋《かじや》の娘を、嫁に貰《もら》って、いま息子が二人いる。馬を三千頭ほど飼い、毎年一千頭は売っている」

「大きな商人なのですね」

「いや、馬飼《うまか》いだ。本人は、そう言う。いつも、馬と一緒に暮していたいという男なのだ。三千頭を三万頭にし、一万頭を売るという夢を持っている。いつかは、実現するのではないか、と私は思っているよ」

魚が焼けたので、食いはじめた。

「劉備《りゆうび》様という大将は、呂布《りよふ》様とはずいぶん違いました」

「そうでもない。似たところがある、と私は思っている」

「どこがですか？」

「どこかがだ」

「それではわかりません、成玄固様」

「感じているだけで、うまくは言えないのだ。似ている、と何度か思ったものさ」

「呂布様ほどの大将ではないのでしょう？」

「大将になる方は、どのお方がどうと、較《くら》べられはしない」

「そうでしょうか。呂布様は、とても強い人ですよ」

「私の友だった、関羽《かんう》や張飛《ちようひ》も、とても強い。しかし、劉備様の家来なのだ」

魚は、湯気をあげている。白い身の魚で、ほんのちょっとの岩塩で食うと、やめられなくなるほどうまい。胡郎《ころう》は、よくこの魚を獲《と》ってきた。成玄固《せいげんこ》も試みてはいるが、まだ一尾《び》も獲ってはいなかった。

「片腕をなくした時は、激しい戦《いくさ》だったのですか？」

「いや、つらい戦だった」

「どう違うのです？」

「おまえは、難しいことばかり訊《き》くな」

「痛かったのでしょう？」

「傷を負った時は、わからなかった。そういうものなのだ。切り落とした時は、気を失うほど痛かったがな」

「いやですね、戦は」

「まったくだ」

「それでも、成玄固様は、軍人だった」

「闘わなければならない時があると、劉備《りゅうび》様に教えられたのでな。これからも、そういう時は片腕でも闘うつもりだ」

「どういう時に、人は闘わなければならないのですか？」

「また難しいことを訊く。そういうことは、白狼山《はくろうさん》に行ってから、洪紀《こうき》に訊くといい。馬飼いのくせに、学問が好きで、劉備様に教えられた。だから洪紀は、いつも劉備様を先生と呼んでいる」

魚と、城郭《まち》で買ってきた少量の餅《もち》。めしは、それで充分だった。秣《まぐさ》だけは、不足しないように買ってある。

「ところで胡郎は、馬の世話をしているところを、呂布《りよふ》様に拾《ひろ》われたと言っていたな」

「海西《かいせい》の城郭の、兵隊の馬です。秣をやり、糞《ふん》を片づけ、躰《からだ》を拭《ふ》いてやる。それで、めしにありつけたのです。馬は好きだから、苦になりませんでした」

「両親は？」

「わかりません。父は兵隊に行って、母はいなくなりました」

陽《ひ》が落ちてきた。

成玄固と胡郎は、三頭の馬の世話をし、海辺に建てた小さな小屋に入った。

海西に来てから、よく眠れるようになった。成玄固は、そう思った。思った時は、もう半分眠りに落ちていた。

翌朝、胡郎が魚を獲りに行っている間、成玄固は赤兎《せきと》と波打際を歩いた。

傷を受けた馬は、心になにか残っている。こうやって一緒に歩いて、それがなにかを見つけ、癒《いや》してやることが大事なのだ。

赤兎《せきと》は、雄々《おお》しかった。心の傷など、決して成玄固《せいげんこ》には見せなかった。それでも、呂布《りよふ》と別れた傷はあるはずだ。

だから、語りかける。海の話をする。白狼山《はくろうさん》の話もする。話の中に、呂布のことを入れる。そういう時、赤兎は必ず首を振った。

「いい馬だ、おまえは。私が知っているかぎり、おまえと較べられる馬はいないな」

いつものように、成玄固は赤兎に語りかけた。

「白狼山に行ったら、ほかの馬たちがおまえを見て、どうするか愉《たの》しみだ。雌馬《めす》は寄ってくるぞ。間違いない」

いくらか風があるが、波は穏《おだ》やかだった。遠くに、胡郎《ころう》の姿があり、手を振っているようだった。なくした方の手を振ろうとして、成玄固は苦笑した。

不意に、赤兎が立ち止まった。どうしたのかとふり返った時、赤兎は前脚をあげて棹立《さおだ》ちになった。それから、海の中に駈けこんでいった。

「赤兎」

慌《あわ》てて、成玄固は赤兎を追った。赤兎は、沖へ沖へと進んでいく。すぐに深くなった。腹のあたりになり、胸の深さになった。躰《からだ》が浮いて、進みにくい。

「赤兎、赤兎」

成玄固は、叫びながら進んだ。背が立たなくなった。水をしたたか飲んだ時、成玄固は自分が泳げないことにようやく気づいた。もう、爪先《つまさき》はまったく海底の砂に触れなかった。もがいた。一度海面に顔が出たが、うまく息は吸えなかった。

なにかが手に触れ、必死でそれにしがみついた。成玄固の右手が握っていたのは、赤兎のたてがみだった。

岸の方にむかって、赤兎は戻る。やがて、足の先が底に着き、胸の深さになり、腹のあたりになった。成玄固は、何度も大きく息をついた。

赤兎は、じっとしていた。

「そうか。呂布様が死なれたのか」

赤兎は動かない。溢《あふ》れ出てきた涙を、成玄固はまた失った左手で拭《ぬぐ》おうとした。

「英雄だった。おまえが馬の中の英雄であるように、呂布様は人の中の英雄だった」

赤兎の首を、右手で抱いた。赤兎はじっとしていた。

成玄固は、波の音と自分の嗚咽《おえつ》を、一緒に聞いていた。

滅びし者遠く

1

あと一歩のところまで、追いつめていた。

易城《えきじょう》は、堅牢《けんろう》というより、執拗《しつよう》な防備をした城だった。ひとつひとつの防備はそれほどでなくても、二十、三十とそれが城を取り囲んでいるのだ。

どんな防備でも、無理に破ろうとすれば、必ず犠牲《ぎせい》が出る。袁紹《えんしょう》は、薄衣《うすぎぬ》を剝《は》がすように、それをひとつひとつ時をかけて除《のぞ》いていった。

攻城戦とは、こういうものである。一時は幽《ゆう》州全土に勢力をのばしていた公孫瓚《こうそんさん》も、いまは易城という、狭い場所に押し込められ、最後のあがきを見せている。公孫瓚につこうという勢力は、幽州にはもうないのである。

何度も、降伏《こうふく》の勧告《かんこく》はした。助命《じょめい》し、北平《ほくへい》郡の太守《たいしゅ》のままで置く、とも伝えた。

公孫瓚は、こちらの言うことを信用していない。

無論、袁紹も助命すると言うだけで、公孫瓚を生かしておこうとは思わなかった。一族郎党は、鏖《なぶ》り殺しにしてもあき足らない。

公孫瓚が、意地を張らずに自分に従《したが》ってさえいれば、河北《かほく》はたやすく押さえることができた。曹操《そうそう》をこれほど大きくすることもなかったし、弟の袁術《えんじゅつ》を増長させることもなかった。

幽州に公孫瓚がいたがゆえに、自分の覇業《はぎょう》は大きく滞《とどこお》ることになった。

公孫瓚は、いま黒山《こくざん》の賊徒《ぞくと》、張燕《ちょうえん》の救援《きゅうえん》を仰ごうとしている。并《へい》州黒山の賊徒も、袁紹が長年抱えた宿痾《しゅくあ》のようなものだった。

この二人は、以前から秘《ひそ》かに連携《れんけい》しているのだ。袁紹が公孫瓚を攻めると、黒山から出てきた張燕が冀《き》州を荒らし回る。張燕を押し潰《つぶ》そうとすると、山伝いに幽州へ逃亡する。両方を押さえておくために、兵力のかなりの部分を割《さ》かなければならず、袁紹は何度も歯《は》噛《が》みしたものだった。

曹操が、徐《じょ》州の呂布《りょふ》を討《う》った、という知らせは入っていた。曹操が中原《ちゅうげん》に力を持つと、厄介《やっかい》なことになる。徐州を領地に加えたというのは、そうなりつつあるということだった。

ただ、自分が敷《し》いた戦略は絶対なはずだ、と袁紹《えんしょう》は思っていた。

荊州《けいしゅう》の劉表《りゅうひょう》との同盟は、長く袁術《えんじゅつ》を牽制《けんせい》し続けてきたし、いまはそれが曹操《そうそう》に対する同盟になっている。劉表は、自分の領地を守るためなら動くが、それ以上はあまり積極的には動かない。それで、張繡《ちょうしゅう》を籠絡《ろうらく》してあった。張繡が荊州の北に拠《よ》って劉表の後援《こうえん》を受けながら、曹操と対峙《たいじ》する。これはなかなかうまく運んで、一時は曹操を討ち取る寸前までいったし、その後も、曹操の兵力をかなりの期間引きつけた。去年曹操に破られてから、劉表が怯《おび》えて兵を出さなくなったが、いまは大人《おとな》しくさせていていい。曹操と対峙した時、背後を衝《つ》く大事な勢力なのだ。

江東《こうとう》の孫策《そんさく》とも、時々使者のやり取りをしていた。孫策は劉表を父の仇《あだ》としていて、直接の同盟は袁紹も結びにくかった。ただ、曹操に対して、南から圧力をかける存在にはできるかもしれない。なにしろ、まだ若く、世間の厳《きび》しさは知らない。そういう人間の心を動かす方法を、袁紹はいくつも知っているつもりだった。

長安《ちょうあん》にいる董卓《とうたく》の遺臣《いしん》では、張繡だけを拾《ひろ》いあげたという恰好《かっこう》だった。もともと叔父《おじ》の張済《ちょうせい》を拾いあげたのだが、送りこんだ間者《かんじゃ》が張繡の方がましだと言ってきたので、張済は始末《しまつ》させた。あまり使えそうもない遺臣は、暗殺させた。それで、長安はしばらく混乱が続くだろう。

涼州《りょう》までは手が回らないが、漢中《かんちゅう》の五斗《ごと》米道《べいどう》の教祖には、一応の親書《しんしょ》は送ってある。宗教を認めるつもりはないが、統一までの方便《ほうべん》である。五斗米道が強くなれば、いずれ益州《えき》の劉璋《りゅうしょう》が助けを求めてくる。その時、益州は漢中ごと取ればいいのだ。はじめ冀州《き》に拠った自分の戦略は、公孫瓚《こうそんさん》の抵抗を除けば、間違いはなかったと言っていい。その公孫瓚も、いま潰《つぶ》れようとしている。

これほど大きくなった自分に、曹操は対抗《たいこう》してこようとするだろうか。耕地も広く、人も多い冀州を制し、さらに三州を加えている自分に、ほんとうに曹操は対抗してくるのか。同盟ひとつをとっても、曹操と組もうという者は皆無《かいむ》と言ってもいい。

それでも、曹操はやるだろう。若いころから、そういう男だった。宦官《かんがん》をひどく嫌っていたが、それは宦官の家系に生まれた裏返しの感情で、袁紹に対してもまた、名門へのどうにもならない嫉《そね》みがあり、同じように屈折《くっせつ》した感情を抱いている。それが、袁紹にはよく見えた。

滅びたければ滅びよ。曹操に対しては、いまはそういう感情しか残っていない。最も血が流れることが少ない方法。曹操の暗殺だったが、これはうまくいっていない。袁術や公孫瓚でさえ、うまくいかなかったのだ。せいぜい、董卓の遺臣の田舎者《いなかもの》の将軍たちに通じる程度の方法だった。

幽《ゆう》州を制したら、すぐに曹操《そうそう》との対峙になるだろう。曹操は、連戦につぐ連戦で、疲れきっているはずだ。曹操自身は気づかなくても、領地の体力は確実に落ちている。これだけの大きな対峙になると、領地の体力の勝負と言ってよかった。

公孫瓚《こうそんさん》との戦《いくさ》でも、自分は兵力を損耗《そんもう》せず、時がかかるのを耐《た》えてやってきた、と袁紹《えんしょう》は思った。謀略《ぼうりゃく》にも、時をかけた。その忍耐が、領地には体力をつけている。

攻囲《こうい》の指揮《しき》は、文醜《ぶんしゅう》に任せてあった。やることと、その結果を報告に来るだけである。

穴を掘ったり、水を入れたり、火で攻めたりして、文醜はほとんど易城《えきじょう》を裸同然にしていた。かつては百以上もあった櫓《やぐら》や、何重にも張りめぐらされた土堤《どて》も、いまはほとんど姿を消し、最後の櫓が二つ見えるだけである。ひときわ高い土堤が残っていて、その中に公孫瓚と家族と、五千ほどの兵がいる。

鄴《ぎょう》の固めは、顔良《がんりょう》に任せてきた。攻囲の軍が十五万。鄴をはじめ領地の守備に十五万。実に三十万の兵を擁《よう》するほどになった。

「お呼びでございましたか？」

声をかけて、田豊《でんほう》が入ってきた。本営には幕舎《ばくしゃ》が二つあって、奥の幕舎に入れる者はかぎられている。田豊のような文官だけでなく、側室も四人伴《ともな》って、身のまわりの世話をさせていた。

「幽州を取ったあとの話だが」

「それぞれの郡の太守《たいしゅ》は誰《だれ》がよいか、すでに考えて、申しあげる準備はできております」

「それは、あとで書いて届けよ」

「州牧《しゅうぼく》（長官）は？」

文醜がいいと田豊は以前から言ってきていた。烏丸《うがん》などと国境を接し、紛争の場合は騎馬戦になることが多くなる。そういう指揮ができる者ということで、文醜の名が出てくるのだろう。

袁紹は、息子のひとりを州牧に当てるつもりだった。息子たちが、それぞれ州を領するのは、内紛《ないふん》のもとだと反対する家臣が多かった。後継は息子ひとりに決めた方がいい、というのだ。

河北《かほく》四州を領《りょう》するだけなら、それでいい。中原《ちゅうげん》から南も制《せい》する。そして、西も制する。その時までには、領内は身内で固めておきたかった。

「袁熙《えんき》に決めてある」

長子の袁譚《えんたん》は青州《せい》である。次男は、やはり幽州《ゆう》だろう。そして三男袁尚《えんしょう》を冀州《き》。兄弟三人で競《きそ》わせ、その力量《りきりよう》を見きわめて、後継《こうけい》を決めればいい。

「わしの話は、幽州の民政がどれほどで整《ととの》うか、ということだ」

「まず、半年」

「派遣《はけん》する文官を、二倍に増やせ。三月《みつき》で整えるのだ」

「役人が二倍いれば、期間が半分で済《す》むというものではありませんぞ、殿」

「わかっている。だが文官どもも、時には無理押しをしなければならぬことがあるのだ。戦で、部将が命を賭《か》けるようにな」

「わかりました。しかし」

「曹操《そうそう》に兵を出す。できるだけ早い時期にだ。時をかけなければならないものと、時をかけてはならぬものがある。いまの曹操には、これ以上時をやってはならぬ」

「なるほど」

「徐州《じょ》が、いくらか乱れてくれればいいのだが」

「方法がない、とは思いません」

「ほう、どのような？」

「徐州は、もともと劉備《りゅうび》が陶謙《とうけん》から譲《ゆず》られたもの。ところが曹操は、劉備を助けて呂布《りょふ》を倒しながら、劉備に徐州を返さず、車冑《しゃちゅう》という者を置いています。劉備は許都《きょと》に連れていかれ、まるで廷臣《ていしん》のような生活を強《し》いられているとか。まず、劉備をひそかに抱きこんでおきます。機会を見て、徐州を取れと。私が調べたかぎりでは、劉備の方が車冑などより徐州ではずっと人望が高いのです。殿が南に兵をむけられ、曹操が動けなくなれば、劉備にとっては不可能なことではありません」

「徐州を劉備に戻すか。もともと呂布に奪われていただけで、徐州は劉備のものと言ってもいい。大義名分《たいぎめいぶん》はあるな」

「徐州に関して、曹操は私利私欲に走っている、という非難は成り立ちます」

「よし、劉備の抱きこみはやっておけ。許都に送る間者《かんじゃ》の数は、もっと増やした方がよいな」

「それこそ、二倍にした方がいいような気がします。曹操は帝《みかど》を擁《よう》し、その権威《けんい》をわがもののように利用しておりますが、それに反撥《はんぱつ》する者たちも多いのです」

もはや、帝を擁する時代ではない。それは、董卓《とうたく》の時に終ったのだ。いまは、力のある者が、力でものを言う時代だった。

「ところで田豊《でんほう》。幽州からどれほどの兵を集められる？」

「鄴《ぎょう》に動かせる兵となれば、最大で十万でございましょう」

「少ないな」

「欲張られてはなりません。曹操とむかい合った時は、三十万は出せます。それに対し、曹操は十万。徐州には十七万を率いていきましたが、それは殿が北に兵をむけられ、重石がなくなっていたからです。殿とむかい合うとなると、曹操は南も西も心配でありましょうし」

「わかった。十万と思っておこう。民政が整わなければ、その十万も出せなくなるぞ、田豊」

「殿が、すぐに曹操を降そうと思われているのなら、われらも身命を賭してでも、十万の兵を幽州から出せるようにいたします」

田豊が退がった。

次に呼んであるのは、文醜だった。毎日の報告である。

「城中の五千は、決死の兵となっております。斬り合い、突き合いは避け、なんとか土堤にとりついて、弓を使おうと思います」

「決死の兵となったか」

「ここまで抵抗いたしましたので、投降しても助からぬと思っているのでしょう。公孫瓚が、そう言い聞かせていると思います」

「こちらの宣伝も、通じぬな」

「心を支配されている、と私は見ています。こちらがなにか言えば言うだけ、疑《うたが》ってかかるのです。城を落としたら、殺すしかありますまい」

「文醜。わしはそろそろ決めたい」

「ならば明日、土堤に櫓《やぐら》を寄せます。土堤より高い櫓を、十ばかり用意しておりますので。弓手は十名ほどしか乗れませんが、梯子《はしご》をかける場所に矢を集中させます」

「力攻めになるな」

「殿が、お決めになりたいのであれば。私が申しあげた方法なら、最少の犠牲で済むはずです」

兵を死なせるのを、躊躇《ちゅうちょ》したことはない。流民《るみん》などが兵になってきたら、死に兵として組織する。囮《おとり》などで、文字通り死なせるための兵である。

袁紹《えんしょう》は、力押しが好きではなかった。野蛮《やばん》な戦術だ、と思えてならないのである。速《すみ》やかに兵が動き、敵の戦意を奪《うば》い、降伏《こうふく》させる。そういう鮮《あざ》やかな勝ち方をすべきだった。戦のやり方は、民が見ているのだ。

「明日、やれ、文醜。できれば公孫瓚だけは捕《と》えよ」

「できれば、でよろしいのですね？」

「まず、無理だろうとは思っている」

文醜《ぶんしゅう》が、頭を下げて出ていった。

易城《えきじょう》の攻囲も長くなった。袁紹《えんしょう》は、いささか倦《う》みはじめていた。

2

馬は使わず、小舟に乗った。

江東《こうとう》は、川の国である。方々に水路が通じていて、小舟があればどこへでも行ける。城郭《まち》も、大抵は川沿いに作られていた。川は集まって次第に大きくなり、やがて長江《ちょうこう》となる。

「俺《おれ》は、義理堅い男だろう？」

「まあな。気になってはいたのだが」

孫策《そんさく》と周瑜《しゅうゆ》の会話は、二人だけの時はかつての友人のものになる。周瑜は臣従《しんじゅう》したつもりだったが、孫策《そんさく》はそう扱《あつか》わなかった。

江東を平定して、寿春《じゅしゅん》には戻らないと決めたころのことだ。皖《かん》の城郭で、孫策と周瑜は二人の女を見た。見ただけで、二人ともうつろになり、しばらく言葉を交わさなかった。この世に、あんな女がいるのか、と周瑜は思った。同じことを思ったと、あとで孫策も言った。

一度、周瑜と孫策は、連れ立って女を見に行った。姉妹だということは、すぐにわかった。顔つきが似ていたというだけではない。どちらの方が美しいというのでもない。姉妹としか思えない雰囲気が、二人にはあった。それが、不思議に周瑜と孫策の心を動かした。

「俺は、青い着物を着た方だ」

孫策が囁《ささや》いた。黄色い着物の方だ、と周瑜は思っていた。周瑜と孫策は、義兄弟である。同年で、ひと月だけ周瑜が遅く生まれている。だから昔から孫策が兄であるが、お互いが気に入ったものなら奪《うば》い合いをしたこともある。

ただ、姉妹のどちらが上であるのか、二人ともわからなかった。事あるごとに語り合ったが、青と黄と言って区別するしかなかった。

皖は廬江《ろこう》郡であり、建業《けんぎょう》からは遠かった。

孫策はすぐに会稽《かいけい》郡の攻略にとりかかり、それ以後、周瑜も皖に来る機会はなかった。

会稽《かいけい》も制し、江東《こうとう》に覇《は》を唱《とな》えると、孫策《そんさく》と周瑜《しゅうゆ》がすぐに二人でとりかかったことがある。建業《けんぎょう》から、揚《よう》州のずっと南西までの水路である。予章《よしょう》郡に兵を集め、やがては西隣の長沙《ちょうさ》郡を奪《と》るつもりでいた。長沙郡こそ、孫策の父の孫堅《そんけん》が拠《よ》って立った土地で、そこを手にしたいというのは、孫《そん》家の宿願でもあった。

巴丘《はきゅう》というところに、周瑜は広大な城を築き、建業と水路で繋《つな》いだ。それで、ほぼ揚州を縦断《じゅうだん》できる。

皖《かん》が、建業と巴丘の中間に当たる位置であったのも、因縁《いんねん》だと周瑜は思った。江東は平定されていたが、まだ小豪族《しょうごうぞく》が完全には従《したが》わず、孫策が建業から、周瑜が巴丘から、小豪族を平らげながらやってきたのである。

皖口《かんこう》で会おう、と孫策の書簡《しょかん》にはあった。

先に到着したのは孫策で、皖口に大きな城を作らせはじめていた。

江夏《こうか》郡を攻めなければならない。孫策がずっとそう思っていることを、周瑜はよく知っていた。江夏には、孫堅に直接手を下した黄祖《こうそ》がいる。孫家にとっては、長沙郡と江夏郡は、同じように重要だった。

江夏を攻める時は、皖口が兵站《へいたん》の基地になる。

皖口から皖まで百二十余里（約五十キロ）。馬でも舟でも、急げば半日の行程だった。

先に到着していた孫策が、一日皖に行って、あの姉妹のことを調べてきていた。皖の大商人の橋公《きょうこう》という者の娘で、二喬《にきょう》と呼ばれる評判の姉妹だった。ただ、父親がうるさい。五百ほどの私兵も抱えていて、姉妹に言い寄った男を、斬《き》り殺したこともあったという。

「さて、そろそろ皖だが、どうしたものか」

「なにがだ、孫策？」

「俺は、あの姉妹を遠くから眺《なが》めているだけでは足りぬのだ。嫁に欲しい」

周瑜も、同じことを考えていた。二十四になっている。女は知らないわけではないが、忙《いそが》し過ぎて妻帯のことなど考えられなかった。

「嫁か」

「俺もおまえも、そろそろ妻帯してもおかしくない。できれば、あれほどの美人を妻にしたいと思う」

「俺もだ、孫策。黄色の方」

「俺は青だ」

「それはよかった。ひとりの女を奪い合いたくはなかった。特におまえとは」

「急げ」

孫策《そんさく》は、水夫《かこ》を急《せ》き立てた。

「しかし、親父《おやじ》をどうするかだな」

「俺は、孫《そん》家の当主と重臣が、姉妹を嫁に貰《もら》いに来た、などというかたちはいやだな。孫郎《そんろう》（孫家の若君）と言えば、靡《なび》かぬ女はいないだろうが」

「孫家の名を使う気はない」

孫策が言った。

「しかし、おまえの方が女たちには騒《さわ》がれているぞ。周郎《しゅうろう》と呼ばれてな。美周郎などと言っている女もいるそうだ」

「馬鹿馬鹿しい」

「男として、あの姉妹の心を摑《つか》みたいものだ、周瑜」

「恋だの愛だのと、難しいことは言ってはおれぬ。中原《ちゅうげん》では、曹操《そうそう》が呂布《りょふ》を殺して徐《じょ》州を奪った。河北《かほく》では、いよいよ袁紹《えんしょう》が公孫瓚《こうそんさん》を追いつめたらしい。遊んでいたら、ああいう狸《たぬき》どもに足もとを掬《すく》われる」

「わかっているが、しかしどうすればいい？」

「攫《さら》おう」

「なんだと？」

「気持は、あとでわかって貰えばいい。とにかく、青と黄色を攫ってしまうのだ」

「ふうん。およそ真面目《まじめ》なおまえが、それを言うのか。昔なら、俺が言い出して、おまえが止めたところだ」

「止めるのか？」

「いや、乗るさ。俺は最初にそれを考えたが、到底《とうてい》おまえを引っ張りこめぬと思っていた。だから、いろいろと考えていたのだ」

「決まりだ。方法は、その場で考えるしかないだろう」

「よし、わかった。急げ」

孫策が、また水夫を急かせた。

皖《かん》の城郭《まち》は、穏《おだ》やかなものだった。このあたりは、盗賊が時々出るぐらいで、大きな戦《いくさ》に巻《ま》きこまれてはいないのだ。戦を逃れて北から流れてきた人間が、このあたりに居つくこともあるという。

橋公《きょうこう》の館《やかた》は、川のほとりにあった。しかし、高い壁で囲われている。船をつけられる場所が一カ所あるが、そこには見張りの兵士が三人いた。

「毎朝、市へ行くという話だ。ただ、五人ばかりの護衛《ごえい》がついているらしい。無理をしたら、怪我《けが》をさせかねん」

「まず、館から市まで歩いてみよう。おまえの方が、道は知っているな、孫策《そんさく》？」

「俺が、その道を確かめておかなかったとでも思うのか」

上陸した。地形を調べるという気持で歩いていることに、周瑜《しゅうゆ》は気づいた。まるで戦だ。館から市まで、一里半（約六百メートル）ある。その間、道が川に面しているところが二カ所。市が立つ時間は、舟の数も少なくないらしい。

「これは、俺たちだけでは難しいな。五人を相手にするぐらい、どうということもないが、青と黄色に怪我をさせかねん。どうする、周瑜？」

「人を、雇《やと》おう。夜、居酒屋にでも行けば、金を欲しがっている者たちがいるだろう」

「それかな」

決めてしまうと、周瑜も孫策も不意に皖《かん》という城郭《まち》が気になってきて、方々《ほうぼう》を歩き回った。私兵を抱えた商人が、かなりいるようだった。税の取り立てが、このあたりではまだうまくいっていない。

「一度、張昭《ちょうしょう》が流域の城郭を旅する必要があるな」

同じことを考えていたらしく、孫策がそう言った。

ならず者の扱《あつか》いは、孫策の方がずっと心得ていた。二人でいると、良家の子弟に見えるらしく、居酒屋では絡《から》んでくる者もいる。その中の数人を、外へ連れ出して打ちのめした。頭株《あたまかぶ》の者に金をやる。手馴《てな》れたものだった。

袁術《えんじゅつ》のもとで不遇《ふぐう》をかこっていた時、しばしば旅に出て、各地のならず者と知り合いになった、という話を孫策がしたことがある。江東《こうとう》に出る最初の戦では、その時に知り合った者たちが数千人も集まってきて、大きな力になったのだ。

どこか、大らかだった。それは、周瑜には真似《まね》のできないことでもあった。大将の器というものはある。しばしば、周瑜はそう思った。大将として担《かつ》ぐのに、孫策は不足がなかった。このままのびれば、天下が取れる。そう思わせるだけのものを、持っているのだ。

袁紹《えんしょう》や曹操《そうそう》や袁術と較《くら》べて、まだずっと若かった。それも、孫策の持っている大きな可能性である。

宿に入ると、孫策はすぐに眠った。周瑜は眠れない。明日のことを、あれこれと考えた。兵に追いつめられるということも、あるのではないのか。その時、孫策と周瑜だと名乗ったところで、信じて貰《もら》えるのか。

浅くまどろんでいるうちに、朝になった。

「行こうか」

気持よさそうに起きあがり、孫策《そんさく》はそう言った。

難しいことは、なにもないはずだった。昨夜のならず者たちは、十人ほどの仲間と集まっていて、孫策からひとりひとり金を渡された。昨夜の金は、挨拶《あいさつ》料のようなものだったらしい。

舟は岸に着けて、いつでも乗りこめるようにした。孫策は、喜々《きき》としていた。ならず者の頭と肩を並べて歩き、どちらの方向から、どういうふうに襲《おそ》い、どう逃げろとまで指示している。つまり戦なのだ、と周瑜《しゅうゆ》は思った。

以前から、孫策とは戦の話をよくした。土に図を描き、陣の取り方から兵の動かし方まで、敵味方に分れてやり合ったりしたものだ。図の上では、いつも周瑜が勝った。しかし、仲間を集めての戦遊びでは、なぜか負けてしまうのだった。周瑜は、いつも緊張《きんちょう》しすぎる。直前まで、あれこれと考えてしまう。

道に、人が多くなってきた。私兵に守られた、良家の夫人の買物も、めずらしくないようだ。それぞれ、二人とか三人とか、多い時は十人以上の護衛をつけている。

二喬《にきょう》が来た、とならず者のひとりが知らせてきた。周瑜の胸は高鳴ったが、孫策は様子を見にそちらへ歩いて行き、戻ってくるとひとりの肩を軽く叩《たた》いた。

それから先は、夢中だった。

五人の護衛に、十人のならず者が襲いかかる。しばらくの間は、護衛の方が押される。

「道は危ない。舟の方が安全です。こちらに移りなさい」

孫策が手を差しのべていた。周瑜も、反射的に同じことをした。周瑜が手をとって舟に乗せたのは、黄色の方だった。

当たり前だというように、孫策が舫《もや》いを解く。

「出せ」

舟が出た。護衛の五人は剣を抜き、それでならず者たちは逃げた。こちらに気づいた時、舟は岸からかなり離れていた。

姉妹は、その時になって、なにが起きたかわかったようだった。抱き合うようにして、ふるえはじめる。

「危険なことは、なにもない。心配しないで欲しい」

いつもとは違う、やさしげな声を、孫策は出していた。護衛の者たちが、舫って あった舟に乗り移って追ってきた。しかし、その間は離れるばかりだった。ありふれた小舟に見えるが、軍用の舟で、軍船間の伝令《でんれい》に使うものである。水夫《かこ》も、一番腕がいい者を選んであった。底の形状が尖《とが》った舟で、安定は悪いが速い。

3

孫策《そんさく》が手をついて謝《あやま》りはじめたのは、追ってくる舟が見えなくなってからだった。

「われら二人、こんな真似《まね》をしたのは、あなた方に魅《ひ》かれてどうにもならなかったからだ。ひと見目た時から、好きになった。この男など、夜も眠れぬと言っていた」

そんなことを、周瑜《しゅうゆ》は言ったことがなかった。孫策の喋《しゃべ》り方には、宥《なだ》めるような響きがある。言葉も、次々に出てくるようだ。

周瑜は、二人を見つめた。美しかった。黄色がどちらかも、すぐにわかった。

「御無礼《ごぶれい》を、いたしました」

孫策が喋り続けているのを遮《さえぎ》り、周瑜は言った。両手は、舟の底板についたままだ。

「やむにやまれなかった、という気持に嘘《うそ》はありません。きちんとした方法であなた方に会うのも、不可能ではありませんでした。しかし、こうしたかった。こうするのが、自分の気持に一番正直だと思ったのです」

二人は、なにも喋らなかった。表情は硬《かた》いままで、手を握り合っている。

「危険な目には、絶対にお遭《あ》わせしません。命を賭《か》けて、それはお約束します」

「どうなさるおつもりです、私たちを？」

はじめて、ひとりが口を開いた。

「妻に、妻にしたいのです」

「そんな」

「どちらが、どちらを？」

もうひとりが言う。

「私は、黄色を」

「俺《おれ》は青」

「え、黄色、青？」

「俺たちが、はじめてあなた方を見た時、着ていた着物の色なのだよ。名も知らぬ。黄色と青と、この三年、二人で呼び合っていた」

「三年？」

「あなた方を見たのは、三年前だった。皖《かん》の城郭《まち》で、護衛《ごえい》に守られて歩いていた。

俺とこの男は、義兄弟なのだ。あの時から、妻にする女と決めていた」

「私が十七で、小喬《しょうきょう》が十六の時」

いまは、二十歳と十九歳ということになる、と周瑜《しゅうゆ》はぼんやりと考えた。なんということをしてしまったのだ、という気分もこみあげはじめている。

「妻にするならするで、話の通し方はあったはずです」

「方法はあった、とさっきこの男も言った。しかし、こうしたかったのだ。これが、俺たちの思いだ」

「舟を、戻してください」

「それだけは、できない」

「身なりを見ただけでも、きちんとしたお家の方だろうと思います。今日のことは、なかったことにいたします。お話を、きちんと通してくだされば」

「はじめてしまったのだよ、もう。それに、あなた方の親父《おやじ》様は、大変にこわい人だと聞いた。なにも、家族から引き離そうというつもりはない。妻になってくれてから、きちんと挨拶《あいさつ》する」

孫策《そんさく》の言葉遣《づか》いは、砕《くだ》けたものになっている。周瑜は、まだ両手を底板についたままだった。

「妹が小喬殿で、姉上の方はなんと言われる？」

「大喬《だいきょう》」

「それで、二喬《にきょう》か」

「さきほどのお話です。こわいのですか、私たちの父が？」

「こわくはない」

叫ぶように、周瑜は言った。

「ただ、卑怯《ひきょう》なことになる。あなた方の父上にとってもそうだが、あなた方にとっても卑怯なことになる、と私は思った。だから、こういう方法を取ったのです」

「困った父ではあります」

喋っているのは、大喬の方だった。

「でも、こんな方法が、卑怯ではないのですか？」

「これ以外に、方法はなかったのです。男が女を好きになった。心の底からそれを表現するには、これしかなかったのです」

「悪い方ではないのですね」

小喬が口を開いた。

「きれいな眼《め》をしていらっしゃいます。きっと、悪い方ではないのだろうと思います」

「それでも、これは悪いことです。揚《よう》州も、昔のようではないのですよ。孫策《そんさく》様が治《おさ》められるようになり、盗賊などもずいぶん減《へ》ってきました。罪人は罰せられます。揚州でも、そうなってきているのです」

「そうよ、建業《けんぎょう》に孫策様がおられて、予章《よしょう》郡の巴丘《はきゅう》に周瑜《しゅうゆ》様がおられます。建業と巴丘が水路で結ばれ、皖《かん》はその真中《まんなか》にあります。もう、賊徒《ぞくと》のような真似《まね》など、許されないのですよ」

「孫策や周瑜など、どうでもいい」

孫策が叫ぶように言った。

「俺たちは、男としてあなた方に惚《ほ》れた。惚れた以上、命を賭《か》けて惚れ抜いてみせる」

周瑜は、底板についていた手をあげ、小喬《しょうきょう》を見つめた。

「私も、同じ気持です」

大喬《だいきょう》と小喬は、まだ手を握り合っていた。流れに乗っているので、舟は速い。

「ひとつ訊《き》きますが、私たちをどこへ連《つ》れていこうというのです」

「まず、皖口《かんこう》へ。それから、建業へ」

「そんなに、遠くへ」

小喬が言った。きれいな歯だ、と周瑜は思った。

「いけません。皖口にはいま、孫策様と周瑜様の軍勢が来ていて、城を築いているそうです。捕《とら》えられますよ。捕えられたら、お二人ともおしまいです。私たちは、助かりたくて言っているのではありません。お二人のことを心配しているのです」

「ならば、妻になることを、承知《しょうち》してくださるか？」

「それとこれとは」

「同じだ、と俺は思う。承知するかしないか。それだけのことなのだ。承知してくださるという方に、俺たちは賭けた」

二人は、黙っていた。

「承知してください。非《ひ》は謝《あやま》りますが、承知だけはしていただきたい」

「承知すれば、舟を返してくださいますか？」

「それは、できません」

「捕えられますよ」

「もしそうだとしても、私たちだけです。あなた方が捕えられることはありません」

それきり、大喬《だいきょう》も小喬《しょうきょう》もなにも喋らなくなった。孫策《そんさく》と周瑜《しゅうゆ》は、舳先《へさき》の方に座った。時々急流があり、飛沫《しぶき》が散る。それで大喬と小喬が濡《ぬ》れるのを、少しでも防《ふせ》いでやりたかった。

川の幅が広くなってきた。

陽《ひ》は出ているが、風は冷たい。もうしばらく、二人には我慢《がまん》して貰《もら》うしかなかった。

なんということをしてしまったのだ、という悔悟《かいご》の気分は、周瑜から消えていた。戦《いくさ》をしたのだ、と思った。男の夢を賭けた戦。舟底に這《は》いつくばる戦。それでも、戦だ。天下を取るのも、女の心を摑《つか》むのも、戦であることに変りはない。

孫策は、そういうことが、はじめから考えずにわかる男だった。だから、天下を取るために生まれてきた男なのだ。自分は、そばでそれを支《ささ》えればいいのだ、と周瑜は思った。

「おう、遠くに軍船が見えてきたな」

立ちあがり、孫策が言った。

「駄目《だめ》です。舟を返しなさい」

「妻になることを、承知してくださるか」

「捕えられますよ」

「返事になってはおりません」

周瑜が叫んだ。

「承知します。承知しますから」

小喬が言う。大喬も頷《うなず》いた。

周瑜と孫策は、顔を見合わせた。戦に勝ったのだ。周瑜はそう思った。勝利感というより、充足《じゅうそく》した思いの方が強かった。

「早く、早く舟を返してください」

「聞えないの。なにをしているの。承知すると言ったのですよ。捕えられたら、どうする気なのです」

哨戒《しょうかい》の小舟が近づいてきていた。

「駄目、もう駄目だわ」

「大丈夫。御心配には及びません」

言って、周瑜も立ちあがった。

哨戒の小舟には、十人ほどの兵が乗っていた。孫策と周瑜の姿を認めると、槍《やり》をかかげ、声をあげた。それだけで引き返していく小舟を、大喬も小喬もぼんやり見送っていた。

大きな軍船のそばを通った時も、甲板の兵たちはみんな直立して見送った。なにが起きているのか、二人にはわからない様子だった。兵が多いところへ来たので、緊張もしているのだろう。

小舟が、また近づいてきた。太史慈《たいしじ》が乗っている。小舟は、すぐそばまできて、並走《へいそう》をはじめた。太史慈が、にやにや笑っている。

「なにがおかしいのだ、太史慈？」

「いやこれは。お姿が見えぬと、従者《じゅうしゃ》たちが心配しておりましたが、女性《にょしょう》を連れて戻られるとは。しかも、周瑜《しゅうゆ》殿が御一緒ときている」

「つまらぬことを喜ぶな。太史慈、すぐに幕舎《ばくしゃ》をひとつ用意させよ。それから、皖《かん》の橋公《きょうこう》という者に使者《ししゃ》を立てよ。この姉妹は橋公の娘で、私と周瑜の妻になる」

「妻？」

「聞えぬのか。何度も言わせるな」

孫策《そんさく》が怒鳴《どな》りつけた。

「妻とはその、奥方様でございますか？」

「当たり前だ」

「大変だ。一大事だ、これは。殿だけでなく、周瑜殿まで」

太史慈の小舟が、走り去っていく。四挺櫓《ちょうろ》なので、ひどく速かった。

「済まぬ。はじめから名乗るというのは、避けたかった。俺は、孫策、字《あざな》は伯符《はくふ》という」

「私は、周瑜、字は公瑾《こうきん》」

「孫策様と」

「周瑜様」

「すぐには、得心《とくしん》がいくまいな。孫策も周瑜も、こんな若造なのだ」

「そして、愚《おろ》かなことも平気でやる。いや、私は平気ではなかったが」

「妻になる、と約束したことだけは、忘れてくれるなよ、二人とも」

孫策が、声をあげて笑った。

4

易城《えきじょう》が、ついに落ちた。

その知らせを、曹操《そうそう》は許都《きょと》で聞いた。

　これで、袁紹《えんしょう》への北からの圧力はなくなった。いずれ来ることだったが、今後袁紹軍は曹操《そうそう》を第一の敵とするだろう。曹操にとっては、巨大すぎるほどの敵である。

　それにしても、袁紹は長い歳月をかけて、兵を失わない戦《いくさ》を続け、幽《ゆう》州をものにした。自分にはできないことだ、と曹操は思った。自分なら、二年で幽州を奪《うば》った。兵の犠《ぎ》牲《せい》も大きいだろうが、増えた領土がすぐにそれを回復させる。

　どちらがいいとは言えなかった。曹操と袁紹の性格の違い、いや生き方の違いなのかもしれない。

「公孫瓚《こうそんさん》が、死んだ」

　館《やかた》の居室に劉備《りゅうび》を呼び、曹操は言った。

「そうですか」

「劉備殿とは、親しい間柄であったな」

「同じ盧植《ろしょく》門下で、若いころ洛陽《らくよう》で会ったことがあります。それが縁《えん》で、黄巾討伐《こうきんとうばつ》に義勇兵として加わっていた私を、客将として招《まね》いてくれたのです」

「白馬《はくば》将軍と呼ばれ、一時は勢いがあったが、ついに袁紹とは相容《あいい》れなかったな。あの二人が同盟していたらと思うと、背筋《せすじ》が寒くなる」

「公孫瓚殿は、同盟に適《てき》した方ではありませんでした」

「ほう、どこが？」

「我が強かった。あえて申せば、そういうことでございましょう」

「それで、劉備殿も別れたのか？」

「別れた、とも言いきれません。私を引きあげてくれた恩人ではありましたし、助けられるものなら助けたかった、と思っております。助けるには、私はあまりに小さ過ぎました」

「小さくても、その気になれば助けに行くものだ。要するに、公孫瓚は見捨てられる男だった。幽州でも次第《しだい》に孤立し、結局は易城《えきじょう》ひとつになった」

劉備は、あまり表情を動かさなかった。

徐州《じょ》を返されず、許都《きょと》に留《とど》められていることには、不満を持っているはずだ。しかし徐州は、曹操が自分の力で奪ったのである。人のために闘うほど、お人好《ひとよ》しではない。

劉備に自立の意志が見えなければ、徐州以外のどこかを任せてもいい、と曹操は考えていた。たとえば、予州《よ》汝南《じょなん》郡。まだ寿春《じゅしゅん》にいる袁術《えんじゅつ》を潰《つぶ》させるのもいいし、荊州《けい》南陽《なんよう》郡にいる張繍《ちょうしゅう》の押さえにもなる。軍人としての資質はあった。寡兵《かへい》で大きな勝ちを収《おさ》めたこともあるし、これまでの転戦を見ても、勝敗は別として、軍人としての大きな欠点は見えない。

いつも、気持にひっかかり続けてきた男だった。強い自立の意志がそうさせるのか、それとも別なものがあるのか。劉備《りゅうび》をそばに置いたいまも、曹操《そうそう》はそれを考え続けている。なぜ、徳の将軍と呼ばれるのか。なぜ、寡兵でいままで生き延びて来られたのか。

潰《つぶ》そうと思えば、片手でもひねり潰せる男だった。そう思っているだけで、ほんとうは潰れないのかもしれない、という気持もどこかにある。袁術《えんじゅつ》と闘った。あの呂布《りょふ》とさえ、闘ったのだ。それでも、潰れていない。

つまらぬ男と思ったら、臣下にするか潰すかする。たかが五千の、小豪族《しょうごうぞく》のようなものだが、そう思わせないなにかを、劉備は確かに持っている。

皇叔《こうしゅく》と呼ばれていた。帝《みかど》にである。

劉備が、中山靖王《ちゅうざんせいおう》の裔《すえ》であることを、廷臣《ていしん》の誰《だれ》かが言ったのだろう。徐《じょ》州から許《きょ》都《と》に帰還《きかん》した時、劉備だけが特別に帝に呼ばれた。廷臣が、どういう目に遭《あ》っても大事に抱え続けてきた系図には、確かに劉備の祖父の名まで記されていたという。父は仕官《しかん》していない。つまり、系図からも消えかかった家系だったのだ。それがまた、劉備の名で銘記《めいき》されることになった。帝の叔父《おじ》の扱《あつか》いである。

劉皇叔、と廷臣たちも呼ぶようになっている。帝も、一度会っただけで信頼《しんらい》を寄せるようになり、このところなにかあると、皇叔と言い出す始末《しまつ》だった。

帝を擁《よう》していると、有利なことはかなりあった。しかし、面倒な問題もいくつか出はじめている。帝を利用しているだけだ、という不満が廷臣の中に芽生《めば》えているのだ。廷臣だけならどうということもないが、武将を巻《ま》きこもうとする。皇叔という呼称《こしょう》も、劉備を巻きこむ廷臣の意図《いと》があったのだ、と曹操は考えていた。

その動きが大きくなると、逆賊《ぎゃくぞく》として自分を討とうと画策《かくさく》する者も出てくるだろう。外の敵で充分なのに、内側にも敵を抱えることになる。ただ、内側の敵は、羊が狼《おおかみ》の真似《まね》をするというだけのことだ。

帝を擁したのが間違いだった、とは曹操は考えていなかった。少なくとも、袁《えん》家のような声望が自分にはない。劉備さえ持っている、血筋というものもない。あるのは、宦官《かんがん》の家の出身という、蔑視《べっし》にも似たものだけである。そういう自分に、帝の存在は充分に役に立った。

「公孫瓚《こうそんさん》は、帝を思う気持を持っていたのだろうか、劉備殿？」

「お持ちでした。霊帝《れいてい》が崩御《ほうぎょ》された折り、慟哭《どうこく》されていたのを、この眼《め》で見ました」

「するとそういう思いがないのは、袁紹《えんしょう》だけか。かつて西園《せいえん》八校尉《こうい》（近衛《このえ》師団長）でありながら、長安《ちょうあん》から逃れて来られた帝に、なんの手も差しのべなかった」

「思いと、なにかをなすこととは、別でございましょう。私も、なにもしておりません。できませんでした。しかし、帝に対する思いは持っております」

「どのような？」

「帝は、国の中心です。民に敬《うやま》われるべき存在なのです。私も、敬っております」

「なぜ、帝だけが？」

「それは違うと思います、曹操《そうそう》殿。国には、中心が必要なのです。秩序の中心と申してもいいと思います。その中心と、帝が、この国では重なり合ったというだけのことです」

「では、帝になれば、誰もが敬われる」

「帝の血は、ひとつでなければなりません。でなければ、秩序の中心たる意味がないのです。帝に力はなく、しかし中心としての権威はある。帝というものを、私はそう考えております」

荀彧《じゅんいく》の考えと近かった。帝を奉《ほう》じ、その下で曹操が政事《まつりごと》をなせばいい、とは何度も進言されたことだ。そのための第一歩として、長安から逃れてきた帝を、許都《きょと》に迎え入れた。

しかし、帝が自ら政事をなしたいと言い出せば、どういうことになるのか。秩序の中心どころか、ただ秩序を乱すだけの存在にならないか。

はっきりとは口にしないが、いまの帝は、自ら政事をなしたいという希望を持っている。虫のいい話だ、と曹操は思っていた。誰もが血を流している。闘っている。それすらもせずに、ただ政事をなしたいと思ってしまうのは、帝という言葉が持っている魔力だろう。そしてその魔力を手にする資格があるのは、覇者《はしゃ》だけである。

いまの帝は、曹操が拾《ひろ》いあげなければ、流浪《るろう》の民と大差はなかった。

「劉備《りゅうび》殿は、帝のために闘われるのか？」

「多少のお役に立てば、と思っているだけです。皇叔《こうしゅく》などと呼ばれると、ただ恐縮《きょうしゅく》するばかりです。曹操殿の功績と較《くら》べたら、身が竦《すく》みます」

それ以上の話を、曹操は慎重《しんちょう》に避けた。覇者にならないかぎり、帝と僭称《せんしょう》する者は逆臣《ぎゃくしん》なのである。

劉備を帰すと、曹操は輿《こし》の用意をさせ、丞相府《じょうしょうふ》へ出かけていった。この二日ばかり、持病の頭痛で、館《やかた》から出なかったのである。

「程昱《ていいく》、しばらく庭を歩かぬか」

「丞相《じょうしょう》、頭痛はもうよろしいのですか？」

「戦があれば、きれいに治《なお》ってしまうのだがな。まあ、今日は具合《ぐあい》がいい」

「それは、なによりでございます。河南《かなん》あたりにおかしな雲が漂っておりまして

な」

「知っておる。張楊《ちょうよう》がなにかやりそうなのであろう」

「兵を出すことになろうと思いますが、丞相自ら御出陣なさいますか？」

「その時はな」

庭に出た。

まだ肌寒い季節だった。程昱《ていいく》は、袍《ほう》の下に何枚も下着を着こんでいるようだ。

「河南には、雲か。この許都《きょと》には、霧がかかっておる。この霧は、兵を出しても払えぬ。まことに厄介《やっかい》な霧ではある」

歩きながら、語っていた。離れたところに、許褚《きょちょ》の姿がある。警固《けいご》の者が、近づいていい時と悪い時も、曹操《そうそう》の顔を見て判断するようになった。

「私はしばらく、不敬《ふけい》を働くぞ、程昱」

「朝廷の鼠《ねずみ》を、狩り出されますか」

「鼠と言って、馬鹿にしてもおれぬ。廷臣だけならまだしも、武将たちまで鼠に加《か》

担《たん》すると、私は逆賊にされかねぬ」

「いい時機だろうと思います。袁紹《えんしょう》とむかい合うと、動きたくても動けず、鼠が大きくなりますし。私の役目は、鼠の真似《まね》をすることでございますか？」

「できるか？」

「日ごろ、帝を敬っておりますので」

程昱の顔の、深い皺《しわ》の間から、一瞬だけ眼の光が見えたような気がした。

「ですが丞相。狩り出すのは鼠だけということになさいませぬと」

もっと大きななにか。帝。

それはいまはまだ、狩り出すことはできない。

「読みが深いな、程昱」

「歳《とし》の功でございましょう。人の心が見えたりすることが、しばしばございます」

「私の心は？」

「よく見えますぞ、丞相。ですから、決して私を疑《うたが》ったりはなされないことです」

「そういうもの言いも、歳の功かのう」

程昱の歩みは、老人らしくゆっくりしていた。その歩調に合わせて、曹操はしばらく庭を歩いた。

5

騎馬隊とは、実にいいものだった。

一千騎。馬は涼州《りょう》から買い入れた。

騎馬隊の指揮は、任成《じんせい》にも白忠《はくちゅう》にも任せず、張衛《ちょうえい》が自分で執《と》ることにした。まずは、調練《ちょうれん》である。一千騎を率《ひき》いて原野を駈《か》け回ると、翼《つばさ》を得たような気分になる。

劉璋《りゅうしょう》が、成都《せいと》の軍を執拗《しつよう》に漢中《かんちゅう》に出してきた。

追い返すだけでなく、巴西《はせい》郡の北部山地まで攻めて出て、そのままそこを取った。

成都へは、そこから平坦な土地が続く。巴西をすべて取れば、成都へ軍を進めるのも難しくないのだ。

ただ、張衛は自重していた。巴西北部の奪取《だっしゅ》も、騎馬隊も、漢中を守るには絶対に必要なものだと主張した。漢中の防御《ぼうぎょ》ということを考えると、それは暴論《ぼうろん》ではない。

劉璋を攻めるという合意《ごうい》はできているが、それはまだずっと先のことだ。

五斗米道《ごとべいどう》がもっと広まればいい、と張衛ははじめて心の底から思った。漢中だけでは、五、六万の兵をやっと養《やしな》える程度だ。それが、耕地《こうち》の多い巴西郡にまで広がれば、十万の兵は養える。それだけの兵力があれば、成都を攻め落とす自信はあった。

そのためには、巴西にもっと五斗米道が広まることである。

しかし兄の張魯《ちょうろ》は、南鄭《なんてい》郊外の山の館《やかた》を、動こうとはしないのだった。信者になりたければ、ここへ来ればいいという考えである。

急ぐことはなかった。益州《えき》は、この国の混乱の外にあるのだ。

益州の外で闘われている戦《いくさ》は、激しく、大規模になっているようだった。十五万とか二十万とかの軍が、頻繁《ひんぱん》に動いている。徐州《じょ》では、呂布《りょふ》が曹操《そうそう》と闘い、殺された。幽州《ゆう》では、公孫瓚《こうそんさん》が袁紹《えんしょう》に滅ぼされた。

次の大きな戦は、袁紹と曹操の間で闘われるだろう、と言われている。

いくらでもやればいいのだ。戦を重ねれば重ねるほど、民は疲弊《ひへい》する。国の力が失われる。たとえ覇者《はしゃ》が勝ち残っても、すぐに益州に攻めこむ力があるわけがなかった。

その間に、益州を五斗米道の国にしてしまう。漢の王室などとも無縁で、頂点には教祖ひとりがいればいい。

一千の騎馬隊の動きは、悪くなかった。五百ずつに分けた動き、百ずつに分けた動き。それも滞《とどこお》ることなくできるようになった。

益《えき》州を制圧《せいあつ》するためには、どうしても中央の平地で闘わなければならず、そのためには騎馬隊が必要だった。それも、少なくとも五千騎。

少しずつ、増やしていけばいい。最も避《さ》けなければならないのは、五斗米道《ごとべいどう》のための闘いではない、と思われることだった。信仰を守るという名目があるから、兄の張魯《ちょうろ》も軍を持つことを認めている。信徒も、兵に志願してくる。

騎馬隊は、定軍山《ていぐんざん》と、巴西《はせい》北部山地に配しておきたかった。二千騎を超《こ》えたらそうしよう、と張衛《ちょうえい》は考えていた。とにかく、いまは調練が第一だ。

南鄭《なんてい》の仮義舎《ぎしゃ》に戻ると、騎馬隊の隊長だけを集めた。義舎は祭酒《さいしゅ》（信徒の頭）が住む場所の呼称だが、南鄭城内の仮義舎は、軍の本営という意味だった。武器倉も兵糧倉《ひょうろうぐら》もある。

隊長たちとは、その日の調練について語り合う。誰《だれ》を騎馬隊からはずすかも、時には話し合う。みんなまだ若く、騎馬隊を率《ひき》いるのが愉《たの》しくなってきた気配《けはい》を見せていた。

「歩兵との組み合わせで動く調練も、必要だろうと思います」

「まったくだ。しかし、騎馬がもっと迅速《じんそく》に動けるようになってからだ。まだ、劉《りゅう》璋《しょう》の送ってくる騎馬隊には、動きで劣る」

隊長たちが意見を出すのを、張衛はいつも待っていた。意見が出るということは、考えて調練をしているということでもある。

それが終ると、隊長たちも休息に入る。

二日に一度は、鮮広《せんこう》の庵《いおり》を訪《おとな》うのが習慣になりはじめていた。

鮮広は、地図を作っていた。

漢中《かんちゅう》だけの地図ではない。巴西郡、巴東郡《はとう》もあった。小さな川や、洞穴《どうけつ》などもしるした、克明《こくめい》な地図である。高価な紙に、何十枚と描《か》かれていた。

特に張衛が眼《め》をみはっているのは、巴東郡の地図だった。巴東郡は、すべてが険《けん》阻《そ》な山と谷だった。谷の底には、長江《ちょうこう》の巨大な流れがある。益州が外界と繋《つな》がっているのは、まず漢中からの山越えの道、そして荊《けい》州南部へ出る山越えの道。三つ目が、長江を使った道なのだった。長江を使う道が、最も短く、最も中原《ちゅうげん》に近い。つまり、巴東郡を扼《やく》してしまえば、益州はほぼ完璧《かんぺき》に外の世界から断たれることになる。

「巴東郡が、それほど気になるか、張衛？」

「はい。南の道はほとんど使われておらず、行軍《こうぐん》なども困難だと言われています。長安《ちょうあん》への道は、漢中《かんちゅう》で扼《やく》しています。だから、長江《ちょうこう》の道が、私は気になります」

「桟道《さんどう》があるが、いまは劉璋《りゅうしょう》が塞《ふさ》いでいる」

「見てみたいものです、その桟道を」

崖《がけ》の岩に穴を穿《うが》ち、木材を突き立て、さらに支《ささ》えの木材もある。そして、板が張られているというのだ。崖にへばりついた橋のようなものなのだろうが、それが何百里か続いているのだという。

益《えき》州は、それほどに外から入りにくい国なのだった。

「伯父上《おじうえ》は、なにゆえこれほど詳《くわ》しく、巴西《はせい》、巴東《はとう》を御存知《ごぞんじ》なのですか?」

「調べさせた。肝心《かんじん》のところは、私自身で歩き、歩幅《ほはば》で距離を測《はか》った」

「なにゆえ?」

「おまえが、母者の夢を実現したいと思っているように、私も思っていたからだ」

「そうですか」

それ以上は言えなかった。

長い間、心に抱《いだ》いてきた、かたちのはっきりしない、ぼんやりしたわだかまり。

口に出した瞬間に、それはわだかまりですらなくなる。

「伯父上、騎馬隊を五千に増やします」

「いつだ？」

「いずれ。何年もかけての話ですよ。私は、急いではいません。しかし、伯父上は急がれますか？」

「おまえは、若い。私は、おまえより先に死ぬ。だから、地図を作ったりすることを、急いでいるだけなのだ。おまえは、決して急いではならぬ」

「わかりました。急ぎません」

鮮広《せんこう》の庵《いおり》を訪ねない日は、岩山に登る。裸で、頂《いただき》の岩の端《はな》に座るのだ。岩に座るのは、まず考えるためだった。漢中をどうするのか。兵をどうやって鍛《きた》えあげていくのか。益州を、五斗米道《ごとべいどう》の国にできるのか。

最近では、別のことも考える。

心の中の、ぼんやりしたわだかまりについて。自分は、誰の子なのか。

言葉にして考えたのは、半年ほど前のことだった。

張魯《ちょうろ》と兄弟であることは、多分間違いないだろう。同じ母から生まれた、という意味においてだ。

父は、張衡《ちょうこう》ということになっていた。張衛《ちょうえい》は父を知らないが、張魯とそっくりだったという。小男である。八尺（約百八十七センチ）ある自分の身の丈を、張衛《ちょうえい》はしばしば不思議なものとして感じた。

俺《おれ》は誰の子だ。半年前に、はじめて言葉にして考えた。そう考えると、すぐに浮かんでくる顔がある。鮮広《せんこう》。躰《からだ》つきは、そっくりだった。顔も、似ているといえば似ていた。

幼いころから、自分には厳《きび》しく武術を仕込《しこ》んだ。兄の張魯《ちょうろ》には、棒ひとつ握らせたことはなかったのに、自分は容赦《ようしゃ》なく棒で打ち据《す》えられた。なぜと考える前に、五斗米道《ごとべいどう》を守るのはおまえだ、と耳もとで言われた。

兄は巫術《ふじゅつ》をなすが、自分は縁もなかった。それは、鮮広も同じだった。

自分の父は、鮮広なのではないか。裸で岩の上に座り、兵法以外で考えることは、この半年それだけだった。

母に対するおぞましさは、微妙《びみょう》だがある。鮮広に対しては、いたましいような思いがあるだけだ。鮮広が父であることを、張衛はむしろ望んでさえいることに、ある時気づいた。

いつか、鮮広に訊《き》くべきことだった。

益州《えき》を奪《と》る。

その時、父親なのかと、鮮広に訊《き》けるはずだ。母の夢。だからこそ、鮮広の夢。それをかなえるのは、自分しかいない、と張衛はいつも思うようになった。奪《うば》った益州が、誰のものになろうと構《かま》いはしない。益州を奪ることが、父と息子の夢ではないのか。

岩の上。風。吹き飛ばされて、思考は切れ切れになる。

閉じていた眼を開くと、まだ雪を被《かぶ》った漢中《かんちゅう》の山々が見える。雄叫《おたけ》び。あの山々に届くのか。

せめて父にだけは届け、といつも張衛は願った。

本書は、二〇〇一年八月に小社より時代小説文庫として刊行された『三国志　三の巻　玄戈の星』を改訂し、新装版として刊行しました。

時代小説文庫
き 3-43

三国志《さんごくし》 三の巻《さんのまき》 玄戈《げんか》の星《ほし》 新装版

著者 北方謙三《きたかたけんぞう》
2001年8月18日第一刷発行
2023年10月18日新装版第一刷発行

発行者 角川春樹

発行所 株式会社 角川春樹事務所
〒102-0074 東京都千代田区九段南2-1-30 イタリア文化会館

電話 03(3263)5247[編集] 03(3263)5881[営業]

印刷・製本 中央精版印刷株式会社

フォーマット・デザイン＆シンボルマーク 芦澤泰偉

ISBN978-4-7584-4596-2 C0193

http://www.kadokawaharuki.co.jp/[営業]
fanmail@kadokawaharuki.co.jp[編集] ご意見・ご感想をお寄せください。